于无色处生繁花

林潇潇 著

中国文联出版社

图书在版编目（CIP）数据

于无色处生繁花 / 林潇潇著 . -- 北京：中国文联
出版社，2024.2
　　ISBN 978-7-5190-5378-9

　　Ⅰ．①于… Ⅱ．①林… Ⅲ．①长篇小说－中国－当代
Ⅳ．① I247.5

中国国家版本馆 CIP 数据核字（2023）第 250136 号

著　　者　林潇潇
责任编辑　刘　旭
责任校对　秀点校对
装帧设计　中尚图

出版发行　中国文联出版社有限公司
社　　址　北京市朝阳区农展馆南里 10 号　　邮编　100125
电　　话　010-85923025（发行部）　010-85923091（总编室）
经　　销　全国新华书店等
印　　刷　三河市龙大印装有限公司

开　　本　710 毫米 ×1000 毫米　　1/16
印　　张　15.25
字　　数　255 千字
版　　次　2024 年 2 月第 1 版第 1 次印刷
定　　价　49.00 元

版权所有·侵权必究
如有印装质量问题，请与本社发行部联系调换

目 录

第一章 弃农从裁（1969—1973）

1. 夜下双人影⋯⋯⋯⋯⋯⋯⋯⋯⋯⋯⋯⋯⋯⋯ 001
2. 料草被偷了⋯⋯⋯⋯⋯⋯⋯⋯⋯⋯⋯⋯⋯⋯ 003
3. 含冤远走⋯⋯⋯⋯⋯⋯⋯⋯⋯⋯⋯⋯⋯⋯⋯ 006
4. 小六子抓贼⋯⋯⋯⋯⋯⋯⋯⋯⋯⋯⋯⋯⋯⋯ 009
5. 裁缝店小学徒⋯⋯⋯⋯⋯⋯⋯⋯⋯⋯⋯⋯⋯ 012
6. 村里成立了缝纫组⋯⋯⋯⋯⋯⋯⋯⋯⋯⋯⋯ 015
7. 说了一门亲事⋯⋯⋯⋯⋯⋯⋯⋯⋯⋯⋯⋯⋯ 018
8. 三个条件⋯⋯⋯⋯⋯⋯⋯⋯⋯⋯⋯⋯⋯⋯⋯ 021
9. 嫁鸡随鸡⋯⋯⋯⋯⋯⋯⋯⋯⋯⋯⋯⋯⋯⋯⋯ 023
10. 小琴被嘲笑⋯⋯⋯⋯⋯⋯⋯⋯⋯⋯⋯⋯⋯⋯ 026
11. 牛槽打脸⋯⋯⋯⋯⋯⋯⋯⋯⋯⋯⋯⋯⋯⋯⋯ 029
12. 柳先生加入缝纫组⋯⋯⋯⋯⋯⋯⋯⋯⋯⋯⋯ 031
13. 寿衣做不做⋯⋯⋯⋯⋯⋯⋯⋯⋯⋯⋯⋯⋯⋯ 034
14. 牛槽被冤枉⋯⋯⋯⋯⋯⋯⋯⋯⋯⋯⋯⋯⋯⋯ 037
15. 队伍发展壮大⋯⋯⋯⋯⋯⋯⋯⋯⋯⋯⋯⋯⋯ 039
16. 帮，还是不帮？⋯⋯⋯⋯⋯⋯⋯⋯⋯⋯⋯⋯ 042
17. 牛家村服装厂成立啦⋯⋯⋯⋯⋯⋯⋯⋯⋯⋯ 045
18. 小六子做裁缝⋯⋯⋯⋯⋯⋯⋯⋯⋯⋯⋯⋯⋯ 048
19. 事业得意，情场危机⋯⋯⋯⋯⋯⋯⋯⋯⋯⋯ 050
20. 吃醋⋯⋯⋯⋯⋯⋯⋯⋯⋯⋯⋯⋯⋯⋯⋯⋯⋯ 053
21. 天降订单⋯⋯⋯⋯⋯⋯⋯⋯⋯⋯⋯⋯⋯⋯⋯ 056
22. 巧夫难为无布⋯⋯⋯⋯⋯⋯⋯⋯⋯⋯⋯⋯⋯ 059
23. 收购布票⋯⋯⋯⋯⋯⋯⋯⋯⋯⋯⋯⋯⋯⋯⋯ 061
24. 小琴怀孕⋯⋯⋯⋯⋯⋯⋯⋯⋯⋯⋯⋯⋯⋯⋯ 064
25. "我没收到布票"⋯⋯⋯⋯⋯⋯⋯⋯⋯⋯⋯⋯ 067
26. 载誉归来的柳先生⋯⋯⋯⋯⋯⋯⋯⋯⋯⋯⋯ 070

27. 三天河西，三天河东 ·· 072
28. 再结梁子 ·· 075
29. 不告而取是为偷 ·· 078
30. 票选厂长 ·· 081
31. 民"心"所向 ··· 084

第二章　光芒初显（1974—1976）

32. 神秘的拖拉机 ··· 087
33. 不对劲的数字 ··· 090
34. 一个主意 ·· 093
35. 消失的"残次品" ·· 096
36. 煮熟的鸭子要飞了 ·· 099
37. 莫名结下的梁子 ·· 102
38. 家事和大家的事 ·· 105
39. 第一桶金 ·· 108
40. 鬼鬼祟祟的柳仕 ·· 111
41. 牛家村婆媳大战 ·· 113
41. 横生的事端 ·· 116
42. 牛家村摊上大事 ·· 119
43. 罪魁祸首是谁 ··· 121
44. 事情的"真相" ··· 124
45. 消失的柳先生 ··· 127
46. 濒临家破的牛家村 ·· 130
47. "我能解决你的问题，还能给你赚钱" ························· 133
48. 我有老婆，都当爹了！ ··· 136
49. 你有什么法子给我争回颜面？ ·································· 139
50. "见不得人"的新衣 ·· 142
51. 惊艳四座的江太太 ·· 145
52. 你这衣服，不好看 ·· 147
53. 莫不如假戏真做！ ·· 150
54. 不得了啦，打起来啦 ··· 153
55. 牛只耕地，不拉人 ·· 156
56. 开启新征程 ·· 158

57. 赚钱从来不是苦力活儿 …… 161
58. 一堆照片？选演员还是做衣服哩！…… 164
59. 最高的要求是没有要求 …… 166
60. 另一种赚钱方式 …… 169
61. 大姑娘落地 …… 172
62. 大发雷霆的牛队长 …… 175
63. 不知何时结下的梁子 …… 178

第三章　三年联营（1977—1979）

64. 小六子含恨 …… 181
65. 你不能跟齐二合作！…… 184
66. 临祸的虎头村 …… 186
67. 落魄的林小牟 …… 189
68. 新的机遇 …… 192
69. 纠结的小牟 …… 195
70. 老陈头遇难 …… 198
71. 莫名消失的名额 …… 200
72. 大闹市厂 …… 203
73. 人生没有白走的路 …… 206
74. 阴魂不散的人 …… 208
75. 不是冤家不聚头 …… 211
76. 恶人自有恶人磨 …… 214
77. 化腐朽为神奇的本事 …… 217
78. 团结一致的牛家村 …… 219
79. 为爱疯狂的姑娘 …… 222
80. 功败垂成的柳先生 …… 225
81. 孤注一掷的牛家村 …… 227
82. 牛槽的担忧 …… 230
83. 修路迎人 …… 233
84. 三年联营 …… 235

第一章 弃农从裁（1969—1973）

1. 夜下双人影

高山是淮扬市的县，坐标其北，盘地30平方公里，漫天遍野皆是浩渺水域，逢秋季大片芦苇拔地而起，抽出大把大把白色穗花，远远瞧去不见人影，只得遍野苍茫，甚是壮观。

由于地处平原地带，又兼临渭运河，风刮不到，水淹不到，旱跑不到，可谓是占尽了天时地利，当地人在灾荒最严重的年代都没怎么发过愁，犁地插秧，放鸭种田，安生至极。灾荒结束之后，别的小城还在卖力恢复元气时，高山已经建起了当地第一所钢铁厂。

"牛槽舅，我爸说，以后也想让我去钢铁厂呢。"

9岁的小六握着一根折断的芦苇秆赶鸭子，鸭子浩浩荡荡地在他面前摇摆，时有不听话的想脱离队伍钻进一边的芦苇荡，均被小六眼疾手快地用秆子警示进了队伍。

被唤牛槽的是个身量不高的青年，20来岁，一张脸虽然不俊却透着股憨气，身上穿着一件青绿褂子，脚上踏着布鞋，跟周围路过的穿着草鞋的粗布乡民看起来不甚肖似，颇有些村里那位城里知青的样子。

牛槽可不是知青，土生土长的乡下小子，小六他妈的亲弟弟。

"你太小了，大些时候可以去。"牛槽闷闷道。

小六子没瞧出来牛槽其实并不大高兴，又兴奋地摩挲着牛槽身上的衣料："舅，你这衣服也这么好看，我们这里就没人能穿你这么好看的。"

牛槽看了眼小六脚上已经磨破了的草鞋，又看了看他迫切的眼神，叹了口气："今天晚上舅给你做双布鞋，再裁件褂子，你明天凌晨早些起，寻个空到湖滩边的木屋来拿。"

今晚轮到他值夜了，晚上正好消磨时间。

"哦，真的？太好了！"小六一蹦三尺高，手上的芦苇秆不小心抽到一只麻鸭，肥鸭子吓得扭着屁股"嘎嘎"直叫唤，小六子瞧着好玩，笑得前俯后仰。

牛槽见小六子这么开心摸了摸他的头，脸上的愁容消失了些许。

傍晚6点，牛家村家家户户都升起了灶膛，一缕缕白色炊烟从烟囱里冒出来歪歪扭扭地飘向天际，空气中饭菜香混合在一起，小六摸了摸"咕噜"作响的肚子，迎面见阿斌扛着锄头一脸喜气洋洋地走来，阿斌见牛槽跟六子也没放慢步子，打了个招呼便擦着两人往家赶。

路边老汉直发笑："这阿斌，想着新娶的媳妇儿，瞧这走路带起的风，都能卷跑一头牛了。"

阿斌听闻扭头呵呵一笑，却是依旧没放缓步子，很快没了人影。

老汉见寻不到阿斌乐子又开始用眼睛瞟牛槽："牛槽啊，你也20了吧，前两天说的那门亲事咋吹了啊？"

老汉说罢缓缓抽出一卷烟，牛槽闻言顿了顿，没搭理老汉，起步速度更快了，三两步将小六落下，惹得小六直叫唤。

回去后果然是没有一口热饭，爸妈应该是又去哥嫂家了。牛槽熟练地将锅中剩饭放在铁锅里热好，就着猪油、辣椒酱拌了一大碗，坐在桌前大口扒拉。

后门开着，风一吹，猪圈边桑葚树的叶子簌簌往下落，猪屎味混合着辣椒酱和猪油味刺入鼻尖，不知为何就想到了阿斌家传出来的红烧肉味，连带着阿斌那新娶媳妇儿娇俏的模样也在眼前晃悠，碗里的饭立马就不香了。

"人家嫌你矮。"媒婆的声音传来。

"老大啊，你说说你这身高能干什么？种田种田不能，打工打工不成。"老娘唉声叹气的声音传来。

"别拿着你那针线了，人都笑话我老牛生了个大姑娘。"老爹恨铁不成钢的声音传来。

各种声音交杂在耳边，吵得他心烦意乱。

嫂嫂早些时候还撺掇着给他介绍个姑娘，这两年见他身高一直不见长也不管他了。要说只是在姑娘那儿不讨便宜倒算了，生产队也是这样，明明他牛槽干什么都不差，比那些混日子的小子能干多了，但就因为他身量小，所有人都嘲笑他贪工分。这次去钢铁厂别人看来羡慕，实则没人知道他吃了多大苦才让厂长首肯。

牛槽越想越硌硬得慌，干脆不吃了，将碗一推，掏出藏在床底的针线又卷了些旧布料去木屋。

高山是出了名的"鱼米之乡"，物资丰富，当地人也勤恳聪慧，能将丰饶的作物尽最大化利用，比如用蒲草包肉做成蒲包肉，又比如将发霉长毛的豆腐做成霉豆腐装起来吃上一个冬天，总归有办法让物资发挥它最大的价值。

秋日百草凋零，生产队队长见湖滩上都是枯草，在秋雨中腐烂实在浪费，干脆一纸令下让大家将料草割下捆了起来，可以卖去赚钱还可以给牛羊吃，更可以打草浆做纸跟布料，再不济也能作花肥，可谓遍身是宝。

牛家村水域辽阔，西边便是高山湖，料草众多，打下捆完愣是堆了两座小山高，队长怕其他村眼红偷了去，排了执勤表，遣人每晚轮流守着，今天正好就到牛槽了。

到了木屋已经晚上7点多了，牛槽寻思着前一个值守的应该还在，准备叩门，手刚伸到半空，木门"吱呀"一声开了，牛槽愣了愣，出来那两人见着牛槽也是愣了愣。

"牛槽哥。"竟然是小丽。

小丽是牛家村一枝花，也是村里不少青年爱慕的人，两人小时候关系挺好，穿着开裆裤时就一起玩，长大后反倒不怎么往来了。

牛槽晓得男女大防，也知道自个儿长得不好看，小丽这般俊，跟戏台子上的西施似的，他却像按下了暂停键，演武大郎都不带化妆，人家搭理他作甚。

只是，他没想到往常那样骄傲的小丽此时竟然红着一张脸，跟月色下开出的鸡冠花似的。

"我给柳先生送饭的。"她慌忙指了指身边人。

柳先生就是那位城里来的知青，有学问还一表人才，村里人十分敬仰他。见牛槽看过去，他淡淡瞥了眼，朝他点点头，也没多言，径自跨步扎进了夜色里。

小丽见状赶紧埋头跟了上去。

牛槽心头忽而有些堵，在门口站了半晌，直到身后响起"窸窸窣窣"的声音才回过神来。

"谁？"牛槽猛地回头。

2. 料草被偷了

身后黑黢黢一片，除了一丛丛干草垛，连个人影都没有。

牛槽瞧着夜色中的草垛，总觉得那模样跟大坝上的坟茔似的，一堆一堆的。一阵冷风吹来，他生生打了个哆嗦，赶紧迈步进屋。

一场秋雨一场凉，入秋后日头肉眼可见地快了起来，晚上7点多的天

就黑透了，再加天上滴滴答答漏了小雨，连月亮都没有。

牛槽点燃煤油灯，绿豆大的灯亮起来，影影绰绰地，驱散了周遭的凄风苦雨。

就着这点微光，他哈着气，缓了会儿，待身上的凉气渐渐散了便开始飞针走线。

他天生擅长穿针引线，所以才能在众人吃穿用度刚够糊口的当口穿着体面的衣服，那双化腐朽为神奇的巧手连五里八乡的大姑娘都没几个能比得上的。可是，这项手艺并没有让他受到多少赞赏，反倒是带来许多歧视，人们都说这是"女人家干的活儿"，爹娘也嫌他丢人现眼，整日寻思着把他的家当全扔了。

因此，他只能偷摸着做。

姑娘们倒是没白眼看过他这门手艺，私下还会向他讨教，问问穿针引线，问问打样板，问问裁剪，问问最近款式，有时候还会有姑娘仗着一张粉扑扑的苹果脸让他白做上几件，他晕乎乎地都答应了，人家拿着新衣服说了声"谢"转身就走，半句别的意思都没有。

想到这些，牛槽心情又低落下来，他晓得大家伙儿都不太瞧得上他，他的身形，他的个性，尤其是他的那副好手艺，但他就是喜欢缝衣纳鞋，这事儿跟有瘾似的，改不掉。

入夜温度骤降，夜风吹得煤油灯影影绰绰，牛槽手速不比往常，慢了不少，一件小褂子一双鞋子，将近凌晨才完工。

凌晨前的夜最是黑，跟泼了墨似的，雨势也丝毫不见小，凉气一波波袭来，牛槽起身准备将窗户关上，一眼瞥见夜色下一道人影鬼鬼祟祟地闪到了料草堆后，心中一凛："谁？"

难道是小丽跟柳先生落了什么东西回来寻的？

外头风声"呼呼"地刮过，牛槽探头看去，黑乎乎一片，哪有什么人影，许是听错了，刚想坐下，外头又响起了"窸窸窣窣"的声音。

想到刚才也是这个声音，一个想法猛地蹿到牛槽脑海：莫不是偷料草的？

当即也顾不上拿伞，推门跑了出去，料草堆后空荡荡的，哪有什么人。

凉雨密密匝匝地砸在身上，冷风一吹，寒气跟长了脚似的直往毛孔里钻，牛槽一冻立马清醒了过来，巡视一圈，四野寂然，只剩风雨声入耳不绝，莫名竟想起小时候奶奶给他讲过的"水猴子"故事，下意识朝高山湖的方向看了一眼，水天交接处已麻麻有了些光亮。

亮起来就在一瞬间，雨幕被万丈光芒穿透，雨势神奇地小了下去，牛槽转身进木屋，带上门坐了没一会儿，小六子已经拎着篮子过来了。

"舅，我做了碗面，你先吃吧。"

说罢麻利地揭开篮子上罩着的麻布，将还冒着热气的面条端出来，使劲在瓷碗上握了握，又怕手上凉气使面更快地冷下去，依依不舍地松开了，搓了搓，见牛槽看都没看面条只盯着料草堆看，好奇："舅，怎么了？"

牛槽摇摇头，视线收了回来，低头"呲溜"一声吸了一大口："来的时候见着人了吗？"

小六子摇摇头又点点头："舅你是指在哪里？路上倒是见着俩老乡。"

"哪段？"

"珠光路。"

离这儿远着哩，牛槽嘀咕，应该是眼花了，怎么会有人呢！他努力赶走心中隐隐的不对劲，见小六子直勾勾盯着纳好的布鞋跟缝好的蓝褂子看，放下碗筷，递过去示意小六试试。

到底是个孩子，平时再怎么聪明对新衣物的喜欢是盖不住的，眼中直泛光，激动得手都颤了："舅，你手艺也太好了吧！"

物资匮乏时期，牛槽虽然手艺好，但巧妇难为无米之炊，没有布料依旧做不成好衣物，牛槽只有将不穿的旧衣服回收利用，先用皂角泡上几天，待霉气浸泡差不多之后再用木棒打平整，最后用天然植物原料做成染料，将衣服浆染成不同颜色，这一系列流程下来，这布料几乎就跟新的一样，牛槽再用他高超的缝纫手艺一裁一剪，款式新颖的新衣服就做成了。

小六喜得合不拢嘴，将褂子套在身上就舍不得脱了，在原地晃了又晃，没找着能照的地方，恰好外头天彻底亮了，想到湖中有倒影准备去，刚推门就撞上替班的阿斌，阿斌后面竟还跟着牛队长。

"阿斌哥早，队长早。"小六毕恭毕敬地鞠了个躬。

队长目光在小六身上不着痕迹地打量了一番，表情略有些不悦，却没说什么，跨进了木屋："牛槽，昨晚雨大，没遇到什么事吧。"

牛槽不急不慌地将布鞋装进小六装碗的篮子里，又将吃干净的碗放在上面，盖上麻布，才摇了摇头："没。"

想到凌晨时分一晃而过的人影，皱了皱眉。

牛队长察觉不对劲："怎么了？"

牛槽想了想，还是将这事说了出来。

"不知道是不是我眼花了。"牛槽将篮子递给小六，嘱托他快些回去。

小六应和着便走了。

"应该是牛槽哥你看错了。"阿斌说着玩笑，"或者是貌美女鬼月下邀约也说不定。"

牛槽想到小丽跟柳先生，又见阿斌一脸春风，敛下眼皮默默地收拾好东西就走了。

走到半路才想起来，牛队长这是来干什么，不是阿斌值班吗？

这想法一闪而过，跟田沟里跑过的兔子似的。牛槽没多想，值夜一晚实在是困，回去后脑袋昏沉，扒了外套打着赤膊一头倒在床上补了一觉，直到中午日头大好时才迷迷糊糊被门口的声音吵醒，他还以为是老娘叫他去钢铁厂上班，睁眼一瞧竟有一群人乌压压地出现在床头。

为首的牛队长，旁边居然是柳先生。

"牛槽，坦白从宽。"柳先生冷着一张脸道。

3. 含冤远走

"怎么了？"牛槽本有些迷糊，一见柳先生醒了一半，再听他这声音，另一半睡意也没了。

他起身看向来人，一个个表情不善，颇有些看好戏的意味。

牛队长巡视四周，又上下扫荡一番，指了指墙边四角，人群"呼啦"一声散去，搜查起来。

这阵势是来抄家还是把他当牛鬼蛇神打？他怎么了？一时耿劲上来，抄起铁锹想干架。

"牛槽哥，料草少了十捆，就在你值守的时候少的！"牛队长儿子——7岁的牛五直嚷嚷。

牛槽一听放下铁锹："少了十捆？"

牛队长一双眼烁烁地看着牛槽："是啊，买家今天开着拖拉机来拖，一数才发现少了。"

那怎么就一口咬定是我值守的时候少的——牛槽下意识想反问，又想起早上跟牛队长说人影的事，心中直懊恼不该嘴快，惹了这无妄之灾。

柳先生冷冷地看着他，一双狭长的眼不十分善意，牛槽迎上他的目光，心中转了几个弯儿，这小子怎的对他有敌意？

莫不是为了昨晚他撞到小丽给他送饭的事？

牛槽心中无奈，这柳先生还真是小人之心了，他牛槽才不屑嚼人舌根子。

柳先生才不管他心中弯弯绕绕，指挥众人将牛槽家每一个角落都仔仔细细搜查了。

在隔壁哥哥家带孙子的老爹老娘被惊动，急匆匆赶了过来，不消片刻就从众人的七嘴八舌中听明白牛槽摊上事了，当即号了起来："你拿那东西干嘛？那东西能做啥子布料啊！"

牛槽一听这话像当着众人面打自己嘴巴子，老娘可坑死他了，话一说直接给他盖章了，连一点扭转的余地都没有！

"是啊牛槽，这是公家财产，你交出来吧。"

"我还看你自己做了好几件大褂子，不会就是用料草浆做出来的吧？"

"狗屁！"牛槽当即想啐一口，"你倒是用料草浆做件衣服看看！"

那人见向来木讷的牛槽虎着眼恶狠狠瞪着他也不敢说话了，怕怕地往牛队长身后退了一步，牛队长倒没说什么，柳先生冷清的声音响了起来："昨儿倒是确实见他带了几匹布，揣怀里呢。"

顿了顿，补充一句，"牛槽的布票，应该花完了吧？"

人群一下炸开了，布票用完了，那布哪里来的？还揣怀里，明显有鬼！

牛队长一下想到早上见着六子身上那一件新褂子，用卡其布做成的，中间扣了一条皮带，又精神又威风，一瞧就不便宜。牛槽跟六子家都穷得叮当响了，没了布票又怎么可能有钱买！当即怒目向牛槽："牛槽，你疯了，那是公家财产，还不快交出来！"

牛槽本来想好生解释一番，忽然见了人群中的小丽，小丽丝毫没管他这边动静，正含情看着柳先生，而柳先生一双眼淬了冰般瞧着他出丑，火气顿时上来了，一甩手边铁锹："没拿就是没拿，怎么交！"

牛队长威严惯了，哪里容得下被这么撂脸子，猛一拍桌子："牛槽，你干什么呢！"

本来嘈杂的人群静得一根针掉下来都能听得清，众人愣愣地看着牛队长甩袖子离开。

后面一群人没查出什么也跟着"呼啦"一声散了，牛槽老娘这才脚下虚浮，"咕咚"一声磕在地上，发出震天号哭声："造孽啊，家门不幸啊……"

牛槽用余光瞥一眼跟柳先生一道消失的小丽背影，盯着脚尖发了许久的呆。

老娘那边哭得起劲，老爹想拉也拉不动，咬牙呵牛槽来扶一下，牛槽

也不睬，跟傻了似的。看热闹的众乡亲们趁机七嘴八舌说些看似劝阻实则火上浇油的话，气得老爹胡子一抽一抽的。

场面正成一团乱麻之际，一个长了一张圆圆苹果脸的姑娘拨开人群，拉着牛槽老娘好生一通安抚，温言软语的调子很快平复了老太太的情绪，搀扶着姑娘的胳膊坐在木凳子上，"哎哟"直捧着心口叫唤。

牛槽这才回过神来，原来是小琴，他从水中救上来的外地姑娘。

他感激地看了小琴一眼，小琴朝牛槽羞涩一笑，一张钝脸红扑扑地，不知是拉扯老两口费力太大还是臊的，好在老娘是消停了。

老娘消停了，可队里是决计不会让牛槽安生的。

第二日一早，一纸通报批评就贴在了村口墙头上，指名道姓牛槽偷了十捆料草。量体裁衣时代，大家都是吃大锅饭的，偷了队里的东西就是偷了大家伙儿的东西，自然是一堆人指指点点，恨得牛槽巴不得将头扎在村口土地庙前那个洞里，眼不见为净。

人言可畏，本村的外村的，路过的特意去看戏的，这么一口耳相传都晓得牛家村出了个小偷，叫牛槽，认得他认不得他的都能杜撰出一两件佐证他人品不好的事，村头打更老头一口烟一句感叹，直道这小子看着就是坏胚子，还是个色胚子，现在偷草，以后指不定还会偷人。

这话传到牛家父母耳里，臊得恨不得把牛槽塞回去重新投胎，整日一把鼻涕一把泪地堵着牛槽让他交出那十捆料草，顺带着谴责他不该缝缝补补，赶紧找个媳妇为重，免得让人说闲话。

牛槽被闹得没办法，找到大队去，队长正在跟柳先生算账目，见到牛槽立下停了谈话，生怕被听了去，牛槽不爱这种将他当贼防着的感觉，木着张脸瓮声道："我真没偷，你叫我把家挖个三尺也没有。"

牛队长跟柳先生对视一眼，起身拍了拍牛槽肩膀："牛槽，我知道你天性本分，一次两次做错事是被迷了神智，知道认错就行。"

好啊，还真是给他盖章了？

牛槽气得"噗噗"喘着气，真跟村头老黄牛似的："队长，你去我家找着没有？这些天来你又找到收我料草的老乡没有？都没有凭什么说是我拿的。"

队长愣了愣，无论是藏起来还是要找买家出手，都需要时间，也不可能找不到痕迹，现在这个状况确实是没有直接证据。

"龙虬镇地广物博……"柳先生意有所指道，"所以，才让你赶快交出来。"

"欲加之罪。"牛槽淡淡瞥了柳仕一眼，柳仕立刻噤了声。

牛队长也没法，带人寻了一通无果，一群人浩浩荡荡地走了，但这事并没有到此为止，一天没寻出偷料草的人，牛槽就是众人眼中的凶手，他赔与不赔都一样会被人戳脊背梁。

大队里一纸通报批评贴在村口墙头上，每个本村外村的人路过都会聚在那里看上一看，牛槽没有一刻如此恨自己长了一颗脑袋，巴不得将头扎在村口土地庙前那个洞里，眼不见为净。

另一边老父母也整日一把鼻涕一把泪地让他交出那十捆料草，顺带着谴责他不该缝缝补补，赶紧找个媳妇为重。

一周后，不堪其扰的牛槽留下一封信，背着个包裹离家出走了。

4. 小六子抓贼

牛槽离家出走的消息像一颗手榴弹投到了人群里，立马炸了锅。

平日见不得牛槽那张木脸的都说牛槽是畏罪潜逃，而平时得了牛槽好处的稍微公道点，都说他许是被冤枉心寒了，不然谁会放弃大好的钢铁厂的工作离开，甚至连落脚的地儿都没有。

"不知道是不是去要饭啊？"小琴喃喃道。

小琴是外地人，当初闹灾荒的时候一家人四处流浪，要饭为生，风里来雨里去，什么苦头都吃过，途经安徽的时候发了洪水，她跟弟弟一家走散了，被冲到了这里，好在当地湖中心有一座珠光塔，她在木船翻掉之前爬到塔上，被划着渔船用鸬鹚捕鱼的牛槽救了，后来便在牛家村安了家。

"要，要饭？"牛槽老娘一听又号了起来，这还不如缝缝补补呢！

"行了，别号咧，脑壳子疼。"牛家老爹急得原地打转，愣是想不到什么办法。

再这么下去，幺儿没找到，他耳朵要被老婆子给号聋了。

"外公，外婆。"屋里闹得正凶，小六跨进大门，从院子里走了进来，"舅舅来信了！"

小六晓得这些天的事，所有人都说舅舅用料草做了衣服，还说是做给他的，他本来想将那褂子跟鞋交了去，又怕这一交就真坐实了舅舅的罪名，对着衣服鞋子好些天，才确信这是舅舅先前的一件旧褂子，袖口下染了紫草汁儿还有印子没涤净，他兴奋地去找牛队长说明时正好遇到邮递员带来舅舅的信，他不识字，赶紧拿了回来。

信？几个一听"呼啦"围了上去，拆开封后三人六眼瞪着小琴等念，小琴咽了口吐沫："我没偷料草，这里待不下去了，我去做我自己喜欢的事了。"

就这？

几人面面相觑，老娘喃喃："没说去哪儿了？"

小琴摇摇头。

老娘嘴往下一撇，又想号，老爹耳筋一抽，以为又是一通轰炸，小六却先开口了："你们放心，我一定会查出真相的。"

舅舅是被冤枉的，而且舅舅熬夜给他做衣服鞋子，他一定要还舅舅一个清白，等查出真相舅舅就可以光明正大地回来了，最好还要让他们给他道歉！

"你，你怎么查啊？"小琴好奇地看着这个毛都没长齐的小孩，不太相信他的豪言壮语。

牛槽父母也抱着小外孙让他别闹，可小六没闹，当天下午就开始行动了。

那信中并没什么可以参考的，小六皱着眉头坐在木桌前沉思，小琴觉得这孩子是小打小闹，出了院子跟一把鼻涕一把泪的牛家老娘要了一把挂面，又在门口自留地里拔了两棵嫩荠菜，下好了给小六盛过去。

牛家老爹抽着烟袋瞧着小琴，见她身影消失在堂屋捅了捅老伴："老太婆，你看这女娃咋样？"

牛家老娘不耐烦地推开老头的手："什么咋样啊？"

"就那啊！"牛家老爹恨不得拿烟袋敲老太婆脑壳子。

反应过来老伴说的是那意思，鱼目般的老眼一亮，嘿，这姑娘是不错哎，怎么把她给忘了，虽然是外地人，不知根知底，但也没什么娘家人，事少，人老实能干，估计也不要掏什么彩礼钱，怎么算都是个划本买卖！越想越乐呵，连孙子的名字都想好了，蹲在院子里半天手里的苞谷依旧是刚才剥的那几个，打算跟小琴探口风时却见外孙一溜烟跑了出去，小琴跟在后面，一个大屁股随着奔跑的动作颤动，瞧着甚是惹眼，高兴得合不拢嘴，好生养好生养，回过神来两人已经不见人影了。

小琴自诩从小干农活养成了一手矫健的身姿，却不想根本跑不过这小子。

"小六，慢点，等等我。"

小六撒腿一路踩过厚厚的落地堆，飞过田埂和农田，到了高山湖边，边喘气边回："不行，我再早些去蹲着，不然就会，打，打那什么……"

"打草惊蛇。"小琴笑了,这是她教他的,这小子用对了,就是没记住。

"对,打草惊蛇!"小六跨过一个茅草堆,后面便是木屋,他刹住脚,雨后泥泞的土壤被推出一个堆,缓了他的冲击。

他一把拉过草帽盖在头上,对身后同样气喘吁吁的小琴说:"小琴姐,你一个女孩子先回去吧,我要蹲一夜呢。"

说罢从怀中掏出一年级的课本缩在草屋后看了起来。

小六左思右想,十捆料草不是小体积,偷起来动静不小,绝对不会是一个人一天能偷完的,但要说几个人作案也并不现实,本来料草就卖不了几个钱,没必要冒那个风险,小六断定那人必然是每天来偷上一捆两捆。现在料草被发现少了,那人肯定会消停一阵,但牛槽摊上这罪名,他心中必定更是有恃无恐,所以铁定会卷土重来。

小琴见这孩子稚嫩却坚毅的脸庞只得听他的,先回去,临走前嘱托要是有什么需要帮忙的赶紧叫她。

小六摆摆手:"倒是没别的,等这事结了,小琴姐你把我不会的字教教我吧。"

小琴笑:"放心。"

她还从来没见过这么好学的孩子,当晚回去后将自己学的一些知识搜肠刮肚记在本子上,这么一写倒是记起不少,本来以为一个晚上能写完的东西愣是花了好几天。

四天后,牛槽寄来了新的信,说是去了淮扬市闯闯,现在已经安稳下来了,就在烟花街,但依旧没说去哪里。老两口倒是不想问了,自家儿子自小稳重踏实,除了找对象的事还没让他们操过什么心,当即安生下来,将信丢给了小琴,暗示起她要不要说一门亲事。

小琴这边被问得面红耳赤,村里一则消息炸了锅,说是偷料草的人逮到了。

村头到处打听儿子去哪儿了的小六他妈还以为是弟弟被抓回来了,刚想去娘家通知父母,就见牛队长带着一群人扭着村头捕鱼的老陈头走了过来,好几天见不到人影的儿子正走在人群前。

"六子,你死哪儿野去了,吓死妈了!"小六他妈鼻子一酸,拉过小六恶狠狠地训斥,泪花子不争气地滚了下来。

小六他妈前几天跟着队里的人去了一趟苏州,采购了一些布匹准备回来过年分给乡亲们,还见着了一款脚踏式的机器,可以缝衣服,比她们

用针线利索多了，好奇之下不免多看了几处，这就错过了时机，回来已过了好几天，家中空荡荡的，落了一桌子灰，当下心中不免害怕，四处问，才知道好几天没见着儿子人了。

小六往常也有几天没回来的情况，但基本上都是在外婆家或者舅舅家，小六他妈便准备过来看看，哪知正好撞上了。

"你爸外出打工，你到处野什么，鸭子呢！"小六子他妈其实宽慰孩子没被拐，却忍不住拉着脸责备。

牛队长一脸喜气洋洋地制止了小六子他妈："大妹儿，别训了，孩子立功了！"

5. 裁缝店小学徒

立功？

小六他妈愣愣看了一圈，被众人架在前头的老陈头脸上挂不住，哈腰连"哎"好几声，风霜丘壑的老脸红到了脖子根，跟老树皮刷了红漆般怪异。

周围家家户户都钻出好几个头瞧热闹，牛队长跨开步子走到村头，当着众人面一把将墙头重新贴上的通报批评撕了，回头对小六他妈说："事情这下水落石出了，让你弟别气了，回来吧！"

小六他妈瞧了儿子一眼，脚底打飘，跟踩在棉花上似的。她寻思着这经历有些不大现实，像小时候吃了野外采来的毒蘑菇，一路飘到大队，喝了一瓷缸热水才明白自家儿子这是给她弟证明了清白。

"好儿子，累着了吧。"这孩子大人自小管得少，但脑瓜子实在是灵，她也一直引以为豪。

"没呢！"小六昂头，眼下乌青一片，明眼人见着就知道好几天没睡好了，估计天天蹲在野外守着，队里一众人见了直叹这孩子懂事，倒是把白白担上罪名的牛槽给忘了。

这几天，小琴抄课本之余得闲会给小六做吃的送过去，连着几夜都没什么动静，本来已经想劝他先回来，怕这孩子冻感冒，毕竟天越来越冷，湖面早起都结了一层薄薄的冰，哪知赶巧老陈头看捕不到鱼忍不住了，再一次行动，被小六一举抓获。

本来老陈头见他一小孩子想跑，大不了死赖着不认账，又没证据，但哪知小六就是拉着他不放，常年干粗活养出的力道让老陈头这个风烛残年的老头也没什么优势，两人争执许久，惊动了正在执守的大队长，出来一瞧，这才算是人赃并获。

"好，好，好苗子啊！"牛队长连夸了好几声，周围人也都附和，更是把小六子妈给乐得合不拢嘴。

可是，这边夸是夸了，那边牛槽去向却是犯了难。

"去哪儿了呢？"阿斌蹲在湖滩边，苦脸对着一群灰不溜丢的麻鸭发愁。

脚边草丛中滚落几颗蛋，阿斌烦躁地跺脚，一不注意踩爆了，金灿灿的蛋黄流出来，竟都是双黄的。阿斌也没心疼，发着愁呢！

事情查清楚之后，牛队长就交代了他一个任务，让他把牛槽找回来，可他去哪儿找啊，连牛槽父母都不知道，越想越心烦。

"阿斌哥。"日头沉了一半在湖面上，有人声绕过芦苇荡传来。

阿斌以为是老婆小花，捋起愁容高兴地起身去迎，走来的却是小六。

"你不跟你小琴姐学字呢嘛，来这儿干嘛？"说起小六，阿斌心里是佩服的，这孩子心思缜密，他们这帮大人都不如，只是自小家中穷，父母没让他念书，现在放鸭子之余跟着小琴学几个字，很是刻苦。

平时这孩子挤出点时间几乎都跟小琴泡在一起，今天怎么有时间来找他了？

小六掏出一封信递给阿斌："阿斌哥，我舅在淮扬市烟花街。"

阿斌眼睛一亮，感情牛槽寄信回来了？可这兴奋只维持了片刻就又犯了难，烟花街那么大，他哪儿去找啊？

小六一双乌黑的眼"咕噜噜"转了一圈，好像看出他在愁什么："阿斌哥，你别担心，烟花街虽然大，但是缝纫店应该不多，尤其是周围有麦芽糖店的地方。"

"缝纫店？"阿斌拔高了音量，"你是说牛槽去学缝纫了？"

小六挠挠后脑勺，有些腼腆："我也不清楚，因为舅说要去做自己想做的事情，所以我猜是去当缝纫学徒了。"

他走的时候什么都没带，首先当然是要解决吃饭问题，缝纫店的学徒是包吃包住的，再加上又是他喜欢做的，小六才有此猜测。一开始也想过会不会是直接去哪个缝纫厂，但一来缝纫厂几乎都只要女工，二来牛槽没有专门学过缝纫技术，所以可能性不高，另外听妈妈说，大城市一般没有工厂，只有店铺，工厂建在偏僻的地方多一些。

"那麦芽糖呢？"阿斌不可置信地看着小六，这孩子也太聪明了吧。

小六"嘿嘿"一笑，露出一口白牙："两次寄来的信上都有麦芽糖的味道，应该不是巧合，我舅不爱吃甜食，应该就是卖纸的地方沾上的吧。"

也寻不到好的法子，牛队长寄了好几封信了，牛槽就是不回，牛队长又拉不下脸，只能把这难题丢给他！阿斌左思右想决定死马当活马医，按照小六子的方法径直去了烟花街寻牛槽，这可把媳妇小花给怨死了，他也不得法，只能好生安抚。

长途汽车一路颠簸，不出半天时间到了淮扬市，阿斌逮着拉人力车的车夫打听了一下，好家伙，还真的找到了一家裁缝铺！还是当地挺有名儿的，正巧旁边坐落着一家麦芽糖店，顺带着还卖纸砚笔墨。

阿斌几乎是一看到这两家傍在一起的铺子就可以肯定，错不了，八成就是这里了！

拢了拢围巾，又压低了帽檐，进去的时候一个年轻的姑娘卷着把尺子上前："这位先生，你是要做什么衣服？我帮您量个尺寸吧。"

阿斌摇摇头，一眼就看到了旁边裁衣服的牛槽。

这家店学徒也配置上了脚踏式缝纫机，阿斌不知道这玩意儿，但小花知道，还时不时念叨说什么彩礼没跟他要"三转一响"，便宜他了。其中的一转就是缝纫机了，别说，做起衣服还真利索。牛槽正有模有样地踩着踏板，聚精会神地盯着针头走向瞧，连他站在面前都没察觉。

"牛槽哥，你还真做起这行当啊！"

牛槽一抬头，居然是阿斌，有些诧异，他谁都没说，阿斌怎么找到这儿来了？

想到离开前的糟心事，立下沉下脸去："我不回去，也不会赔偿那料草。"

说完低头继续走线，很快大褂子上一排纽扣成型了，神奇非常，看得阿斌都愣住了，他怎么觉得牛槽这手，不，是这机器，有魔法，能生生变出衣服来？

阿斌好奇地伸手准备拿过来看，被眼疾手快的牛槽一把推开了。

真小气！阿斌刚想吐槽，针飞快下了去，将布料牢牢扎住。万一要是他的手没被牛槽推开……阿斌看了看完好的手指，掌心起了一层薄汗。

刚才拿着尺子的那姑娘笑眯眯走来："您是牛槽哥熟人啊，他可真有天赋，是我见过的最有天赋的学徒哩。"

阿斌被姑娘这么一说想起了队长交代的任务："哎呀牛槽，差点忘了，我跟你说，你可一定要回去，队长说了，给你个机会做喜欢的事，再也没人敢笑话你了！"

6.村里成立了缝纫组

　　脚下的动作顿住了,针停在半空,闪着森然的光,阿斌被这沉默的气氛搞得怪紧张,咽了口吐沫,刚想说什么,牛槽又不紧不慢地踩了起来。

　　"别逗了阿斌,我真不回去。"

　　像是吃了铁杆秤砣,牛槽就是雷打不动,任阿斌磨破了嘴皮子也就一句"他们逼我走的",最后没法,阿斌只能自己回去了。

　　牛队长本来以为给牛槽个台阶下得了,哪知这小子还杠上了,思忖一番,又跟柳先生合计半天,将牛槽父母叫来一顿敲打。父母回去之后让小琴以他们的名义写了一封信,说是要给他寻个亲事,他要不回来看看就是忤逆子,信尾还以唠嗑家常的形式扯到了老陈头,说是队里已经惩罚他,通报批评不说,还让他将那料草还回来,老陈头现在天寒地冻到处找草割,可算是给牛槽出了口恶气。

　　果不出其然,这信寄出去没多久,牛槽就回来了。

　　牛家父母见着儿子也不忍责怪,做了一桌子热饭等儿子吃,牛槽却看都没看,问了一句:"老陈头呢?"

　　牛家老爹从鼻孔里出了声气:"那老小子,也该断子绝孙,让你背了黑锅,好在老天开眼……"

　　"是我们小六聪明。"牛家老娘在一边自豪地补充。

　　牛槽不想听他俩唠嗑,又问:"老陈头呢?"

　　牛家老爹一见儿子这梗着脖子的样子不高兴了:"你不会又要发善心吧?你不看看他把你害成什么样!"

　　牛槽见跟他们没法说,"哼哧"一声,转身直接跑去了大队,气得牛家老爹在后面吹胡子瞪眼睛。

　　"嘿,这小子谁生的,向着谁呢!"

　　牛家老娘一脚踩上老伴儿脚面,疼得老头儿"嗷嗷"直叫!

　　正是饭点时候,挨家挨户都开着门吃饭,不少端着饭碗坐在门口拉家常的见着牛槽好像忘了先前笑话过他,咧嘴打招呼客套:"啥时候回来的。"

　　牛槽却已不见人影了,简直跟飞毛腿似的。

　　众人心中不快,转念想到他们以后穿衣纳鞋怕是还要靠着他,也没说啥,闷头扒饭,心里却依旧不以为意,嗤叨不就是个女人家当嘛,还没被重用就摆谱了,不像话!

牛槽要是晓得他们在想什么八成得发笑，好在是不晓得。

不出几分钟到了大队，柳先生不在，牛队长正跟小五围在桌子前吃饭，牛槽松了口气。

牛队长跟什么都没发生似的，笑眯眯地招呼老婆多盛一碗饭来，牛槽摆了摆手："不用，我等会儿回去吃。"

牛队长也没再坚持，喝了口汤："过得不错啊，听说还当了学徒？"

牛槽没提那段经历，隔窗指着村头墙面上老陈头的通报批评："队长，撤了吧，老陈头的那十捆料草我来还。"

牛队长闻言放下碗筷，表情诧异，眼中却全是尽在掌控中的笑意："哦？之前不肯还，现在还你清白了，倒是吵着嚷着要还了？"

一边的队长老婆锅铲声小了下去，明显的蹲墙角呢，小五将脸埋在青瓷碗里扒拉，只剩了一双眼睛在外面，眼珠子"滴溜溜"转个不停。

"之前没理，现在有理了。"牛槽简洁地说了这么一句，"别为难他，他也不是故意的。"

老陈头姓陈不姓牛，是灾荒时从外地拾荒来的，跟牛家村的人没什么接触，一个人守着高山湖，年成好时捕鱼糊口，年成不好或者是冬天的时候一直以捡破烂为生，今年梅雨季时摔断了腿，估计没好利索，都没见他出过门。老陈头没有资格分配粮票，就算饿死也没人管，日子清苦。其实早在一开始，牛槽就怀疑上了他，但没敢说，万一要是他，他还真不知道该怎么办——哪知还真是他。

牛队长晓得牛槽心软，当初他在高山湖上捕鱼捕得好好的，老陈头来之后，他为了让老人家混口饭吃就不捕鱼了，旁人不知道这事，牛队长是知道的，因为捕鱼名额得大队分配，牛槽不退出来，老陈头就得被赶走。

"你啊！"牛队长擦了擦嘴，将牛槽领进房间。

小五好奇，想跟过来看，被牛队长一个眼神瞪住了，吓得坐在原地继续扒饭，队长老婆拿着自己的碗坐在儿子身边小声安抚。

牛队长关上门，将压在一本书下的文件取了出来——《关于村支部大队成立缝纫组的通知》。

这是什么？

牛槽以为眼花了，也顾不上长幼有序，夺过来擦了擦，使劲看了几遍，终于确定没理解错，就是字面的意思。

"成立缝纫组？"牛槽睁大眼，一双肿泡眼真成了牛眼，铜铃似的。

牛队长"呵呵"一笑："不认真吧，早让阿斌那小子告诉你了。"

这才想起，阿斌先前找他的时候说的那句"给你个机会做喜欢的事"，还真是他喜欢的事。

"怎么这么突然的？"

"不是开展互助合作化运动嘛，咱们农村成立合作社、高级社，他们城镇里就把有缝纫机的人家组织起来，成立缝纫社。"牛队长喝了口水，"咱牛家村啊，虽然是乡下，但也可以超前成立。毛主席他老人家不是说了吗？自己动手，丰衣足食！"

牛队长小小撒了一个谎，并不是超前成立，是必须成立，镇上下的硬性要求。牛队长一接到通知就犯了难，村里小姑娘大媳妇儿，个个都会缝缝补补，可一个都不肯参与！谁肯啊，这活儿前无古人后也不一定有来者，做得不好人戳脊背梁，做得好了就是应该，一个个死精死精，算计上的一把好手，能同意才怪，会也得说不会。

思来想去，只能是牛槽！当下也不顾面子，央阿斌把他给请了回来。

"牛槽啊，你看，这可是个大好事啊。"牛队长循循善诱，"你要是做了，谁还敢笑话你！"

本以为牛槽会一跳八尺高地乐意，可看样子居然有些犹豫，牛队长急了，耐着性子稳着："而且，牛家村人多，每个人手上布票充足，但定做衣物得到镇上找缝纫社，镇上还就那么一两家，有时候做件衣服得排上十几二十天的队，太麻烦！你看啊，就当做好事呢？"

牛槽这犯难倒不是欲擒故纵，他也不怕人笑话，是担心父母不高兴。

"我爸妈……"

"嘿，你愁这个干啥？我来跟他们说。"牛队长拍了拍牛槽肩膀，"还有，老陈头那十捆料草，你跟他都不用还了！"

这天寒地冻的，一点枯树烂草早被乡里乡亲打走了，冬日就指着那点料草生火呢，哪里还能打到十捆！更何况牛家村周遭全是平原，连个林子都没有，捡漏都不得法。

牛队长见牛槽动摇，又加了把火："你要是担心有人嚼舌根子，我可以保证，这是公家的事情，为了广大乡亲们劳动，谁敢笑你！"

完了又补充一句，"这不快过年了嘛？我给你发大红奖状，以缝纫组的名义。"

话都说到这份儿上了，牛槽当即咬了咬牙，应了！

7. 说了一门亲事

缝纫组如火如荼地成立了，但也只是成立，唯一的标志就是村头那原先贴通报批评的地方贴上了一张通知——《关于牛家村成立缝纫组事宜》

白纸黑字洋洋洒洒写了一大段话，下面缝纫组成员名单孤零零附着：牛槽。

就牛槽一人，没了！

除了人，家伙也没有，地方更是没有。

牛槽父母直犯嘀咕，这牛队长什么意思啊，搞得跟个通报批评似的。

拨开人群转身回去，发现牛槽正在家里加固屋顶，牛槽他娘顺着梯子爬上去："这是干啥呢！"

牛槽不说话，赌气似的取过一块砖往屋顶上撂了起来。

牛槽他娘脾气也上来了，一把夺过他手上那砖头："跟你说话呢，翅膀硬了是吧。"

梯子下牛槽他爹连"喂"了几声，招手示意老伴儿下来，老太太瞪了儿子一眼，气冲冲又顺着梯子下去了。

"你干啥，不许我说他，就他那样，哪个姑娘能看得上他！"牛槽他娘抱怨。

牛槽他爹一脸"女人就是头发长见识短"的表情："你啊，真不知道他为啥子这样啊！"

牛槽他娘有点蒙，她知道啥，这孩子性子闷，有事从来不直说，都说儿大不由娘，她又不是他肚子里的蛔虫，哪里猜得出来。

"哎，你忘了我们怎么诓他回来的啦！"

怎么诓的？哦，给他寻了门亲事！牛槽他娘差点叫起来，把这事给忘了，再看向屋顶发泄似的撂砖头的牛槽，表情就不一样了。

当天，牛槽他娘宰了一只鸡，又用一块腌了很久的油光发亮的猪肉换了邻居一条大活鱼，喜笑颜开地做了一顿丰盛的午饭。厨房不到 11 点就飘出了异香，忙得肚子早唱起"空城计"的牛槽被勾出了一肚子馋虫，坐不住了，顺着梯子爬下来，一转身居然看到了小琴。

这个外地来的姑娘长得不十分漂亮，比之小丽更是差上很远，但胜在年轻，一张脸跟红苹果似的，笑起来让人忍不住想咬一口，再加上写了一手好字，在当地女娃中实在是不常见，牛槽忍不住多看了几眼。

小琴早发现牛槽在打量她，窘迫地低头摆弄着两条大辫子："牛槽哥，你修房子干嘛?"

牛槽想起早上被村头打更老头笑话说听到小丽嫌弃牛槽家屋顶是茅草的,铁定漏雨,谁嫁过来谁倒霉,心中郁闷至极,赶着趟儿去砖窑用粮票换了几块砖,回来撂了一上午。

但这话不能跟小琴讲,他对小丽的心思,他不愿提,闷闷解释:"漏雨,加固哩。"

风一吹,将脸上的臊劲儿吹跑一些,小琴眯眼看了一圈:"你这屋顶怕是不能用砖头,撑不住重量。"

话还没说完,好几块砖头"噼里啪啦"地掉了下来,把屋梁上的燕子窝都给砸落了。

牛家老娘听见响动走了过来,一见傻眼的二人又开始哭天抢地:"房子塌啦,房子咋塌啦?"

又赶紧去捧那燕子窝,直抱怨明年燕儿不来,怕是家道要中落。

牛槽被轰得耳朵疼,给小琴使了个眼色,小琴赶紧过来安抚牛家老娘:"阿婶,饭没做好吧,我帮您去,这边就给牛槽哥弄吧。"

牛家老娘倒是听小琴的,乖乖转身走了,小琴回头朝牛槽眨了眨眼睛,牛槽待在原地半晌都没动,直到小六过来蹭饭才回过神来。

"舅,屋顶咋塌了?"小六瞧了一眼,"我帮你。"

两人"噔噔噔"上了梯子,牛槽不发一言地干起活来,虽然他原来也沉默,但小六总觉得跟今天不一样,忍了半晌,还没问出口,牛槽倒是先开口了。

"你觉得小琴咋样?"

小六顺着牛槽视线看去,哦,他知道他为什么觉得不对劲了,往常牛槽做事一向认真,从来没有做一件事看着另一件事的情况,今天却总是瞧着院子,这叫什么来着?用小琴姐的话来说就是,就是,心猿意马!

不对啊,瞧院子干什么?院子里有小琴和外婆,他又问小琴怎么样,难道是——小六睁大眼,他虽然小,却懂事得早,再加上这些日子外公外婆总围在一起嘀嘀咕咕"小琴",一下子就明白过来。

"小琴不会要做我舅妈吧?"

小六声音不小,院子里的那俩人也听到了,小琴脸"唰"的一下红到了脖子根,牛槽他娘假意没听见,趁着淘米的当口儿扫了扫小琴,将她神情尽收眼底,心中的气满了不少!

饭很快做好了,屋顶牛槽跟小六也基本将屋顶复原,还是老样子。牛

槽拍了拍手，寻思着小琴还真是说得对，这屋顶就不能用砖头。蓦地想起奶奶总说什么锅配什么盖，铁锅配金盖也不合适，心中有了主意。

转念想到这些天小琴对父母的照顾以及小六张嘴闭嘴小琴姐的崇拜样，寻思着这铁盖聪明得紧，谁又说不如那糊了一层金粉的木头盖。

牛槽心中那点空当被一种莫名其妙的满足填得满满的，盛饭时撞到送碗的小琴，两人对视的瞬间均红了脸，乐得牛家老父母开心得嘴巴都没合上，直呼这腌制的上好蹄髈换得不亏——有鱼，喻示小两口如鱼得水。

"多吃点鸡肉。"牛家老娘笑眯眯地将鸡腿一人一个夹到牛槽跟小琴碗里，连她最疼爱的外孙都没捞着，"这是大吉大利，过日子有好预兆。"

活鸡活鱼在高山市是结婚时吃的，牛家老娘这一举动几乎是挑明了，小六低头喝着鸡汤，懊恼就不该贪这口，哪知外婆居然还扯到他身上了。

"童子也有好预兆，早生贵子。"牛家老娘笑眯眯地指着小六。

"噗。"一口汤差点没喷出来。

外婆这是把他也算计上了，怪不得叫他来，竟不是吃白食。

得，这口鸡汤他喝得！

不苟言笑的牛槽见小六这副模样竟难得笑了，只有小琴窘得想找个地洞钻进去，这司马昭之心。

好在牛家老娘也不是个沉得住气的，终于说出自己的目的："小琴啊，你看我们家牛槽怎么样。"

小琴将头埋在碗里，轻轻"嗯"了一声。

牛家老爹威严地一拍桌："你这是应了？"

小琴依旧没抬头，又是轻轻"嗯"了一声。

牛槽心跳猛地漏了一拍，反应过来手已经覆在小琴手背上了："小琴，我会对你好的。"

小琴这次没"嗯"了，居然直接趴在桌上低低呜咽了起来，牛槽慌乱地看着另外三人，她这是怎么了？不同意还是怎么的？

到底是女人家，牛家老娘知道小姑娘这是暖心的，隔着牛槽手握着小琴手："孩子，以后你就又有妈了。"

"哇"的一声，不再是呜咽了，这次是号啕大哭。

这边哭得起劲，可把来人吓了一跳，以为这家人怎么欺负人家孤寡少女来着，半响才支支吾吾说出目的："牛，牛槽，队长叫你过去，说是有急事，关于缝纫组的。"

8. 三个条件

牛槽丢下一桌热饭，依依不舍地看了小琴一眼，握着手让她等他，小琴埋头使劲点了点，就是不肯抬。

来了大队后发现牛队长已经吃完了，想到家中那一桌子菜有些胸闷，不过也没说什么，安心听牛队长吩咐。

原来乡里知道他们牛家村成立了缝纫组想来看看，可现在什么都没有，牛队长怕人见了影响不好，说他们放大话，到时候传出去被当成典型批斗就完了，急得团团转，只好把牛槽请来想办法。

"来看看？"牛槽托腮看着墙上热火朝天的农活图，蹙眉不知道想什么。

牛队长晓得牛槽靠谱，这次要不是自己心急邀功跟上头吹牛，牛槽铁定过两天也会给他置办妥当，但他不能承认。

"得快点，不然……"

"三个。"牛槽伸出三根手指。

即便被牛槽打断牛队长也一点都没不满，心中竟还一喜，跟寻了救命稻草："说。"

"一、帮我寻间空屋子；二、家中有缝纫机的可以贡献出来，没有的话就算了，熨斗、针线、尺子、画粉笔、剪刀一定要有；三、人。"

牛槽说的时候牛队长一直在听，说实话，第一条、第二条倒还好，这第三条着实有些难。

牛队长心下晓得这第三条他肯定是出不了力，干脆避开不谈，默默允了第一条第二条，至于第三条假意有事来不及谈让牛槽自个儿执行，遇到困难再找他。

牛槽这人从来不在不必花心思的地方花心思，没管牛队长的小心机，径自要了张纸，写上动员大家报名缝纫社的事，再要来大队的章盖了下去，转身出去贴在村头。

牛队长说话算话，大手一挥，将小琴家一间空房子拨给了缝纫组。小琴家本来就是村里大队活动时的空置地，牛槽求了情才作了小琴暂时的家，归根到底还是公家财产，小琴也没什么理由反对的。至于缝纫机，村里是一家都没有，于是家家户户贡献了些针线之类的家当，也算是勉强凑了个像样。

牛队长任务是完成了，剩下就看牛槽的了。

"牛槽哥，怎么样啊？还是没人报名吗？"小琴用篮子装了饭给在钢铁厂忙活的牛槽送去。

周围一些小工人见状纷纷吹口哨逗牛槽，小琴脸红到了脖子根，牛槽接过篮子挥手赶鸭子似的将一群小子赶跑，两人寻了个坡子边晒太阳边布下饭菜：一块红烧鱼，一个韭菜炒鸡蛋，一份小荠菜汤，还有一碗大米饭，饭中间藏了块猪油，一拌喷香。

牛槽看着小琴红扑扑的脸，心中跟抹了蜜似的，到底还是有媳妇好啊，转念又想到两人还没结婚，寻思着得快点布置了，再一瞧小琴起伏的胸部，感觉就不一样了。他咽了口吐沫，拼命移开视线，将注意力放在饭菜上，入口味蕾大动，很快吃了起来。

小琴已经吃过了，就看着牛槽吃："牛槽哥，我听他们说，都不太愿意。"

谁愿意啊，摆明了是给自己多摊事，不算工分，不多发粮票布票，每天该干的活儿一点都不少，只能用休息时间做衣服，做得不好还得赔人家布料。

说句难听的——谁同意谁是傻子！

牛槽哥还真是傻，小琴心疼地看着这个不算高大的男人，他给她的感觉像天，敦厚而宽阔，是她见过最靠谱的人，好像托付给他什么事都能办成，但正因为这份靠谱又显得他傻，为了一个承诺能放弃自身利益，这一点又让她觉得不安全。

不行，以后结婚，她要好好敲打他——小琴想着脸又开始发烫。

"嗯，是都不同意。"牛槽低头大口扒饭，表情没什么变化，好像这一点并没有对他造成困扰。

"牛槽哥，那你怎么不急的啊？"小琴奇怪，明天乡里的人就来了，凑不齐怎么交差啊。

牛槽喝光最后一口汤，又埋头将汤碗舔干净："这不是有我吗？"

"就你一个？"小琴瞪大眼。

"就我一个。"牛槽强调。

牛队长听闻牛槽打算就一个人也跟小琴一样的反应，哪有缝纫组就一个人的？好的裁缝、技术工、打样板的各有一个啊！

"找不到，没办法。"而且也没谁规定缝纫组必须有两个人。

牛槽将手上画好的一张设计图递给牛队长："我裁剪、设计跟缝纫都学过几天，够的。"

那你一个人怎么忙得过来？这话只在喉咙口绕了个弯儿又被牛队长咽了下去，他找不到就不多话了，总不能押着旁人手去做吧，那还不如他自己上，他自己又……算了，就依着牛槽意思吧。

这事就这么结了，临走前牛队长千叮咛万嘱咐牛槽好生计划着，明天至少不能丢脸，至于表现一把，那是想都不敢想的。

白日里工作了一天，其实有些累，但牛槽还是缩在缝纫房间忙到大半夜，晚上打更的老头见小琴家房间的灯亮着直嘀咕，这牛槽看起来傻呵呵的，他先前还总嘲笑他寻不到对象，现在人怎么突然机灵了，居然都在女娃家住下了，连那小白脸柳先生都没他能干——柳先生后面就比较谨慎了，跟小丽约会没再让人撞见。

到底还是不能以貌取人啊！打更老头咬牙叫了声"小心火烛"，将手上的更敲得震天响。

候在厨房的小琴听到更声半漏越发心烦意乱，终于还是有所决定，端出就着冰糖熬好的雪梨汁送到牛槽工作的地方。

小房间只一块铁皮搭就，冬凉夏暖，实在是不能住人，但牛槽死活守着那道防线，就是不愿意去小琴房中做活计，小琴知道他是为她好，却又恨他迂腐，只得心疼地陪他，给他炖点雪梨汤去去火。

"瞧你嘴上这燎泡肿的。"

"不碍事。"

牛槽也不喝，目不斜视地用白色画粉笔在一块姑父蓝上打样，这衣服从下巴向左斜至腋下扣到衣脚，一瞧便是时下流行的女人款式。

"给妈做的啊？"小琴凑过去看。

"给你做的。"牛槽依旧没抬头。

小琴一愣，半晌没说话，煤油灯的光暗戳戳地，被漏进来的风一吹，在铁皮墙壁上乱舞。

忽然，墙上冒出一道人影，扎着两条大辫子，飞快凑到另一个比她高不了多少的影子边碰了一下，好像是在亲他。

那比她高不了多少的影子呆了呆，抬起了头。

9. 嫁鸡随鸡

第二日，乡里下来的早早就来了牛家村，牛队长连衣服都没穿好，接到信号火急火燎地赶到村头去接，哪知人家根本没打算跟他会面，直接指着拖拉机车夫将他们拉到了小琴家。

缝纫房门关着，门口聚了一群人看热闹，小六也在那堆看热闹的人里面。

小六起得早，要先跟小琴学几个字才能安心回去做早饭、赶鸭子，今天来正好碰到乡里人。

"这牛槽啊，昨晚就没走，赖小琴家了。"

"哎，别乱说，这里是缝纫房。"

"有什么区别吗？隔了一栋门，而且，我听说啊……"

人群传来叽叽喳喳的八卦声，小六刚想瞪这些长舌的，牛队长已经赶来了，不快不慢，正好在乡里负责人站定之后。

乡里领头人是个魁梧的男人，后面跟着的几个人看起来也都年轻，据说是分来的大学生，牛队长不敢看轻，一一鞠了躬才直起身子。

"各位，我带大家参观参观。"牛队长示意，几人点点头，跟上，牛队长转身后脸却垮了下来。

刚才众人叽叽喳喳的话他是听到了，心拎得老高，这个牛槽不会这么不靠谱，跟小琴干什么见不得人的事情吧，毕竟孤男寡女的，要是真干啥众目睽睽之下被逮了去，怕是丢人现眼到姥姥家了。

牛队长深呼吸一口气，闭上眼睛，伸手刚想推门，门被人从里面推开了，是牛槽。

牛队长看了他一眼，视线又赶紧往里探，一下呼吸停了，小琴居然还真在，下意识想挡住后面那几个人，牛槽已经绕过他开始给人介绍了起来。

"各位领导好，这是我们的缝纫组，因为白天没时间，我们会凌晨或者傍晚过来缝制。"牛槽指着房内的东西一一介绍，这时候小琴也起身朝众人微笑，但没说什么，鞠完躬就熟悉地将一颗扣子钉在了衣服上。

乡里的几个人在牛槽介绍下四处看了看，房间整洁有序，以服装制造的三道程序为分类标准，每个流程占据的方位壁垒分明，墙上贴着"团结、合作、互助"的横幅，字迹娟秀非常，一见就能看出来写字人的心性上佳。

"这？"待那几个人认真查看时，牛队长拉过牛槽，一脸不可置信。

他昨天来这里看过，明明不是这样的，乱成一团，本来也没指望发挥得有多好，样子做做就行了，现在牛槽这是绝对给他长脸啊，还有小琴，这是怎么回事？

"小琴怎么也加入了？"牛队长看着弯腰低头缝衣服的小琴，小声问。

向来稳重木讷的牛槽竟难得显出些赧然，他见乡里人注意力都不在这边，附耳牛队长："小琴说，她这是嫁鸡随鸡。"

想到昨天晚上小琴调侃父母请她吃的那顿饭，说在她们老家那里，结婚时大公鸡寓意的可是"嫁鸡随鸡"，牛槽难得开窍，料到小琴这是催婚了，当即乐得找不到东南西北，昨晚除了教小琴缝纫衣服的一些基本技巧之外，光想着怎么筹办婚礼了。

小琴钉好最后一颗扣子，偷眼瞧着牛槽，这傻子应该懂她意思吧，她一个黄花大闺女都这样了，如果他再不将提亲提上日程会被人说道的。

牛槽正好也在看小琴，两人视线对上跟触电似的又弹了回来，牛队长见到后心领神会，送走乡里人回去之后就叫来了牛槽父母，关上门一通交流，老两口喜笑颜开地出了来。

回去的路上，打更老头抽着烟袋蹲在村头："啥事乐呵成这样子？难不成你那儿子找着对象了？"

牛槽老爹知道这老小子总是嘲笑他儿子，瞅了一眼，没搭理，倒是牛槽他娘，人逢喜事精神爽，不跟他计较，乐滋滋地点头，跟吃了蜜糖一样："是啊，是啊，要请乡亲们喝喜酒了。"

打更老头胡子一抖，还真找着了？莫不是昨晚那外地闺女？他还以为牛槽会跟他一样打光棍一辈子哩！心里越想越不平衡，啐了口浓痰在村头自留沟里，抬眼时牛槽父母正乐滋滋地跟众人道喜，气得眼不见为净，收起烟袋踢踏着草鞋回了茅屋。

回去后见牛槽正指导小六画样板，牛槽老爹一下竖起眉毛，还想将这娘炮活计教他外孙子！刚想教训两句被牛槽他娘一个眼神制止了，牛槽老爹懂，老太婆这是让他别在大喜的日子跟孩子计较，当即平心顺气，捋了捋胡须，咳嗽两声。

小六一见外公外婆，吐了个舌头，牛槽用眼神安抚他别担心，见外公外婆果然没说什么才放下心来，将画粉笔放好。

"刚队长找我了。"牛槽他爹摆了摆谱，见牛槽居然没接话问找他干啥，干脆直说了，"他夸你这次做得不错，乡里打算作为典型表扬。"

牛槽依旧在忙手中那匹布料的赶制工作，没什么反应，好像对表扬没什么兴趣。

牛槽她娘瞥了瞥牛槽他爹，赶紧接话："这工作做得好，个人情况啊，队长也很关心。"

说罢绕到牛槽身边，探身试探："今年满二十了吧，小琴也不小了，

队长说可以给你们开证明。"

小琴正好抱着一匹布进来，闻言脸窘得通红，站也不是走也不是，局促得跟在地上长了根似的。

牛槽没管爹娘的话，自小琴进来眼神就没从小琴身上移开，钩子似的："小琴，你想要些什么？"

还以为自家儿子说什么，牛槽他娘想跺脚，当时看上这娃不就是因为她没娘家，估计要不了什么彩礼，能省下一笔钱吗？现在这混小子说啥呢，提这一遭。又一想到小琴孤家寡人一个，就算要东西最后也归他家，心下安了不少。

几个人就这么盯着小琴，等她答复，她咬着嘴唇，视线虚晃晃地在脚尖上打转，余光里木门上早已泛白的春联被风吹得扬起又落下，她越发心慌意乱："不要，嫁鸡随鸡，嫁狗随狗，有牛槽哥就够了。"

牛家老娘笑得乐呵，这姑娘她是越看越喜欢，这么实诚。

牛槽可不乐意了，他老婆怎么能少东西，别人家有的他也得给，不能委屈了人姑娘，但是他也晓得自家老娘心态，只消片刻便有了计量。

10. 小琴被嘲笑

牛家村田埂上，阿斌正抡起榔头犁地，牛槽拎着个篮子塞到他手上，篮子上盖着蓝色头巾，瞧着沉甸甸的。

"哥，干啥呢？"阿斌擦了擦汗，好奇掀开蓝头巾一瞧，满满一篮子刚挖出来的山芋啊，紫红色皮上还沾着新鲜的土哩。

"问你个事儿。"不由分说地塞到阿斌手上，拉他在田埂上坐下。

现在天寒地冻的，山芋可是个紧俏货，铁定是牛槽藏在地窖下的。阿斌也不推托，乐呵呵接下，寻思着回去给小花扔进灶膛里烤，烤得熟透时把那外壳上的黑皮一剥，喷香金灿，那味儿村口打更老头家黑狗闻到都得停下摇尾巴。

"啥事啊？"阿斌一笑龇出一口白牙。

牛槽却有些不大好意思了，扭捏半晌，铜墙般的脸皮跟烧了个把小时的烧火钳似的，黑里透着红："想问你拖拉机咋个借。"

五里八乡结婚就没阿斌那么风光的，这边新娘子娇滴滴在家候着，那边阿斌带着一拖拉机人绕七八个弯儿停在牛家村，"五八大杠"载着新娘，众姑娘那个眼馋啊，从此牛家村姑娘的迎娶门槛彻底高了一个台阶。

旁的小伙子恨阿斌恨得牙痒，用打更老头的话就是——"叫他现！"

牛槽却不这么认为，男人嘛，就得给老婆好的。

阿斌也是被人说得臊，此番牛槽不仅不笑话他"妻管炎"还虚心讨教，让他很受用。

"包给我了！"阿斌拍胸脯。

阿斌够义气，下了田就去找前村儿的铁匠老丁家借新买的拖拉机，这是老丁赚钱的行当，当然不可能白借，阿斌好说歹说，人终于同意用两张布票换了用一次。

谁知换到牛槽那里却不同意："布票不行。"

"哎呀，我说你！"阿斌恨得牙痒痒，现在哪儿去借崭新的拖拉机啊，他磨破了嘴皮子，自己结婚一次，牛槽结婚一次，就两次，他还不识好歹。

"一篮子鸡蛋成吗？"牛槽伸出一根指头。

"不成！"阿斌强调，"人就要布票。"

"我自个说去。"牛槽也不废话，转身扛着榔头就朝南边走。

阿斌在田埂上直跺脚，这人还真耿得跟头牛似的，又想落到好又想不掏钱，哪儿那么好的事去！晚饭时，阿斌义愤填膺地坐在凉桌前跟家人抱怨，小花扭着腰肢将一碗手擀面重重地放在桌上，一甩大辫子转身去了厨房。

阿斌他娘斜眼剜了一眼："这小花，越来越不上家数了。"

"小花就这样儿。"阿斌护老婆，见小花又盛了一碗汤来赶紧帮她接过，"烫着没？"

小花也不答话，一撇嘴："你帮人老婆那么上心作甚！"

原来是为这事不高兴！阿斌捧过老婆手吹烫红的印子："那筐山芋就是他的，还有，以后这不你想要什么款式的衣服，我方便找他嘛。"

好说歹说小花才给了个笑脸，阿斌他娘耷拉着眼端着碗将筷子敲得"乒乓响"，心中直念叨可真是有了老婆忘了娘，连着朝旁边的老伴翻了好几个白眼。

一家人坐在门口吃得热闹，牛槽从村口走了过来，木头脸看不出表情，小花捅捅阿斌使了个眼色，阿斌扒拉一口饭："哥，怎么样啊？"

"好了。"牛槽咧嘴扯出个不算笑的笑，匆匆路过阿斌家门口。

"好了？"阿斌张嘴露出一口白米饭，这咋就好了？

第二日特意趁着午间晾山芋干的时候打探，牛槽哈了口气，洒白的阳

光下冒了一层白雾："他老婆想要件列宁装，我用他不穿的中山装裁了。"

说罢问起三大件的事儿，阿斌啧啧感叹，这小子看着憨，实则内里不傻，居然使了点手艺活就给借到拖拉机，当初他费了好大劲儿，给了好几张布票呢！念及此义愤地随手拾起竹帘子上的山芋干扔嘴里："蝴蝶牌缝纫机、上海牌手表、凤凰牌自行车……最好的了。"

牛槽听闻犯了难，别说什么上海牌手表跟凤凰牌自行车，哪怕是缝纫机他都买不起。

若是买得起，犯得着缝纫组还用剪刀针线嘛！

牛槽蔫头耷脑，将瓷缸里藏着的钱掏出来数了半天，一分一块地颠来数去，摞了好几个长龙，连个"大团结"都没有。

他家不富裕，哥嫂结婚时几乎花光了积蓄，姐姐出嫁后得了些嫁妆，偏生丈夫是个短命的，大雪天骑着三轮车去找走失的鸭子，一轱辘滑到大坝下摔死了，爸妈可怜那年纪轻轻守了寡的姐姐，将彩礼连同余下的积蓄都给了孤儿寡母，他也年纪轻轻就当起了小六的半个爹，平时吃穿用度没少照顾着。

"一般牌子的缝纫机一百块，凤凰牌要一百多！"阿斌的声音在耳边响起。

牛槽老牛般哞出口气，拂袖甩开那一摞硬币就出门了。一百块，他一个月工资才6块钱，不吃不喝也得两年才能凑够数，玩呢！

一路跑到小琴家，见她正坐在门口坡子上缝衣服，刚想招呼，几个窈窕的身影从巷口出来，牛槽瞧见其中一个穿着水红色棉袄的背影，停住了。

"小琴。"小丽打了个招呼，"去赶集吗？"

小花拧了把小丽，朝她使眼色。

小琴抬头瞧了这几个姑娘一眼，抿唇笑了笑："不去了，缝衣服呢。"

小丽准备走，小花瞧着小琴这副模样心中不舒坦，明明她们几个才是牛家村最好看的，这小琴也不搁捧后门沟里的水瞧瞧自个儿长啥模样，总在她们面前摆出一副清高样，偏生她丈夫阿斌还替人家忙前忙后，她一肚子邪火没地儿撒，出口的话不免带了几分刻薄："你家牛槽不是能嘛，还让你穿打补丁的衣服啊。"

人群中一姑娘闻言捂着嘴笑了："对啊，牛槽最会干这个了。"

言外之意，牛槽只会做女人的家当。

轻轻一声，温柔又轻蔑，像芦苇荡上的藤蔓软中带刺，直生生刮拉下一块带血的皮。

牛槽记着,这村头老四家的闺女小俏平时就不大瞧得上他,去年温言软语让他做了件裰子,转身就跟人说他见了女人就脚软。

"对啊,他可厉害了,以后你们要穿啥都得问他声。"小琴昂着头骄傲道。

几个姑娘见讨不到好互相扯了扯衣角,结伴离开了。

天沟里有风吹来,牛槽打了个激灵,握紧的拳头渐渐松开,那群莺莺燕燕的身影在眼中变淡,最后眼中心间只剩穿着粗布衫的苹果脸姑娘无限放大,牛槽满心的坚冰汩汩而出成春日里的沟渠水。

小琴,我一定让她们都羡慕你!

11. 牛槽打脸

老娘正架着梯子在堂屋上修燕子窝,手上糊满了泥,听见后面有响动还以为是老头子,伸手要泥,没人给,扭头才发现是幺儿。

"死哪个旮旯儿去啦?"这两天前后不着人,老娘想到一堆活儿都是自个儿做的,心中火起。

牛槽哼哼着扛起铁锹,鼻孔里发出一声"裁布"就不说话了,老娘嫌弃他这副要死不活的德行,也没说啥,牛槽却又上赶着讨嫌:"铲子跟榔头呢?"

"要了做啥去?"老娘抹手下梯子,拉开木门,露出后面的家当。

"打地基!"丢下这句话就扛着家当走了。

老娘愣在原地:打地基?打地基作甚?

打地基娶媳妇啊!

当老娘得知自家幺儿心思之后,房屋隔壁种了十几年的水杉木已经被砍了,树桩子直溜溜倒在地上,压得刚冒出头的鸭跖草东倒西歪一片。

"造孽啊,你这龟儿子干啥子哟!"

牛槽闷不吭声地甩下一榔头:"娶媳妇哩。"

"你娶媳妇就娶媳妇,这水杉木招你惹你了。"老娘心疼得要死,这小树苗是她嫁过来后亲手栽的,已经养得一人抱粗了,现在说砍就砍。

"不砍你给钱砌屋子?"说完这话又使劲甩起一榔头,直把主屋的地基给砸开一个入口。

老娘抿了抿嘴,眼神复杂,这死小子,还没娶呢就胳膊肘往外拐,以后结婚还得了。转念想到还好娶的是小琴,若是小花那样儿的,还不得

把家给拆了，心中安慰些，也不管了，就任牛槽在隔壁"哐哐当当"。

牛槽这边忙起来晚上都不带消停，老两口捂着耳朵给置办结婚的家当，彩礼肯定是没有的，但墙上的毛主席画像必不可少，红衣红烛红被子也是常规置备，当然还得有印着毛主席头像的大红证证。

东西配备齐了，小琴这边也里里外外拾掇妥当，就等着敲锣打鼓抬进门，牛槽却闷头在地基上敲敲打打，一声不吭的，好像一点都不着急。小琴见他那样儿有些慌，总担心牛槽哥不属意她，尤其是近来好些闲言碎语，说牛槽爱那些个好看姑娘，比如村花小丽，见着就挪不动脚，此番是没个选才挑的小琴。姑娘家一颗心尤其患得患失，对着门口的黄豆好半晌都没挑干净。

"小琴，发啥子呆呢！"王婶围着蓝布头巾挎着兜篮走了过来，她是牛槽家给选的红娘，也顺带担了小琴娘家一职，因着小琴一介孤女，这婚结得不喜庆，牛槽爹娘就央了人来，讨个吉利。

小琴耷拉着眼讷了声，半天没回，王婶以为是女孩子家结婚前害臊，笑着拍了一把："你这娃娃，也是个有福气的，夫家对你那个好哇。"

小琴好奇，王婶附耳悄悄告诉她，原是这牛槽想带她去镇上照相，但牛槽爸妈不同意，说是贼贵，那东西还能勾魂儿，牛槽执意，为此还跟爸妈吵了一架。小琴被说得苹果脸更红了，跟开了朵花儿似的。

王婶走后，牛槽果然来了，揣着他那铁罐里的一堆硬币坐了许久的板车，终于带小琴去市里成功拍了张照。

照相馆可是个稀罕物，除了万元户一般人家结婚都不定照上一回，小琴扭捏半晌也不好意思出来，最后还是被店里的小姑娘给推出来的，两人就这么扭扭捏捏一摆手，"咔嚓"一声定格了。

出来又去街头摊子上吃了碗热气腾腾的酱油馄饨，回村途中两人越坐越近，这手就牵到一起去了，下板车时正好瞧见一群姑娘簇拥着小丽从村尾走过来，娉娉婷婷的，手上挎着的木盆都带着仙气儿。牛槽心头一滞，见身边小琴直勾勾瞧着他，凝滞的那股气一下泄了，伸手将兜里一枚翠绿色的物什掏了出来。

"小琴，送你的。"牛槽将那物什放在小琴掌心，竟是一枚烟袋状的小小玉石，通体碧透，闪着莹莹绿光，"聘礼。"

"玉石？"小花惊呼一声。

一群姑娘被吸引，纷纷停住脚步，瞧了上去。

"天哪，这东西可贵了。"

"牛槽怎么会有玉石？"

姑娘们议论纷纷，很快，牛槽送了一枚玉石给小琴当聘礼的消息就不胫而走，整个牛家村都晓得了。牛家老娘听到消息甩下一盆没洗的衣服，当即就去质问了。

"哪儿来的玉石！"她寻思着这小子是不是把家里什么祖传宝贝给当了。

牛槽料到老娘会来问，不过他也有理，挺着脖子闷闷道："挖地基挖出来的。"

老娘一听，拍着膝盖就想拧牛槽耳朵，地基里挖出来的，八成是老祖宗留下的，不是祖传宝贝是什么！这家传宝她摸都没摸过就给隔代传了，她怎能不酸。

当然，这事儿酸得可不止牛槽他娘一人，一群姑娘瞧着小琴得了"宝物"更是直冒酸水儿，尤其是先前一直占据嫁人最风光头衔的小花，十分不服，寻思着牛槽家穷得叮当响，指不定是拿什么假货显摆的，铁了心想出小琴丑，寻着个日子在桥头涤衣服时佯装无意谈起玉石上若是缠头发遇火不着的传言，周围一众姑娘晓得小花的意思，纷纷附和。

"真假的啊？"老四女儿小俏挤眉弄眼。

小花做恍然大悟状："真假的用小琴的玉石试试看不就晓得了吗？"

周围一些大姑娘小媳妇本来就好奇牛槽送给小琴的聘礼，这下听闻纷纷围了过来，撺掇着小琴试。小琴不得法，只能拔下个头发又寻了根火柴给众人示范。

"咻"的火苗着了，小琴小心翼翼地将火柴朝玉石下放过去，不敢离得近，生怕烧坏了，火舌舔舐着玉石，那油光水滑的黑发还真完好如初，小琴总算松了口气。

一根火柴很快烧完了，人群中发出小小的抽气声。小花不服气，又拿出根火柴点燃，这次可不如小琴般爱惜了，隔得老近，差点没给小琴手烧着了，火苗猛地一闪，吞噬了乌黑的发丝，众人眼睛一眨不眨地瞧着，结果直到火苗渐渐熄灭——那乌黑发亮的头发依旧没事！

众人再次看向小琴手中玉石时，那表情就不一般了。

12.柳先生加入缝纫组

牛槽送了一枚烟斗玉石给小琴做聘礼之事彻底打响名头，牛家村纷纷传言牛槽家祖上是个地主，这不，为啥子牛槽能拿得出宝贝！村里妇

人茶余饭后撺掇着牛槽他娘别藏私，牛槽他娘哪儿敢说是地里挖出来的，还不得让人把房子给拆了，只能挤着笑脸说是自己送的，妇人个个竖大拇指称厚道。这下子，村头村尾的姑娘瞧着小琴竟微微有些不是滋味，全然忘了先前个个说到牛槽都是鄙视的，大约人带上光环总归不大一样。

这不是滋味在小琴穿着一身姑父蓝斜襟边褂子坐在拖拉机上"五花大绑"地晃了一圈更是发酵到了高潮，那一天枯黄平坦的牛家村平原上悠悠荡荡皆是敲锣打鼓声，细听还夹杂着吵闹，原是众位觉得嫁亏了的大姑娘小媳妇跟夫家吵哩，尤以阿斌家声音最响亮，恼得他直恨不该多事。

田头大坝下，一排坟茔在光秃秃的槐树下隐隐冒着头，老远瞧去瘆人得慌，柳先生抱着胳膊打了个寒战，转身想走人见小丽挎着一篮子元宝过来了。

小丽她奶奶前年这时候去世的，今晨给他门框子下留了信，让来坟地陪她烧纸钱，他本不欲来这泥泞的晦气地，奈何好些时候没约会了，心痒难耐，还是来了，左右等不得小丽，心中恼得慌，此番见了人脸色当下就不好看了。

"你寻了这什么地儿啊。"

哪知小丽却不似往常般瞧他脸色，径直爬上大坝蹲在她奶奶坟茔前开始烧起纸钱来，火苗舌头般舔舐着枯树枝，乌黑的烟雾丝丝缕缕缭绕。柳先生瞧着前头红妆喜庆，这边阴森难耐，不自禁就打了个哆嗦，抹脚退了两步。

"你娶不娶我？"小丽木然问出这句。

柳先生微恼，将他叫来就为这事吗？转身欲呵斥小丽，视线正好同墓碑撞上，森然的水泥石碑惹得他一个激灵。

"小琴都嫁了。"小丽语气带上了委屈，想那小琴长得不好看，又是个外地孤女，而她牛家村一朵花，多少人肖想不得，却陪着他苟且，说出去，让父母怎么见人。

柳先生鼻孔里几不可察地抽出一声"哼"，不屑地想，这村姑……恰是时，湖坝下来了一阵冷风，将他这情绪吹散了。柳先生打了个哆嗦，绕口的话到喉咙生生成了一个"娶"字。

这边小丽终是喜笑颜开，眉头一抹朦胧的哀愁也如烟般消散在初春的柳穗里，烧纸时的沉重成了喜悦，竟哼起了声。柳先生却是心情沉重，任是他再自诩高知青年也害怕，毕竟在人奶奶坟前应了这份亲，可他又不欲娶这乡下姑娘，否则他这辈子就别想脱离这地儿了。

回去的路上，两人各怀心思，倒也没了温存一番的兴致，临村口前就散了。柳先生心事重重地回大队边一栋矮小的屋子，小五正抱着红被子去牛槽家，见他心事重重叫了声"叔"，心道怎么不去牛槽家吃喜酒的，柳先生也没理他，满心想着怎么得快些回南京。

话说距离中央成立"知识青年下乡指导小组"和安置办已经六年有余，他们这一批"老三届"也来了好些年，近来听说上头松动，有放回一批知青的意思，他特从先前村头的屋子搬来大队边给牛队长家当牛做马，就是想早些得到照拂好回去，可每当问到牛队长这事儿，他都一副讳莫如深的样子，他实在不知这老狐狸脑子里想什么。

柳先生懊恼得紧，坐在昏暗的屋子里不知在想些什么，直到月色探过树梢才回了神儿，他站起身，站在窗口边负手仰望月色，青衫落拓的背影萧条且寂寥。

第二日一早，柳先生就帮衬着牛队长家打扫好卫生，待队长一家三口坐在桌前吃起早饭的时候，柳先生摘下帽子，鞠了个躬："队长，我申请加入缝纫组。"

牛队长敲开一枚咸鸭蛋，用筷子一戳，金黄的油流了出来，听到柳先生的话他手上动作停了，不急不缓地伸手将那油吸干净，抬眸"哦"了一声。

柳先生不敢看他那眼，垂头毕恭毕敬："牛槽那边不是缺人吗？"

小五"呲溜"吸了一大口粥："爸，柳先生说得对，牛槽哥那儿是缺人，我听小六子说他都想去帮忙呢。"

牛队长伸手摸了摸儿子头，想了下，又上下打量柳先生几眼，低头喝粥："去吧。"

见柳先生转身想走又补充了一句，"小五的学业不能落下。"

柳先生当然不敢，保证一定随叫随到，这才成功得了允诺。

牛槽正新婚甜蜜哩，天天睡到日上三竿，打更老头儿早先路过还嚼舌两句，后来见牛槽那木头脸上的表情喜乐得跟雕了花儿似的，干脆闭口，牵着老狗匆匆绕过，再也不自讨没趣了。

柳先生找来的时候牛槽穿着个大裤衩开门，装扮实在算不上好，迎面见着柳先生板整的模样下意识挡住门缝，怕小琴见着找对差，又觉得太刻意，干脆出了来。

"啥事？"

"牛队长的任令。"

柳先生颇嫌弃牛槽大裤衩，牛槽也不喜柳先生这副矜傲模样，两人几句话就将事情给对接了，牛槽接了牛队长任令转身回了屋子，小琴大辫子还没来得及扎好，松垮地散开在薄薄的肩背上，一身水红色的衫子衬得她腰身盈盈不堪一握。

"怎么了？"她将一个宝蓝色瓷盘端来，上面放着刚炸好的安菜头饼，喷香。

牛槽心思一下就不在那任令上了，眼神先是落在瓷盘上，后又顺着日光下洁白的皓腕一路往上，直落到小琴红扑扑的苹果脸上，无怪乎老人常言得有个女人，这日子……牛槽一把拉过小琴，小琴拍了一下他，娇羞别过脸，牛槽享受地眯上眼，还真是宛若天堂啊。

至于柳先生，他来就来吧，反正多个人多双手，还能多做点事儿哩，牛槽自我安慰。

他其实晓得柳先生此番来八成不太平，不过他一无权二无势，只能兵来将挡水来土掩了，可他万万没想到的是，柳先生来没给他摊上事儿，他自己倒是找了事儿，还是个绝顶晦气事儿。

13. 寿衣做不做

却说龙虬镇这块自古对结婚甚是看重，赶前好几个月挑选好日子不说，还禁忌多多，什么结婚前必须家中三年没办过丧事，结婚时女方必须穿新鞋且不能踩到新郎的鞋子，结婚后女方不能回娘家过年等，一系列流程下来折腾得牛槽跟小琴够呛，连带着作为童子的六子都苦不堪言，直嚷嚷着以后绝不娶媳妇，被自家亲娘呼了好大一巴掌。

直到一周后，牛槽总算按照流程弄完松口气，阿斌踩着春寒料峭敲响了桃木门。

"谁啊？"牛槽老娘正扒在小两口窗前偷听哩，闻言不耐烦伸手擦了擦围兜，开门见阿斌一脸慌张，"咋了，小花又跟你闹了？"

阿斌脸一红，连连摆手，想起正事脸色又白了："是前村的丁医生。"

"丁医生咋了？"

丁医生是周围几个村唯一的医生，平日里大家有个头疼脑热的，都去找他看病，虽然大队办起了合作医疗，但赤脚医生依旧没有什么好药材，丁医生为了给乡民们治病总是挎着个篮子满山采药，后来还利用休息时间在房前屋后园边坡沟沿上一锨一镬开了2亩荒地种植药材，解决了药源不足问题，节省了合作医疗开支。可以说，丁医生在周围人心中可谓德高望重。

"死了？"牛槽老娘讷讷着布满皴皮的嘴，就剩这一句。

阿斌重重叹了口气："丁医生白天要参加集体劳动，只能晚上去采长好的药草，昨晚，唉，一脚踩到沟渠里……摔死了。"

牛槽娘一个趔趄，心凉了半截儿。昨夜下雨，电闪雷鸣地让人心里发慌，大坝上还劈死了一株老槐树，竟是给老医生送葬了。

半晌回过神来，扶着门框想着叫上牛槽他爹一起去搭把手帮忙料理后事，毕竟家中这三个娃儿从小到大受了人家不少恩惠，阿斌却搓着手有些难开口："婶儿，有个事儿，得请你帮忙。"

"啥事？"牛槽娘见阿斌这模样心里"咯噔"了一下，寻思着莫不是抬棺材之类的活儿？家中幺儿刚办了喜事，他们现在又住一起，去了不吉利，可丁医生又……实在不行就让大儿子去，反正平日里少接触就行了。

牛槽娘打定主意，刚想应了阿斌，哪承阿斌一开口，生生给刹住了。

"是，是想托牛槽哥帮忙裁个寿衣。"

"什么？"牛槽娘惊呼出声，又踉跄了一步，将将抵着桃木门才站稳，"寿衣？"

反应过来一口回绝了，绝对不行，就算是天王老子死了也不能让刚结婚的牛槽做寿衣，这不是触霉头吗？

连连摆手推上了门，也不管阿斌在门口，闩上门闩，头也不回地进屋了。

阿斌推了两下，见门闩得牢固，只能摇摇头先行离开。

这丁家村前头有阿斌本家，先前借拖拉机的就跟阿斌他娘这边沾亲带故，此番央求给丁医生做寿衣的事情是私下托人来打探的。也是没办法，若是可能谁也不愿意来触人家新人霉头，实在是五里八乡找不到第二个裁缝了，丁医生又去得突然，若是去镇上裁缝店，得排个把月的队，届时人都腐了，当然等不得。

倒是寻常人也罢了，借身好衣服，铺盖一卷，直接往土里埋了便可，但丁医生不一样。在这个医疗紧俏的年代，周围好些人的命都是丁医生赤着脚背着背篓一针一药救回来的，就连牛队长他儿子小五都欠丁医生一条命。

"牛队长，你就帮忙去说说吧。"大队门口，丁队长叹着气亲自来说道。

牛队长知道丁医生去世的时候已经是中午了，村里好些人无心干活，纷纷去了丁家村送人，从村头到村尾都是送殡的，人们纷纷红了眼圈，

沉默不语地帮忙扯孝帽、设灵棚，往日里聒噪喧嚣的乡人难得安静，气氛肃静。丁队长瞧着老医生穿着一身粗布衫心中不忍，不待孩子们说什么主动来了牛家村。

"老丁，不是我不帮，你也知道，牛槽他刚结婚啊。"牛队长眉头愁得跟麻绳打了个结似的，丁医生的恩情他忘不掉，家中这根独苗儿生出来没多久突然高烧不退，什么跳大神的叫魂的都找过，孩子烧得人都迷糊了，最后是丁医生深一脚浅一脚冒着大雨去县城抓了药才治好的，可以说，若不是丁医生，小五这条命保不住。

小五在角落吃饭，听到两个大人唉声叹气，竖着耳朵听了个明白，小眼睛滴溜溜转了一圈，掀开帘子撒腿就跑，他妈拉都拉不住。一路跑到牛槽家，瞧着夫妻俩在吃饭，跳上台阶就坐在了木凳上。

"嘿，这孩子，喝汤吗？"小琴笑眯眯招呼。

牛槽见小五乌黑的眼珠子转了一圈儿，晓得这小子有话说，不急不缓地等着他开口。

果然，小东西按捺不住性子："牛槽哥，我小时候是不是差点死了？"

牛槽知道这事，点点头："前面村子的丁医生救了你。"

小五一把抓住牛槽胳膊："牛槽哥，那你帮帮他吧。"

牛槽他娘没敢把丁医生死了的这事告诉牛槽，小两口刚结婚成日你侬我侬也没出个门，自然不晓得村里人都去吊唁了，此番小五前来求情他才晓得。

"丁医生死了？"牛槽放下筷子。

小五点点头，如实说了一遍具体情况，牛槽听完一张木头脸无甚表情，半晌没动。堂屋东边门开了，老娘盛了一碗饭走进来，见小五赶紧招呼他下来吃饭，却见牛槽将碗一放，拉着小五跑了。

"他俩，这是干啥去？"牛槽他娘指着牛槽背影问小琴。

小琴表情有些复杂，没说话。

牛槽他娘很快晓得了自家儿子这是去干啥，还是牛队长亲自领来的，逢人夸牛槽是个破除封建迷信的大好人。

"我呸，破除封建迷信，他家那关老爷的牌位啥时候给我撤了再说吧！"牛槽他娘一听头上的翠色簪子都给骂掉了还不消停，指着大门骂，"脑子进糨糊了，刚结婚给死人做衣服？"

牛槽已经管不着了，早拾起家当就往外跑，拦都拦不住。

14. 牛槽被冤枉

恁是牛槽他娘如何不愿也不得法，牛槽性子一善二耿，当然不会放着老医生不管，去了丁家村拨开众人二话不说对着老医生坐下，一身的喜服特地换了丧服，披麻戴孝守了老医生一个晚上。

是夜，倒春寒的天气尤其冷，破旧的木窗外影影绰绰，煤油灯被纸窗漏进来的风吹成了鬼影在墙上张牙舞爪。丁家小孙子小叮当冷得瑟缩成一团在灵位下打瞌睡，小叮当他爸一直在料理后事，前前后后忙完才倒了一碗热水进来。

"大侄子，冷吧，喝口水。"丁医生儿子将白瓷碗放在牛槽身边，牛槽看都没看，依旧低着头就着煤油灯缝线。

彼时人去世大多穿件体面衣服即可，没办法，刚赶跑小鬼子又遇上自然灾害，举国上下都不富足，没什么讲究的，但这只是对于普通人家而言的，不少富足人家兴穿寿衣，正宗的唐装汉服，生前就要找人量体裁剪好，待弥留之际由后代穿好躺在上好的柏木棺材里。

丁医生儿子没么讲究，就指望着牛槽能够按照老人体型简单做一件中山装即可，哪知不经意间一瞟眼，一套做工精美的印花布唐装赫然在目，旁边还有做好的寿鞋、寿袜，而牛槽手上缝着的则是一个瓜皮帽。

"大侄子，你这……"丁医生儿子有些发蒙，他没给牛槽这么多布料，他这是变魔术变出来的吗？

牛槽熟练地将黑缎子连缀成一个圈儿，又在底边镶一条一寸多宽的小檐，半晌，一个瓜皮帽就好了，就着昏暗的煤油灯也能看出做工好。牛槽郑重放下瓜皮帽，与叠得整整齐齐的成品寿衣放在一起，起身对着老医生的遗容深深作揖，一系列动作完了才简单解释了下："家里多的布料。"

丁医生儿子囊中羞涩，拿不出布票，也没指望牛槽能做个什么好衣服，老人家不穿得破破烂烂下葬就好了，谁能想到牛槽带了这么些布料来，当即感动得不知说什么是好。若是平时，他是万万不能要了人家东西的，但现在这当口儿，由不得推托，只能看着牛槽推开木门一头扎进黑暗里。

牛槽也没把这当回事儿，老医生待乡人不薄，他做的这些完全是举手之劳，跟他这一生风里来雨里去相比太过浅薄，根本不值一提。回去之后灯还亮着，牛槽心中安慰，冲了凉揭开被子就睡了。

往后几日，老医生的葬礼在敲敲打打中办完了，他这漫长而平凡的一生在那排水杉木的漫天黄纸中落下了帷幕，从此再也没有一个老医生背着背篓戴着斗笠风里来雨里去给乡人看病，众人心中不免怅然若失。

牛槽原本欲继续帮忙料理后事，奈何接到邀请去镇上培训，又见帮忙的乡人足够就烧了炷香赶三轮车走了。培训结束是一周后，乡人的生活已经再度恢复了常态，众人耕田犁地，迎接春节的到来。

牛槽寻思着培训的内容他都学过，倒也无甚新奇的，就是这镇上的缝纫机实在让他眼馋，从结婚彩礼给不上到现在一针一线走江湖，无论如何，他都得把那家当给弄到手。村人一个个瞧着他比先前热络了不少，连带着打更老头也没再鼻子朝天了。

"牛槽，你过来。"打更老头蹲在一根被雷劈了横亘在路边的老树上。

牛槽见状住了脚。

老头从树上跳下来："你小心点，我昨儿个听到那柳先生跟牛队长在大队里说你了。"

说他？说他啥？

打更老头也说不出个所以然来，讷讷着"总归要小心点儿"就没了，牛槽也没当回事，径自往家跑。还没到门口发现小琴正在跟一个小男孩说话，小琴抚着男孩子的头，看起来温柔极了。牛槽一个恍惚，啥时候也跟小琴生个儿子哩？

小琴率先看到牛槽了，招招手："牛槽哥，小叮当这孩子非要给，我拦都拦不住。"

小叮当是丁医生孙子，前些日子跟牛槽一起守灵那孩子，生得虎头虎脑，可爱得紧。此番不过10岁的小少年挑着扁担准备走，两边是满满两袋黄豆。

"哥，我爸说我家多的是，而且我们快走了，也吃不完。"

快走了？牛槽没细想，只以为必然是丁医生儿子心中不好意思收那寿衣，置换点家当给他们，又怕大人送来他们不要，便让孩子挑过来的。他瞧了一眼袋子，按住转身欲走的小叮当，指了指家中院子里晒好的香肠："小琴，咱家香肠也吃不掉，带些回去给丁医生儿子敬酒吃。"

小叮当没料到这出，却也不晓得如何拒绝，他爸只让他把黄豆送来，没说不许收东西啊，只能晕头晕脑挑着两大根香肠回去了。

小琴嬉笑着站在两包黄豆前，牛槽瞧着思念得紧，想好好说会儿话，却不想柳先生领着一群人来了，打断了小两口的新婚"小别"。

"牛槽，你说，你给丁医生做寿衣的料子是不是咱们村人的？"

柳先生一张俊俏的脸寒若十二月料峭的冰，后面跟着的人心中有些为难，却又不爽，他牛槽要做好人自个儿做去，凭啥拿公家财产，尤其是还没有经过大家同意，他们哪家物资不紧缺啊？

小琴气得一张苹果脸红扑扑的，想争辩些什么，被牛槽按捺住了。

巷子拐角处，一颗小脑袋探出头来，眨巴着乌黑的眼睛好奇瞧着，却是又折返回来的小叮当。

"丁医生虽然是大好人，但你也不能私自动用公家财产。"老四从人群中出了来，义愤填膺，"再说了，他们丁家村的人死了自己没物资啊，凭啥让咱出。"

"对，肯定是他想当好人，受恩泽。"人群中另一个人出来指着牛槽道。

这里的受恩泽是龙虬镇的老传统了，说是一个人生前若是个大好人，去世之后帮他料理后世的会得到他的恩泽，享他积攒下的福气。所以，那么些人去帮丁医生也不仅仅是感激，还抱着这样一份心思。

牛槽晓得他们什么意思，不言不语地瞧着，如泰山般纹丝不动。

他生来迟钝，跟根朽木似的，也有颗反应钝感的心，可饶是如此也感心寒。小琴那屋子冬寒夏热，北风一吹跟冰窖似的，他从来不言苦不言累帮他们做衣服，俩人冻得瑟瑟发抖从来没说啥，也没多要过他们一点东西，原来到他们眼里竟是这副德行。

柳先生才不管牛槽想什么，冷冷瞥了眼，他就不信他沉得住气。

两相正争执不下，牛队长得了消息赶了过来，拨开人群瞪了一眼柳先生，这个柳仕，最近到底怎么回事，转头看向牛槽时表情好些了："牛槽，你说实话吧，没事，这都是好事儿，不用害怕。"

牛队长还真……牛槽抿了抿唇，见众人屏住呼吸等他开口又没说话，转头示意小琴，小琴二话不说钻进了家门。

15. 队伍发展壮大

早上10点多，日头越来越好，透亮的光璀璨得跟门口晒着的咸肉似的冒着油，家家户户被吸引了出来，一群人七嘴八舌地议论着，乡民们听着听着心中也有了一杆秤。

这世道便是如此，当事情跟你无关时，个个都正义得宛如站在高山上，一旦事情牵扯到自身利益，那绝对会二话不说跳进浑水里使劲搅。

柳先生这张嘴向来有着颠倒黑白的本事，更何况这事牛槽一言半语还

真不好说清，众人瞧着牛槽眼光就不一样了，纷纷指责起来。有客观些的，感念着老医生的好，也晓得牛槽人品，碎言两句，均被周围人逐渐激烈的语气和笃定的眼神给堵了回来。

"牛槽，大家等着呢。"牛队长额头被晒了一头汗。

他想过了，若是牛槽真私下动用乡亲们的财产，那当然是不能姑息的。纵然，纵然本意是好的，但是功过绝对得分清，实在不行表面惩戒以儆效尤，背后他拉下脸说两句好话吧。

正寻思着，小琴推开门出来了，众人视线被吸引了过去，瞧着她手上七零八碎的料子不由诧异，这上好的黑缎子咋成这样儿了？再一瞧，这不是牛槽结婚时穿的衣服吗？据说是他攒了好久的布票换的上好料子，自个儿裁的中山装，周围小伙儿都羡慕得紧，只是姑娘们被那翠玉烟袋吸引了眼光，没什么人提罢了，小伙儿更是不大可能提的，否则不是给牛槽抬轿嘛，此番再见这衣服成了破布心中又好奇又可惜。

牛槽在众人探寻的目光中抖了抖布料，卷轴儿的料子车轱辘般滚落，坦荡展示在半空，只剩了周边一圈儿，中间空空如也，边缘整齐不见撕裂，映着后头一长条儿土路，凄惨得紧——好家伙，这是被裁了啊。

谁把这上好的衣服给裁了，还是婚服？说句不好听的，这不是找丧气吗？

一水儿视线齐刷刷地看向牛槽，在井边拉水的牛槽娘听到这边动静放下木桶扒拉开人群一瞧，那件七零八落的婚服赫然在目。造孽啊，牛槽他娘眼前一黑，号都号不出来，差点没栽倒。

"丁医生那丧服，是我家丈夫裁了自个儿结婚礼服做的。"小琴抿了抿唇，敛下眼皮，眼圈儿隐约可见微红。

人群安静了一晌，日头明晃晃晒着，除了麦穗被风拂过的细碎声外别无声息，连根针掉下去都能听见。

"你个绝八代败家子啊……"一道哭号声炸开，是牛槽他娘终于反应过来了，"你怎么能把结婚礼服，做了那……哎哟喂……"

牛槽他娘半瘫在地上，边哭边捶胸，周围人也没去拉，纷纷炸开了锅："什么？婚服？"

牛槽见状不急不缓地点了点头："嗯，老医生家布料不够做的。"

他寻思着，这喜服这辈子意义也就这一次，以后再穿别的衣服就好，犯不上舍不得，让它发挥自个儿余热替了那老医生做了丧服也算是好事，寿终正寝不枉了。

要说硌硬，也不是没有，只是，终归抵不上老医生一辈子的大功德，比起来，他这点牺牲着实是轻飘飘了。

只是，他有些怕小琴不高兴。

收起布料瞟了小琴一眼，刚刚还微红的眼圈儿已经被风吹过麦浪抚平了，此时笑眯眯瞧着众人："这下子大家不疑心了吧，绝不会私下动用大家伙儿东西的，放心。"

众人的惊诧在小琴这和声细语中一下成了害臊，连带着牛队长也有些不好意思，干咳两声："大功德，大功德。"

说罢狠狠瞪了柳先生一眼，柳先生尴尬地低下头去，恶狠狠咒道："算你狠，倒霉死你，婚服居然给死人做寿衣。"

到了中午，日头明晃晃的，一群人见也没啥热闹可看就散了，下午还有戏台子过来搭台唱戏，很快淡了心中这淡淡的臊意，不少妇人倒是觉得牛槽以后怕是会倒霉，连带着看小琴眼神儿都带了可怜。哎哟，以后怕不是这婚不长久吧，也太晦气了。

回去后，好几家婆婆叮嘱儿媳妇离小琴远点儿，包括阿斌他妈，小花端着碗连连称是，从来没有这般听话过，老太太看着总算舒心些，却被自家儿子呵斥了。

"你说啥呢，牛槽这是宽厚，以后会有大福报的，怎么还孤立起人媳妇来了。"阿斌摔碗就走，留下婆媳两人面面相觑。

阿斌这一摔倒真是有点真情实感的意味在，他原先一直也跟旁人一样，觉得牛槽傻愣愣的，从小到大都闷不吭声，后来长大了身量不见长，还成日拿着根针，要多怪异有多怪异，他心中有那么点儿瞧不上他，这些天来见他先是以一己之力应了缝纫组的事情，后又帮老医生做寿衣，还用上了自个的结婚礼服，实在感叹。牛槽竟是他们这群人里最伟大的，若不是他们自个儿小人之心怀疑人家用了布票，牛槽根本不会多吹嘘一句，就默默做了，也不管晦不晦气，更不计较得失。

阿斌幼时识得几个字，自诩读书人，原先只佩服柳先生，现在却忽然觉得不识几个大字的牛槽才更让人敬佩。

他肚子饿得"咕噜"响也没在意，在村头一排水杉木前转了半晌，朝着村尾缝纫组跑了去，小花端着饭碗从门口出来只见着自家丈夫的背影消失在村尾，气得跺脚。

阿斌去的时候缝纫组就只有小琴跟柳先生，柳先生正对着一张桌面打样板，看似认真的模样，细一听竟是在跟小琴闲唠嗑。

"牛槽那样，会不会不太好。"

小琴在打扫卫生，牛槽说他去戏台子那边搭把手，她打算等下也过去，竟然碰上了前来刻苦的柳仕，她对他印象不太好，不似别的姑娘瞧他带着光彩，因此也没搭理，就摇了摇头，见阿斌踏脚进来立刻迎了上去。

"阿斌，你找牛槽哥吗？"

阿斌点点头又摇摇头，巡视了一圈缝纫组，只见这狭窄的房间逼仄无比，哪怕外面太阳当空也有些冷，抿了抿唇："你们这，忙吧？"

小琴见他答非所问必然不是前来闲话的，点点头等着阿斌接下来的话。

果然，下一刻，阿斌有些局促地搓搓手："要是忙的话，我也过来搭把手吧。"

策反没成功正埋头缝针的柳仕耳朵竖得老高，他没听错？

土地庙后边那块空地上，两个马家村的人正在咬耳朵："你非要来牛家村看啥子戏，被马宝看到又说咱偷懒了。"

"那小赤佬，天天压着咱，周扒皮都不带他这样的，你说大锅饭何必。"

"官瘾呗。"年纪小一点的嗤之以鼻，"人牛槽成立个缝纫组，他还非要搞服装厂，有病吧？"

"就是。"

马宝？服装厂？搭架子的牛槽一愣，手上的动作停了。

16. 帮，还是不帮？

马宝是马家村队长儿子，典型二世祖一个，先前钢铁厂的额子他俩竞争的，马队长为了儿子能上花了不少精力，最后还是被牛槽给占了，马宝对牛槽颇有敌意，事事争着跟牛槽比，生怕落了下乘。

只是，他们马家村之前啥都没有，这能成立服装厂？也不怕步子大了扯了蛋。

牛槽心里这想法一掠而过，也没再多想，他还是愁着怎么利用晚上时间把那几件大褂子做好吧。春节一过日头就快了，这天儿是跟清早拉了布罩子似的，一下子洒亮了。

"牛槽，我那件大褂儿啥时候好啊，种稻子要穿哩。"

"牛槽，我家娃儿的裤子得快些啦，棉裤热啦。"

"牛槽,媳妇儿催我哩,她那'布拉吉'给快些啊,不然老是找我撒气。"

搭完戏台子也来不及看了,台上"咿咿呀呀",台下牛槽步子跑得飞快,一路遇到扛着铁锹下田的乡人,在地里犁地的乡人,在院子里拎水的乡人,无一不是问衣服的,牛槽想到缝纫房中那一摞布料,脚下的步子更快了。

回去后阿斌前脚刚走,小琴哼着歌儿在烫衣服呢,见牛槽推门进来小鸟似的飞奔过去:"牛槽哥,阿斌说要是忙不过来可以找他帮忙。"

牛槽闻言顿了顿,阿斌?

柳先生叠好一件衣服慢悠悠起身:"可别指望了,人家也就一说。"

虽然柳先生这话颇有泼冷水的意思,但牛槽觉得人家说得对,阿斌他妈跟媳妇儿不可能同意他过来的,她们并不瞧得上这份活儿,牛槽记得往年在背后戳他脊背梁的决计少不了他家那两位。

小琴撇嘴"哦"了一声,有些失落。

柳先生瞄了眼背后堆积如山的布料,慢悠悠晃了出去:"我今晚上去队长那儿,就不过来了。"

说罢负手远去。

小琴气呼呼地瞟了柳先生一眼,这个人空占了缝纫组一个位置,平时又不做正事,害得他们的工作量加大,功劳还被削薄了,典型的"吃空饷",太气人了。

牛槽伸手在小琴背上拍了拍,视线顺着小琴也朝柳先生的背影瞧去。小道上的水杉木后,一道娉婷的身影晃眼而过,随着柳先生远去。牛槽敛下眼皮,拍着小琴后背的手渐渐停了。

傍晚,两人就着煤油灯吃完晚饭,小琴特意去地里摘了韭菜做的面疙瘩韭菜汤,嚼劲大又鲜美,牛槽连汤就面吃得一点不剩。

"牛槽哥。"一道魁梧的身影踩着月色推开了门。

小琴收拾碗筷去洗,挡了牛槽视线,待阿斌在木桌边坐下牛槽才晓得阿斌居然真来了,这下向来宠辱不惊的牛槽都有些讶异,一双不大的眼睛大了不少:"你媳妇不吵吗?"

阿斌脸一红:"小花挺仁义。"

心中汗颜,他家那位还真是个母老虎,就差摔东西了,他千说万说应了她晚上10点前回去才能够出来,还要连带着给她做上好几件碎花裙子。

牛槽见阿斌表情晓得啥情况,也不拆穿,当晚特意挤时间教了他一些基础活儿,10点不到就将他撵走了。

"不行，这……"阿斌指着一堆衣服，为难地不欲走。

还是小琴打的圆场："阿斌哥啊，你不走牛槽哥也没时间做啊，等闲些，闲些教你。"

阿斌想着现在啥也不会，在这儿也是帮倒忙，叹着气走了。

此后几天，阿斌一有空就来缝纫组，也不打扰牛槽，就自个儿在边上看着，倒是比那早来的柳先生还上手得快。柳先生本来也没想真帮牛槽忙，为了典型那个荣誉的，这回见着阿斌都比他学得好，心中那股子好胜劲儿被激发，也开始认真起来。两相得宜，竟然加快了不少行程。

更让牛槽惊喜的是，越来越多的好看衣服从缝纫组几人手中出来，惹得一众村人啧啧称赞，自个儿没做的则眼巴巴瞧着，都想给自己的做更好看点，速度更快点，姑娘们等不及，干脆报名参加，小伙子们则受不住心头姑娘对牛槽巧手的称赞，醋意泛滥，脑袋一热也加入了。

就这样，缝纫组开始发展壮大，工作进程越发快起来。

4月中旬，微光踩着柳梢头偷瞄大地，一晕儿的色泽似二八姑娘的脸颊，牛家村早起的人个个精神气儿十足，可不，穿着新衣服干活都带劲儿了。一个留着大胡子的老头佝着身子敲响了牛队长的门。

牛队长正对着新做好的中山装臭美哩，闻言心情愉悦地开了门，映入眼帘一张气色不甚好的老脸，愣了愣，半晌才反应过来这是马家村书记的爹。

"马老先生，你这？"牛队长上下指着老先生，表情颇诧异。

马老先生重重叹了口气，树皮遍布的老脸上还飞着鸭毛："都是我家那不肖孙啊。"

牛队长赶紧把马老先生请过来，吆喝自家老婆倒了一瓷缸水，马老先生"咕咚咕咚"喝了几口，眼光从牛队长老婆身上那件改造旗袍转到牛队长崭新的中山装上，唉声叹气地说出了自家那档子事儿。

话说马宝瞧着牛槽这边缝纫组办得热火朝天，爸妈耳提面命不如人家不说，连带着村上漂亮姑娘也往这边凑，虽说看的不是牛槽而是柳先生，但马宝心中气啊，人家柳先生他比不过，牛槽还比不过吗？再说了，要不是牛槽搞这个，姑娘们也没个理由往这边凑啊。如此想着，这腔火气就朝着牛槽撒了。可目前这行情也没法真撒，牛家村也不可能向着他，人指着牛槽做衣服呢。马宝思来想去，誓要在做衣服上压牛槽一头。他不是办缝纫组吗？那他就办服装厂！

说干就干，马宝掏光了自家老底搞了个厂子，还置办不少器材，除了一般的缝纫机，最昂贵的蜜蜂牌缝纫机还买了两台。可问题是，壳子造好了，壳子里面的东西呢？

几个人面面相觑，这才发现根本没人会做衣服。

马宝硬着头皮上，拉着几个人关上门"咯噔咯噔"搞起来，马家村的人堵在门口翘首以盼，几天后打开门一瞧，一地的烂布……上好的料子全毁了。

马队长是个实诚人，将大家伙儿的损失自掏腰包赔了，但接下来怎么办？马队长虚了，只能央着自家老爹卖面子去牛家村讨教。

牛队长晓得马老先生此番来其实是为了牛槽，奈何孙子跟人家有龃龉，只能央着自个儿出面。不过，这事说来其实也不是牛槽一个人的事儿，算是整个牛家村的事儿了，当即召开了生产队大会。

17. 牛家村服装厂成立啦

"不行，凭啥啊！"

"他马家村自留地那事儿也没给我们让步啊。"

"我们的人力怎么可能给他们做活计，想得美哩。"

大队自留院里，乡人你一言我一语，均是不同意的，牛队长端坐在台子上，慢悠悠地瞧了牛槽一眼："你说哩？"

牛槽也慢悠悠地看牛队长一眼："我没意见，大家决定。"

牛队长心道，"嘿，好样儿的，把球又给我抛回来了"。

寻思了半晌，又瞧向牛槽："你觉得他们那个缝纫机怎样。"

牛槽线般的眼中这才闪过一丝光，却依旧没有动静，这种事儿还不需要他开口，自然会有人替他表达。果然，众人听到"缝纫机"几个字眼睛都亮了，人群静了一晌。恰时春风拂过，柳絮飘飘荡荡，随着风偷钻进了人们的鼻孔里。几声响亮的喷嚏惊醒了众人，有按捺不住性子的开口嘟囔了："帮，把他厂里那大头机拿来。"

"对，还要布票。"

"自留地也得还回来。"

众人越说越亢奋，最后达成一致，均同意帮马家村的人。牛队长笑呵呵地乐见其成，但显然不能任村里人这么胡闹，还能把人马家村搬光了，不是反倒结下梁子了嘛。关上门拉着牛槽跟柳先生，商量了一晚上，最后要了三台大头机，另外谁做谁提供布料，加工费另算，可以等价交换，也可以给钱。

几人最后推了口才最好的柳先生前去说明，那马宝一听说要他三台大头机，气得拍桌而起，当时就想揍柳先生，被他爸给拉住了，总之那东西放在他们这儿也没用，最后还不如给人家，而且马宝一下买了六台，给三台也没啥。

　　就这么说定了，柳先生回去就招呼阿斌、牛槽等人过来搬大头机，马宝瞧着牛槽眼睛都红了。

　　"一定是你这小子，打我家缝纫机主意。"

　　牛槽闻言放下手中机子，也不看马宝，朝马老先生看去："还要我们做吗？"

　　马老先生捣米似的连连点头："要，要。"

　　转头看向孙子，那眼神立刻换上了恶狠狠："不给，你做吗？"

　　马宝看了看堆积如山的破布，不甘心地闭了嘴。牛槽这才复又搭手上大头机，招呼村人一起帮忙搬出来。

　　到门口的时候，马队长正好从田里回来，见牛槽拉下头上的稻草帽子，眯眼抹了把额："牛槽，叔有话跟你说。"

　　几个一起来搬大头机的小伙子瞧了牛槽一眼，牛槽点点头，松了手，被另外的小伙子接上了。马队长将手中篮子给媳妇儿，转头朝巷子点了点，牛槽会意，两人一起过了去。马宝拿着个苹果啃得龇牙咧嘴，踏出门槛儿见老爹跟牛槽远去的背影眉毛一歪，扔了苹果就上前去，他妈拦都拦不住。

　　马队长还没开口就叹气："牛槽啊，你不怪叔之前跟你抢钢铁厂那活计吧。"

　　牛槽摇摇头，怪罪啥，又没抢到。

　　马队长坐在侧门转头坡子上，青苔一茬一茬得也不顾脏："我家这孩子，被我们宠坏了，他跟你不同，干啥啥不行。"

　　牛槽寻思着，往日里他都是被爹娘长辈吐槽的那一个，现在风水轮流转，竟是成了旁人家的娃儿了。

　　马队长左右绕了半天，终于上了正路子，他起身拍拍牛槽肩膀："你愿不愿意教教马宝啊。"

　　牛槽这边还没开口，躲在旮旯儿的马宝猛地蹿了出来："爸，你脑子有病吧！"

　　马队长一听气不打一处来，抢起地上的石头就砸了过去，被马宝灵活地避开了。

"你小子不上家数，说什么鬼话呢！"

马宝指着牛槽似是不可置信："我，去学那女人的行当？"

"女人的行当你都不会哩！"马队长说着这话瞧了两眼牛槽，生怕他生气。

牛槽才不在意这话，现在学这女人行当的多着呢，马宝还学不上呢，不然干吗求他，想着迈开步子就走了："叔，你们父子俩商量下吧。"

马队长跟马宝直生生瞧着牛槽消失了，马队长反应过来一脚踹上儿子屁股，马宝疼得跳起来直揉。

牛槽回去后很快忘了这茬，跟一群大姑娘小伙子热火朝天地忙活起来，马家村的布料源源不断地送过来，但因着大头机的投入使用，缝制速度大涨，也没多什么工作量。此外，马家村还会给劳务费，缝纫组众人只觉个个富得流油，吃饭都多加了两碗。

与此同时，众人瞧着干得好处多多，个个摩拳擦掌加入了缝纫组，一时之间小小的铁皮办公场所竟然是不够容纳了。

5月晚春凌晨，料峭的天刚睁眼，露出麻麻亮的眼泡子，公社社员们便踩着轻快的步子哼着《东方红》下了地，田头红旗迎风招扬，却是比那天上的眼泡子还亮。

"咋的，这么勤快啊。"

"这不要去缝纫组吗？"

村头两人乐呵呵说着，抡起铁锹还不忘心情愉悦地闲侃。

"哎，你们瞧见没有，巷口那处儿，贴了个红帖子。"

老四身上那件就是崭新的大褂子，专门做了来下地干活的，还是出自他家女儿小俏之手，可把他乐得。

"什么红帖子啊？"几人聚在一起好奇地问。

随着日头渐渐上来，眯缝着的眼成了瓦亮的灯泡，这下子一群人可都瞧见了，原是队里出的通知，要将生产队的储藏室让出来做缝纫组新的地儿。

"好几伙，那里得多大啊。"

"是啊，得坐得下百来号人吧。"

一群人议论纷纷，怎么动了那地儿，那些队里的家当咋办哩。

众人愁的事儿牛队长当然想过，问起来柳先生拍拍胸脯保证，可以把之前给他分的那处住宅留给大家放家当，再加上原来小琴家那间屋子，就是缝纫组先前待着的，决计是够了。

人不能分，物件还不能嘛！

牛队长倒是没想到柳先生这么高尚，勾着一双眼飘过去，柳先生别过脸："我现在住这儿挺好。"

牛队长若有所思，拍拍他肩膀："镇里要评去年的典型，村里俩名额，给你报了。"

柳先生薄薄的肩膀一紧，手握成了拳头。

牛队长话却还没说完："去报的时候，听说北边的高家村开了服装厂，还能拉单子，去年一年赚了不少，年终村民分红一户得了百来块啊。"

百来块？他们村一个人一年工资撑死一百块，这一户单独分红就有百来块？柳先生愣怔半响，就听牛队长问了句："你说，咱也办怎么样？"

18. 小六子做裁缝

牛队长可不是开玩笑的，先前听马队长说办厂子就多看了两眼。说起来，马家村是有物什没技术，他们是有技术没家当。倒也不是牛家村穷，实在是没利润的时候谁愿意自家掏钱啊，马队长那是没法，自家儿子要闹，他牛队长可不傻，这心思一晃儿也就过去了。可待去镇上报先进的时候，听镇书记讲了高家村的事儿，还要提携高书记，心中跟猫抓似的，痒极了，回来就动了心思。

柳先生听闻自然是举双手赞成，尤其是听说高书记被提携的事儿，讷着嘴半响没出声儿，牛队长瞧着他这样儿好笑："高书记是被提拔了乡镇的街道书记，还有他们那个厂里的技术骨干要被调去县办挂职呢。"

顿了顿，瞄了两眼柳先生，成功见他眼中闪过迫切的光，补了一句："听说那个技术骨干也是个知青，对了，你们南京来的呢。"

南京？柳先生拼命压抑住激动的心情，若是能往上，那就代表离回去越来越近了，或者不回去也成，在县里总比在这泥泞肮脏的村子里好。柳先生握紧拳头，薄薄的唇抿成一条线。

这边一拍即合，牛槽的意见倒显得可有可无了，"牛家村服装厂"很快在牛队长的指令下如火如荼地办起来，一众人搬了新地儿，又用结余的款项买了几台缝纫机，牛队长为了喜庆还放起鞭炮，动了集体财产请众人吃了酒，总归一派喜庆，田头飘扬的红旗都不及。

当晚，众人喝得醉醺醺的，一个个被人轮流敬酒的牛槽却是没怎么给面子，喝了两杯一个人躲到新服装间去了。

那是队里原先的储藏室，不是很透光，为了待得舒服些，众人合力开了几扇窗户，用水杉木给做了边框，风一吹凉飕飕的，将脸上的热劲给下了些许。

窗外一轮月色斜挂在树梢，明黄的，周遭云层晕着一圈儿柔和的光，牛槽心中一团火熄了又热，热了又被风吹盖下去。他总觉得，有什么慢慢变得不一样了。他转身瞧着那一排大头机，就在几个月前，他连给小琴买一台当彩礼都不得，现在满眼都是。即便不是他的，但他有全部的操控权，那感觉……

门"吱呀"一声开了，一道瘦长的影子绕过最后一组大头机。牛槽瞥了一眼，是小六。这孩子12岁了，身形跟雨后竹子似的飞快往上蹿，很快就脱了儿童的稚气，多了少年人的蓬勃。

牛槽想到他那苦命的姐姐，寻思着给小六报个班念书，日后就有盼头了。当前念大学还靠工、农、兵推荐，他就不指望了，好得识几个字，日后能像柳先生一样即可。如此，他再苦些也是无谓的。

想到小六以后的模样，牛槽声音越发慈爱："怎么不在外面吃酒？"

"饱了。"男孩子发育得早，已经开始变声了。小六不喜欢这样的声音，周围的男孩子都笑话他放鸭子久了连说话也像鸭子。少年心中敏感，将眼光转向了备受尊敬的舅舅，一把抓住牛槽手腕，"舅，我也想进服装厂。"

牛槽愣了愣，盯着小六看了半天晓得他不是开玩笑，甩开小六手："胡闹。"

小六不肯放弃，又抓着牛槽衣角："他们都笑话我是放鸭娃，我，我也想做出漂亮的衣服，我……"

牛槽长长叹了口气，转身语重心长："你得念书。"

小六拼命摇头："舅，我不会放下学问的，舅妈教我就行了。"

外头酒席已经结束了，牛队长正在跟马队长寒暄，两人喝得醉醺醺的，马队长还不忘央求牛家服装厂收了马宝学手艺。其实马宝要学手艺去哪儿都成，镇上好几家不错的缝纫铺，真不必苛着他们。牛槽不晓得这些官儿有什么弯弯绕绕，但瞧着牛队长那意思好像是应了，低头瞧了瞧小六，到底是同意了。

牛家村服装厂在一派喜气洋洋中成立了，周围村儿听说这边开了家服装厂原先没啥反应，后来串门儿见牛家村个个穿得叠板叠板的，眼红不已，也想成立，奈何他们没那手艺人，心也没那么团结，最终都流产了，个个儿都来找牛家村缝纫衣服。

最初的时候，牛家服装厂还简单地以物换物，后来牛队长就不干了，明码标价收缝费，除了布票之外根据制作烦琐程度按件收钱，如此很快原始积累就攒下了。

5月劳动节，天气逐渐热起来，小六原先是还穿着小夹袄，后来换成了大褂子，小小少年跟着一群大人下了田里插秧，中午又抢起脚往家赶，给长辈们拎来饭菜。

途中，牛槽她娘又开始碎碎念："六儿，你真去缝衣服啊？"

小六低头瞧着合脚的布鞋，点点头："嗯，外婆您别说舅舅了，是我自己决定的。"

牛槽她娘叹了口气，她有啥子办法，这孩子自小有主见，家中又贫困，缝衣服好赖能跟他娘搭把手，放鸭子也不是办法。老太太巡视一圈，田里老乡一派喜庆，连带着天色都好看了不少。瞧见她的，路过她的，均客气地打招呼，这才不过一年多，好似以往那个动不动被人调笑白眼的不是她似的。

老太太叹了口气，人啊，看起来跟那村头老狗没两样，罢了。

这边老太太都首肯了，牛槽自然是没有任何疑虑地收了小六，不过私下里的教学还是不断的。因此，服装厂休息时众人拿着瓷盒子去盛饭，总能瞧见小琴跟小六捧着书坐在院子里的梧桐树下认真读书的样子。

"小琴，去吃饭吗？"小丽聘聘婷婷地从厂里出来，瞧见小琴唤了一声。

小琴笑着朝她摆摆手，余光瞥见老四女儿小俏拉着小丽从她身边经过，悄悄碎耳一句："叫她作甚，一派清高样，还不是只能教侄子。"

"哎，你别这么说，读书很厉害的。"小丽笑着推搡她。

"得得，晓得你崇拜柳先生。"小俏作势要挠痒痒，小丽"咯咯"笑着躲开，两人闹作一团，小俏又补充一句，"瞧她怀上了还会不会有那闲心。"

小琴翻过书页的手停了，脸颊染上一片红，也不知是高阳晒得还是路边红花衬得。

怀上呵……

"牛槽，牛槽，不得了了！"瓦房拐角，一身蓝布褂的青年飞快跑来，语气可见急促，竟是惯常稳重的阿斌。

小琴一下从愣怔中回过神来，下意识瞧过去，这是怎么了？

19. 事业得意，情场危机

"怎么啦？瞧你这莽莽撞撞的样子。"小花老远听到自家丈夫的声音，迎了出来，身上还沾着毛哩。

阿斌今日去镇上报告服装厂情况，小花见他难得上一次城，列了一串儿单子让阿斌帮忙带，算着时间中午应该会回来，激动得连饭都没吃。

阿斌还没进门就被媳妇儿拦着，急得探头往缝纫间看，被小花一巴掌拍转了头："东西呢？"

镇上新奇玩意儿多，小花将雪花膏、谢馥春、片仔癀什么的化妆品列了一长条，另外还有米糖、冰糖葫芦、黄烧饼和麻花，尤其是那蒲包肉，本土著名作家汪佬笔下出了名的美食，小花极爱这口，奈何村里人做出来的口味较之卖的还是有区别，这下终于能一尝美味了。

"什么东西啊？"阿斌一头雾水，挠着后脑勺半天没想起来，直待小花那脸上的盛怒越发强烈才猛然醒悟，一拍大腿，"啊，忘了！"

"牛庆斌，你！"小花掐腰成迅哥儿笔下的圆规，指着阿斌欲骂，自家丈夫却是已经拔腿跑了。

"等等哈，明儿给你买，明儿一定。"

阿斌飞快跑进厂房，将门"哐"的一声关上，任小花在门口捶也不管，周围人见了笑捂嘴路过，小花面皮薄儿，经不住看，气得一甩麻花辫灰溜溜去食堂吃饭了。

阿斌见门口没了声息才顺口气，去找牛槽。

正巧，牛队长跟柳先生也在，三人在商量扩大业务的事情。

之前先人一步的高家村服装厂现在规模蔚然可观，已经有百来号员工，解决了不少人就业问题，小小实现了毛主席口中的共同富裕。看着人家的日子天天过得跟过年似的，牛队长心里跟有只猫在抓，寻人打探秘诀，人家怎么就能这么快发展的，他们现在给五里八乡做点物料已经算不错了，但消费能力有限，规模估摸着卡在这儿也上不去了。

嘿，别说，这一打探还真探出点东西来，原是那高家村开始到处拉单子，这才扩大的规模。

20世纪70年代，物资短缺，到处都是有钱没东西的人，人们吃啥穿啥都得等分配，有时候好不容易攒了布票，拿回来也没个能做好的人，去找合作社还得排队，做不完的只能白瞪眼看着物资浪费。

"我寻思着，这法子可以。"牛队长托着下巴道，"柳仕啊，你去吧，你去拉单子。"

"可我怎么……"柳仕心中有些烦闷，他一句拉单子，怎么拉，跟谁拉，去哪儿拉，可都是问题，念罢有些郁郁，这乡下卖红薯的小官儿还

真把自己当角色了，可他还不能表达不满，官大一级压死人，他现在还就指着这卖红薯的小官儿了。

牛队长瞧柳仕还算懂事，牛槽也没什么表态，颇满意，抬头看了杵良久的阿斌："说罢，啥事，慌慌张张的。"

阿斌这才进来，瞧了瞧柳仕，有些迟疑。他本来是想来找牛槽的，哪想碰着两人，躲也不是，干脆说了出来，反正几人迟早会知道："是，是那个典型，结果出来了。"

柳仕上前一步，眼睛睁大了一圈儿："什么？典型结果出来了。"

"是谁？"

柳仕过于紧张，连牛队长都察觉到了，咳嗽两声提前找台阶："是谁都一样，没上再继续努力就行了。"

这个典型是镇上评选的，每个村限报两个名额，报名的百来号人，评上的却只能有十人，上的概率确实不大，牛槽跟牛队长都没抱太大希望，只有柳仕，他想多拿一份荣誉是一份，好早日在省城找了关系把他调回去。

阿斌本来被柳仕的模样吓了一跳，见牛队长说了那话后他好得平静些，又恢复以往淡淡君子的模样才将心放在肚子里，话在喉咙绕了两晌："是牛槽哥。"

牛槽？牛队长抬头朝牛槽看过去，想不到啊，居然这还能上了。

不过倒也在理，除去那高家村的几人，别的村子发展得差不多，还没听说几个冒头的，这时候牛槽撑起缝纫组的光辉事迹自然是够的。更何况，之前镇上来的人见过牛槽，查了缝纫组，对他印象深实是在理。

这边牛队长想清楚后也是高兴，怎么说也算是他牛家村的荣誉，到时候对于他这个干部的履历也是记了一笔，他没有不开心的理。

"牛槽，好样儿的啊！"牛队长拍了拍牛槽肩膀，"下面给你报市里的典型。"

"哐当"一声，桌上的瓷缸子被撞倒在了地上，磕着砖头块，转了个圈儿，三人视线从地上落到柳仕身上，只见他白了一张脸，嘴唇都失了血色。

牛队长晓得他心思，不欲刺激他，上下巡视一眼便先行走了。小花吃完饭瞧见阿斌在这儿，生着气呢，也不管现场有三人，作势就要拉阿斌耳朵。阿斌怕媳妇惹人笑话，赶紧连拉带拖着出去说悄悄话了，现场就剩牛槽跟柳先生。

光影半落在逼仄的角落，明明外头日光正盛，里面却阴暗得有些寒意，到底是春意乍寒。

"你别得意。"柳先生冷森森发出一声。

牛槽一块干木似的，吸冷意养枯枝，抽芽成了蓬勃："想多了。"

他抬脚欲走，牛队长异想天开要去拉业务，他内心不是十分同意，但儿时学过的一句话至今记得，"逆水行舟，不进则退"，在滚滚大潮的今日，确实得有改变现状的魄力才行。

此刻的牛槽还不知道，他们所走的每一步，都将化成风浪，助他们踏上时代巅峰。

此刻的牛槽也不知道，坏了柳先生好事的他已经彻底被柳先生记恨上了。

"牛槽，你凭什么！"柳先生一把抓住牛槽后衣襟，拖得他直生生住了脚，"凭什么是你。"

这下子倒是不装了。

牛槽晓得柳先生一直不喜欢他，对他有敌意，但是理应有敌意的该是他才对。牛槽无奈，平日里就当不晓得他心中那份针对。寻常工作时有接触，两人一个聪明一个敦厚，倒也不至于撕破脸皮，但也没多好，现在逮着机会倒是爆发了。

"为什么不是我？"牛槽被问出了牛脾气，转身看着他。

柳先生见一向寡言的牛槽浑身上下散发出从未见过的气质，不由愣怔片刻，奈何对于前途的失望和不能归家的愤恨占据上头，他胸中一团火也被勾起来了，上前一把拎住牛槽领子："你不就因为女人跟我过不去吗？你想小丽，也得人家要你啊！"

柳先生这话本没什么，男人嘛，何患无妻，再加上现在牛槽跟小琴恩爱，意气风发，自然不把他混账话放心里，奈何好巧不巧，蒸了些米糕送过来的小琴将将推了门，将这话听在了耳朵里。

牛槽听见"吱呀"一声，转头就见小琴煞白着一张脸瞧他，心"咕咚"一下沉了下去。

20. 吃醋

"小琴，你来啦？"牛槽讷讷说了句。

小琴瞪了他一眼，扔下篮子转身抹着泪花子走了。

门口小六捧着书瞧舅妈撒腿跑开，大辫子一甩一甩的，心中好奇。他

舅妈性子稳重,还从来没这么不淡定过,这是咋了?还没等醒悟过来,就见后面追来了他舅。他舅个子矮,身形又宽,跑起来的时候跟个门板在地上撞似的,特有趣,"噗嗤"一声笑了出来。

下午上班时,乡亲们没见着牛槽,做到一件新式洋装不晓得该怎么下手,到处找牛槽。过来没多久的马宝叼着根狗尾巴草吊儿郎当地踢着石子站定在小六面前:"小子,你舅呢?"

小六不喜欢马宝,奈何他爸会做人,跟这边所有人都把关系打点得妥当,他也没法不理人家,老老实实道:"不晓得。"

"不晓得?"马宝低头探寻似的上下看,像是要逮出小六说谎的证据。

小六心性稳,翻了一页书,也不理他,就径自看。

马宝瞧着梧桐树的光影漏在书页上,打了个哈欠,抱着胳膊跟着马家村一众人晃晃悠悠走了。

厂房办公室里,牛队长正在呵斥阿斌:"你这慌慌张张的干什么?"

阿斌低着头:"是,是。"

牛队长瞧他那样火消了下去,扔了毛笔,睨了一眼:"说吧。"

阿斌这才老老实实地解释:"那件新式改良版旗袍裙,是丁医生儿媳妇的姐姐央做的,要明儿个参加市里的一个舞会,急着赶工,款式是牛槽设计的,他人不在,没人会做,咱们都慌神了。"

"丁医生儿媳的姐姐?"牛队长瞧着桌面铺开的宣纸上晕染透的笔痕,搜寻记忆,隐约想起那是个城里姑娘,嫁的人是还挺好,据说很有钱。

却说丁医生也是好人得福报,前些年去城里给乡人买药的途中遇到一个生病的姑娘,顺手就给治了,人姑娘感恩,特意送了好礼舟车劳顿来这穷乡僻壤,竟然跟丁医生儿子看对了眼,一来二去就给结亲了,后来生了小叮当。

丁医生死后,孩子们没了后顾之忧,儿媳妇就领着丈夫孩子一起去了城里,据说是投靠姐夫去了。也不知是牛槽名气太大还是两人忽然想起这号人,也不找城里人做衣服,竟把钱给牛家村挣了。

"她姐姐家是不是……"牛队长想了半天,"做生意的?"

阿斌蹙眉摇了摇,附耳牛队长嘀咕:"高山市市政府的。"

牛队长手一抖,离了八丈远,吼了句:"牛槽呢?还不快把他叫过来!"

阿斌应了声赶紧出门,也不干活了,发动众位乡亲们找牛槽。一群人浩浩荡荡地侵占了整个村子,路头巷角一个不落,不知道的还以为是牛槽犯了啥事呢!

终于，马宝探出头朝那老桃树一瞅，两人在广场上那棵老桃树下拉扯呢。

"他乱说，我对你咋样，你还不清楚？"牛槽可怜兮兮地站在小琴身后。

说是可怜兮兮，其实表情语气还是那副样子，看不出区别，但马宝莫名就是觉得他可怜兮兮的，颇有些幸灾乐祸，捂着嘴差点没笑出声。

"你胡说，他们都讲，你喜欢漂亮姑娘。"小琴也不知道为何，先前也是晓得这点的，现在却越想越觉得委屈，心烦意乱的，倒是没有以前那份淡泊劲头了，"那个……小……是最好看……"

"胡说！"牛槽上前一步，从身后环着小琴，缓了语调，"我是喜欢好看的。"

"你……"小琴气急，欲挣脱，却被牛槽环得更紧。

"在我眼里，你最好看。"牛槽凑在她耳边轻轻吹出这句话，跟风中吹过桃花瓣似的，飞起一片乱红，也飞红了小琴脸颊。

"你胡说！"小琴转身作势欲伸出拳头打牛槽，被牛槽一把握住了。

不远处的马宝实在看不下去了，咳嗽两声，大骂："老子看不下去了，妈的！"

小琴一惊，赶紧从牛槽怀中弹开，两人这才看到马宝躲在一棵歪脖子树后蹲了半天墙角。

马宝骂骂咧咧地啐了一口："牛队长找你哩！"

"你……你偷听我们。"小琴气得一张脸更红了。

马宝脸红脖子粗地梗着脑袋："谁要偷听你，呸，肉麻死了。"

说罢抱着胳膊抖了抖，躲瘟疫似的跑了。

小琴气得跺脚，也不知是臊的还是臊的，胸口一堵，胃里有东西上涌，差点没忍住吐了，牛槽赶紧拉着小琴给她拍了拍。小两口又说了会儿贴己话，这才回了服装厂。

回去的时候，马宝正活灵活现地给众人形容小两口的亲密模样，逮着阿斌搂在怀里："小琴，你是我的宝儿！"

阿斌挣脱不开，脖子都气红了："滚滚滚。"

周围小年轻们瞧两人的样子"咯咯"笑作一团，姑娘们在一边缝衣服，也捂着嘴忍不住乐了，之余又有些羡慕，牛槽对小琴可真好。

忽然有人表情变了，止了笑，马宝以为自己不够有趣，松开阿斌，学牛槽摆出那副板着脸的可怜相："我对你咋样，你还不清楚……"

裤腰带一松，屁股凉飕飕的，周围人一阵沉默，齐齐爆发出一阵大笑。

马宝先是转头看到牛槽木着脸的样子，心中慢半拍没反应过来，又低

头见了那身鲜红的裤衩，这才醒悟裤子被牛槽给扒了，气得作势想打人，可跑不开，只能夹着腿拎裤子，完了后牛槽已经闪进办公区把大门给牢牢关上了。

"牛槽，你个孙子给老子开门！"马宝气死了，使命拍。

周围人边哄笑边拦："孙子应该给爷爷开门。"

于是马宝又说："你个孙子给爷爷开门！"

牛槽也不管他，两耳不闻门上声，认认真真看着眼前这件料子，又端详着样板打量一番，闭上眼，脑中有了大致的感觉，很快睁眼动手裁剪了起来。

就在马宝的"轰隆"拍门声中，这件改良版的新式旗袍裙子脱胎成型。

晚上6点多，马宝早叫不动了，嘶哑着嗓子骂骂咧咧回了马家村。牛家村众人也纷纷吃完了饭，有的继续来给家人做点东西，有的则回去休息或是下地将没引水的田浇灌了。牛槽抱着那件裙子出来时，天边斜着单薄西山的夕阳，东边还隐隐描摹出一撇月色。

"牛槽，吃饭啊。"

老四蹲在庭院的梧桐树下扒饭，见牛槽出来招呼道。

牛槽应了声，小心抱着旗袍钻进了牛队长家中。

21. 天降订单

5月和美，恰是河豚上市好时节。高山市位于长江下游，又濒临大运河，涤荡了一汪汪的水色，如此多的河流又数高山湖最为恣意汪洋。湖边大片芦苇荡下藏着无数丰硕的宝藏，不说那野鸭子带来的无尽财富，便是随意一剐瓢都能挖到鱼虾无数。这肥美河豚，便是了。

牛队长笑眯眯对着小五道："快吃，老陈头送过来的。"

他老婆有些怕："弄干净了吗？"

这东西有毒，据说还毒死过不少人哩。

牛队长不高兴了，摆下筷子正准备说道，牛槽捧裙子过来，牛队长赶紧招呼牛槽也来尝鲜："牛槽，快来。"

却说老陈头上次受了恩惠，心中对村里人感激有加，干活更卖力了，但他不晓得那好事其实是牛槽做的，总觉得必然是最大的官儿首肯，他才能得了便宜，此后逮着好东西先经牛队长这一手。牛队长倒也没藏着掖着，坦荡得紧，见人就招呼来尝尝，直白谁给的，倒让众人不好说什么了。

牛槽倒是不好这口，他爱小琴那手红烧肉，别的吃食倒是尔尔，遂推托了，郑重将裙子放在桌上，也不打扰人家一家吃饭，转身鞠躬就走了。出了门隐约瞧见牛队长他媳妇的啧啧称赞声："这旗袍裙可真好看。"

　　旗袍裙确实是好看，送到丁医生儿媳妇张玲手里时，她不及送到姐姐张英那儿，自个儿对着镜子比画了半天，最后忍不住，偷偷穿上，照了好半晌。这衣服身形其实是照着张英做的，给张玲穿有些大了，不过依旧是能瞧得出美貌。如果能合着她的身形，得惹了多少人的眼啊！张玲当即决定，自己就算节衣缩食也得做上一件。

　　这边明儿个姐姐就要去参加舞会了，张玲不敢耽搁，连夜将衣服送过去，姐妹俩对着镜子又是一通比画，啧啧称赞到半夜将休。

　　第二日一早，张英收拾打扮妥当就穿上了那件紫色的修身连襟碎边旗袍裙，外面又套上一件先前牛槽帮做的兔绒小坎肩，加上新烫的头发，在镜子前那么一转啊，啧啧，外头开得正烂漫的春花都比不上。张英开心地坐着黄包车去了李处长家，一路上大姑娘小伙子们个个盯着她看，可把她得意的。

　　这次舞会是李处长夫人陈红办的，话说这个陈红娘家是个有钱人家，哥哥刚刚从海外留学归来，此番就是为了哥哥庆祝的。陈红哥哥叫陈光，年轻有为，喝了点儿洋墨水，一肚子主意，席上见张英这一身眼睛移不开去，暗中打量了好几眼。

　　陈红瞧着以为哥哥有什么坏心思，撞了两下提醒："哥！"

　　人家张英是结了婚的，闹出什么可不好听。

　　他哥见她眼神儿往张英身上瞟过去又回来，笑了："妹妹想什么呢，哥哥是瞧着这位夫人身上衣裳做工款式均好，想打听来处定做一批。"

　　20世纪70年代，旗袍其实并不若民国时那般受欢迎，但要说凸显女性身姿的，又有几款衣服比得上这旗袍。这件衣服的设计者别出心裁地结合了旗袍的修身，又添加了碎边设计，新颖别致，令人眼前一亮。

　　被陈光这么一说，陈红差点想拍手，她其实也早被那件衣服吸引去了注意力，打算等结束了去问的，哪承想自家哥哥居然跟她想一块去了。只是哥哥想的是生意，她想的却是女儿家那点虚荣，实在惭愧。当即表示明了，指着哥哥牵线搭桥。

　　这边两人相谈甚欢，还携手跳了一支舞，关系更进一步，那头牛槽也算是好运来了挡都挡不住。

　　第二日一早，一辆乌漆麻黑的大家伙缓缓驶进了牛家村口的泥泞小

径。牛家村四周都是水，下点雨就泞答答的，沾地人脚上全是泥巴。寻常梅雨季节过后，没个十天半月不穿雨靴是出不来的，更别说那些个交通工具。当然，本地人就算是不下雨也没见过这等交通工具。

"乖乖，这得好几百块吧！"老四正好挑着大粪去浇菜，见那黑家伙稳稳停在村头土地庙边，咋舌半晌。

打更老头一烟袋敲上老四草帽："几百块，你去队里要几百块买来瞧瞧！"

打更老头虽然穷，但是晓得的事儿多啊，平时有事没事就蹲马家村马宝家墙头听广播，懂得可多哩。要是没看错，这辆车应该是当下最火的桑塔纳，一辆最起码万把块。

好家伙，万元户倾家荡产怕是也只能买上这么一辆。

老四这辈子没见过这稀罕物，看得下巴都快脱臼了，陈光和助理从车上下来时就见两乡下老头佝着腰张着嘴眼巴巴瞅着自己车，那表情跟小鬼子见了大姑娘似的，直吓得陈光一愣。助理弯腰给他穿上靴子，陈光这才恢复常态。

"两位师傅，麻烦问一下，牛家村怎么走。"陈光干脆走过去问路。

老四这才反应过来，下意识擦了擦嘴，龇牙随手指向身后，那眼却是依旧直勾勾瞧着桑塔纳，都不带移一下的。

助理看着想笑，这乡巴佬，没见过世面的样子。

陈光瞅了助理一眼，助理拼命忍住了，两人朝着大队的方向走。到了大队的时候，牛队长正跟柳先生商量如何拉单子的事情。

"牛队长，这事儿牛槽更合适吧。"柳先生晓得这时候不该忤逆牛队长，他说啥他应着便是，奈何小丽一天到晚朝他拉着个脸，他实在受不了，欲逃避这是非之地，再加上牛槽得了典型这事始终让他心中有结，说话做事不自禁带上了刺。

牛队长幽幽瞧了他一眼，不待说话，耳边响起了两声叩门声。迎面看去，却是个穿戴得笔挺的人，跟他们这副乡下人的模样完全不相似，一看便是个金贵人物。

牛队长心道，这是谁？

陈光也不欲绕弯子，生意人嘛，向来注重效率，三两句便说了个透彻。

这边柳先生跟牛队长听了来人身份瞬间换了脸色，适才还笔直的腰无形中弯了些许。

"成，成，您是要牛槽做的那件就成，还是另有新的款型要求呢？"

牛队长心中诧异,这人从见了衣服到来不过一天,当真迅速,也不知是何意?只是这人身份不一般,妹婿是市政府的处长,自家又是生意大户,自己还是个留洋喝过墨水的,他没法直白问。

陈光倒是没那么多弯弯绕绕,回说就需要牛槽做的那款,后瞧牛队长表情跟猫抓似的又直接告知对牛槽好奇,想见一见。牛队长当然乐意做好人,当即引荐。

几人一行浩浩荡荡去牛槽家院子的时候,牛槽正为一件事发着愁。

22. 巧夫难为无布

小两口新婚不久,目前住在牛槽自个儿盖的那间屋子里,跟主屋共用茅坑厨房什么的,时时抬头相见。小琴喜静不摊事,偏生牛槽他妈太吵又龟毛,虽说小琴贤惠没表态,但牛槽晓得自家老婆脾性,因此寻思着能不能分家,免得日后婆媳矛盾。

要是真分家吧,不能说得太直白,他妈那性子有的闹腾,得表现得为他妈好才行。为他妈好的话,就得盖个更好的房子,把他妈引过去。可咋地盖个更好的房子呢?牛槽扒着指头想着手头那点钱,总不够啊。他百无聊赖地摸着地上零星的几块板砖,寻思着砖头钱都不够。买不起砖头,他就算再巧手都不成。

"牛槽。"牛队长在这一亩三分地威风惯了,此刻见了市里的贵人颇不适应,一路拘谨得不知说啥好,挎着笑脸步速极快地将一行人引到牛槽这儿,门也没敲,推开就叫了。

牛槽转身瞧去,正好跟陈光迎面对上了眼。

彼时院中恰起了阵风,卷刮着泥泞的土扑入鼻息,腥甜清新,两人视线在半空中拧成一团,又被风刮松散开。

"这是陈光,张英介绍的。"牛队长介绍,"哦,就是丁医生儿媳妇的姐姐。"

这关系还挺复杂的,牛槽也绕了半天才明白过来,原是这等因缘际会,那能碰上倒实在是气运好。当即弯腰去一边的木桶舀水洗了一把手,这才握向陈光伸出的手。

陈光是个注重细节的人,见牛槽这一系列动作心中喜欢,却也没表现,就在牛槽家绕了几圈,见着房中布帘,窗口帘幕,以及院子里绳子上晒着的被子都是做工精致,还绣着花儿,明了都是出自这位师傅之手,这才缓缓开口:"您是牛家村服装厂的厂长吧?"

牛槽愣了愣,厂长?

牛队长也愣了下,他们倒还真没选什么厂长不厂长的,目前就是牛槽当大师傅,他领着众人干活,或者指导各个人干些什么。

不过,目前这样倒确实有些混乱,规模小,万一要是工作量上来,指不定怎么慌乱。

至于柳先生,当然也是眼前一亮,之前那个典型他没选上心里郁郁寡欢,为什么是牛槽不是他也想过很多遍,思来想去大约还是因为牛槽作为缝纫组成立的第一个成员颇具代表性,大家一想到牛家村服装厂想到的就是他。那么,现在如何让大家想到的是他柳仕而不是牛槽呢?

陈光眼神在众人身上游了一圈,敛睫笑了,那句厂长也换了:"您好,我是陈光,家中卖双黄蛋的。"

牛队长摆手,连连后退:"哎,陈公子太自谦了,那是咱本土知名品牌金黄双黄蛋啊。"

不仅是柳先生,牛槽这傻不愣登的模样都有了变化。高山市是著名的鱼米之乡,四野麻鸭众多,一方水土养一方人,这些鸭子也不知是天生基因还是水土好,下的蛋个个两个黄,可金贵了。腌制成咸鸭蛋,一敲,那金黄的油流得满嘴都是,跟黄金似的。寻常人敲个咸鸭蛋,就着粥能干上两大碗。

陈光倒是谦虚,讲明来意。父亲为了打响牌子养了一批鸭子,日日下蛋出货,陈光回来后参观了养鸭场,忽然想起国外念书期间他包着大棉袄跟军大衣被人笑话的事,他们有的人穿一种鼓鼓的衣服,极轻便,却很保暖。陈光气不过,买了一件,拆开一看,里面居然全是鹅毛。

既然鹅毛能够做羽绒服,兔毛能够做大衣,那么鸭毛能不能也来做衣服呢?

陈光看着家中那一群鸭子,生出了想把它们毛全薅了的冲动。不过,暂时也就想想罢了,不可能一回来就瞎折腾。因此,瞧上张英身上那身裙子之后,他就想试试水。

"就你给张英做的那件,我要2000件。"陈光伸出两个手指。

"2000件?"牛队长惊呼出声,蹙眉显得有些为难,"那您能提供原材料吗?"

寻思着一件收个3块钱的手工费也得有6000块,6000块啊,几乎是他们村一个家庭三四十年的收入了。

牛槽心里也是"咯噔"了一下,这批单子要是完了,就算每个人平分，到他手上也得有 200 多块，相当于往年快两年的收入了。

陈光但笑不语地瞧着三人，摇了摇头："原材料倒是没有，不过，只要你们能把货给我，一件我给你们这个价。"

陈光轻飘飘伸出一个巴掌。

"5 块钱？"柳先生寻思着，5 块钱的话，刨除 2.5 块钱原材料还得 2.5 块钱手工费，一件也是一个人近一个月的工资了，绝对成。只是，他们该去哪儿找这么多的布料呢？

柳先生现在倒是跟以前浑水摸鱼不一样了，他晓得这个厂子是个好东西，日后干得蒸蒸日上怕是有得出风头的，现在铆足了劲跟牛槽争，誓要将那厂长之位争到不可，待厂子更好让大家第一个想到的是他而不是牛槽。

柳先生在肚子里绕了绕，想着怎么说服牛队长先应下来，至于布料的事以后想办法即可。

陈光笑了："50 块。"

院子里一群鸡"咕咕"叫啄着地上的米粒，黄花老母鸡挺着肚子踩着了公鸡的脚，被公鸡昂首啄了，疼得"嘎嘎"叫唤。

三人以为自己听错了，睁大眼朝陈光瞧了去。

陈光那笑没变，又重复了一遍："50 块钱一件，连材料带加工费，不过你们得快些，一个月内完工，否则时节过了就不好穿了。"

那件裙子是薄款，张英爱美，又有些丰腴，便提前要了薄款外搭坎肩显身材，若不搭坎肩则正好是夏季穿的，理应来说倒是不急，毕竟现在才 5 月。但是，陈光要这衣服可不是白要的，他得外销赚转手差价，自然需要提前打包转手上货，耽搁不得。只是，这事可不能让牛家村的人晓得。

陈光见几人依旧半张着嘴的震惊模样，佯装开玩笑："怎么？不想？"

"想。"牛队长赶紧点头，嘴巴里好几个"想"字奔腾着欲往外蹦，到底是官儿当久了，生生忍住。

傻了吗他？一件衣服 50 块，不做是脑壳子进水了吧。

做，没布也得变出布来做！

23. 收购布票

牛家村的人头一次经此一遭，都蒙了。

陈光笑呵呵地拿出一卷纸轴："既然没问题，咱们便把这合同走了吧。"

牛队长瞧着合同上明晃晃的"50"，只觉得脚底打飘，全程都没回过神来，就这么云里雾里地把印章给盖了。

陈光跟助理回去的时候老四已经下地了，不过那眼神儿还是有一瞟没一瞟地往车上飘，害得助理心惊胆战绕了车子好几圈，没查出什么异样才一溜烟儿开走了。

这边桑塔纳前脚刚走，那边牛家村就沸腾了。

牛队长特意召开大队会议，大队院子里乌泱泱坐了一排人，听见牛队长口里的报价先是静得地上落叶刮过都能听见，后突然跟油锅里浇了水似的炸了。

"天呐，50块一件！"

"2000件多少钱？谁能帮我数数？"

"二五一十，一万，一万块啊……"

"去你的一万块，是整整十万！"

那个爆出十万的人一巴掌拍上说一万的人的后脑勺，那人也不知道是被拍傻了还是听闻数字吓呆了，半响没反应，直待人群中抽气声响起才捂着嘴叫出声："妈妈个老子啊，十万块？"

"俺不是做梦吧？"

"做啥梦，字据，不对，是叫个啥……对，合同，合同都签了。"

牛队长见台下人声鼎沸伸手示意众人安静，连着挥了好几遍，沸腾的水才有被压住的趋势："大家静一静，静一静。"

柳先生抿唇盯着台下众人，他不敢看牛队长，心里想的却是：这小官儿也挺实诚，竟没压报。

牛槽却是没有这么多弯弯绕绕，虽在旁边的椅子上坐着，眼睛却是盯着手头的样图想事儿，若是往常不懂他这人会觉他在发呆，现下柳先生与他共事了些时候，晓得这人外粗内细，必然是在想法子呢。

牛槽在想法子，牛队长当然也在想法子，这次大队主要就是为了知会众人这事儿的。

"现在有个问题，对方不提供布票，咱们没有那么多材料。"牛队长喝了口水，压抑住激动的情绪，"需要大家帮忙搜集布票。"

众人叽叽喳喳："咱们村所有的布票上交了也不够了，这好料子，哪里找去，而且咱也没那么多钱啊。"

这件裙子可是由上好的织锦缎和古香缎制作而成，一匹布材料得6块钱，能做2件裙子，2000件裙子就得6000块钱成本，就算批发能便宜点儿，约莫也得5000块，他们村儿哪儿找这么多钱啊。

牛队长见众人犯嘀咕，挥挥手："钱的事大家不用愁，人家定金给了，现在需要大家做的就是去收布票，最起码能买足1000匹布的布票。"

牛队长瞥了一眼一边坐着的牛槽，他面前摊开张纸，上面明明白白写着1000这个数字，心中宛如一块石头压着。何止是众人好奇如何去收，就连他自己也是犯愁啊。可是，这么多的钱放在面前，他又必须得赚！

罢了，拼了。

牛队长咬咬牙："大家发动各种门路去搜集，不济，咱给钱，用钱买布票。"

"能给多少啊？"老四挑着扁担探头。

牛队长咬咬牙，伸出一根手指头："一块钱，一张布票一块钱。"

如此，就算是买1000张也就多1000块的成本，划算。

柳先生晓得这是个只赚不赔的买卖，毕竟他肚子里有两点墨水，但一众没读过书的乡下人不晓得啊，一听说要花钱买布票跟割肉似的，凭啥公家分的东西要从集体财产里掏钱，个个咬牙不吭声，最后还是牛队长一锤定音众人才不欢而散。

毕竟啊，先掏出去的钱就是掏了，赚的钱他们也没见到啊，谁知道有没有定金，又会不会最后出幺蛾子收回去。

众人散了之后，牛队长关上门拉着牛槽跟柳先生商量。

昏暗的房内影影绰绰的，牛队长推开窗户，有风漏进来，天气已经乍觉温柔。牛队长瞧了瞧大片抽拔的嫩黄，晓得速度得加快。

"你们俩，谁去？"他也不卖关子，开诚布公地问道。

肯定凑不齐，他也就开个会知会一声，还真不把宝押在他们身上，最主要的，得看眼前这两位。原先，拉业务的工作理应是柳先生去，但这收购布票不算是拉业务。柳先生吧，虽然说口才行，也见过世面，但不了解布料跟尺寸，这一点牛队长心中却有数。更何况，现在没有料子也做不了活计，牛槽在家作用不大。牛队长无法定夺，干脆直白问两人。

牛队长眼神是先落在柳先生身上的，但他却有些犹疑，这不是什么好活计，没技术含量，无法拓展人脉，还吃力不讨好。

就这么一愣神的工夫，牛槽开口了："我去吧，我晓得料子。"

柳先生见牛队长眼中一瞬而过的失落后转向了牛槽，心中略微慌乱，现在还有诸多仰仗他的，届时要是真离开还得顶头上司首肯，他万不可将他得罪了，当即点头："我也去。"

两人的答复颇让牛队长满意，当即大手一挥，就这么定了。

回去后，牛槽就开始收拾行当，他打算将整个淮扬市都逛一遍，能搜集多少就搜集多少。

"牛槽哥，你要去多久啊？"小琴在床上叠衣服，抚着胸口问。

她近来身体不大好，没什么胃口，脸色蜡黄蜡黄的，情绪也有些怏怏，见牛槽要走整颗心好似吊起来似的，一上一下的，不大高兴。

牛槽晓得她心情不好，坐在一边帮她整理："很快，一个月就得交货，留给我们置办布票的时间最多一周。"

小琴还未说什么，窗户被人"砰砰砰"地敲响了，牛槽皱了眉头，果然，下一秒老娘的声音传了来："小琴，过来把衣服叠一下。"

小琴刚想起身，牛槽忽地站起来，拉开窗户："妈，小琴要跟我出差，整理衣服呢，你自个儿叠吧。"

这老太太年轻时被婆婆压榨惯了，终于熬成婆婆后就开始折腾儿媳，却也不是有意的，大嫂这么些年也是下来了，后来渐渐好些，只除了时不时被念叨是个不下蛋的母鸡外，别的倒是没什么。

牛槽晓得母亲这是下马威，不好明说，干脆谎话。

"出，出差？"老娘讷讷着嘴，"出啥差啊？"

牛槽囫囵出口堵了她的话："要不然你帮我收布票啊？"

老太太当然不愿意，剜了牛槽一眼，嘴里也不晓得叨叨着什么就跑了。

牛槽放下窗户，小琴上前："我去吗？"

牛槽点点头，就当散散心也好，免得让小琴跟他妈在一起不高兴。

"其实没啥事，可能是换季。"小琴抚着胸口，感觉堵得慌。

牛槽没说啥，已经转身默默帮小琴收拾了起来。

24. 小琴怀孕

此番三人出去倒也没啥计划，就只能瞎猫一样到处逮死耗子。

高山市五里八乡自不必管，牛队长发动了乡人收购，周围有听说牛家村收购布票的多自个儿送了来换钱，倒不必费多少心思。

三人坐铁皮火车一路"咯噔咯噔"远去，牛槽的想法是三人分成两路收，不必在一起浪费人力，柳先生对本地不若牛槽熟，却是不愿意，执意一道。

"以宝山县为例，全县合计近1500平方千米，你觉得分两队跟一队有什么区别？"柳先生不急不缓地拿出一根油条，就着酱油汤蘸着送到嘴里。

牛槽不急着自己吃,拿了先送小琴嘴里,小琴却有些没胃口,被周围拥挤堵塞的人味给搅得胃里直翻滚,捂着鼻子直摇头。

柳先生瞧着小琴这样,蹙眉若有所思地看向人声鼎沸的车厢。

牛槽一颗心都在小琴身上,不欲跟柳先生多话,就随他了——他也不大爱计较这些。

柳先生见行程如了他的愿,又提出意见:"收的布票咱得分开算。"

左右不过是为集体做事,分不分有何区别,牛槽同样没计较。

柳先生这下子满意了,下了火车就拎起箱子出去了,也没管身后照顾妻子的牛槽。寻了落脚处,柳先生心中直犯嘀咕,出来还带着个拖油瓶,瞧小琴那样儿,指不定是怀上了,不好好在家待着出来作甚,此番跟牛槽合作必然不能靠他,还得自己加把劲儿。柳先生这番计较实在是有些心思,行程在一起是要靠牛槽这个本地人拉对象,而收购的布票分开是不想被牛槽占了便宜去。

柳先生坐在窗前书桌上,背挺得笔直溜滑,拿出笔就开始做起了计划。

宝山县格局与淮扬市整体格局肖似,也是东西走向长,南北走向短,东西走向又以东为富,西为贫。柳先生寻思着,既然东边富些,人们的生活水平高,对于衣食住行必会更加介意,布票之类的必然也多,因此二话不说抢了东边的路。

也不知是舟车劳顿还是水土不服,小琴的脸色越发黄巴,时不时呕吐,饭都没吃几口。其实若是在家,牛槽他妈有经验,应该早就看出这儿媳妇怀上了,但牛槽是个大小伙儿,哪儿知道这些,还一头雾水呢,他只得将小琴安排在旅馆,自己出去收购布票。

倒确实也是傻人有傻福,柳先生一贯自傲的聪明竟然让他吃了大亏。东边确实是更发达,人们生活条件好些,但也因此对于衣食住行要求更高——人家自己布票都不够用,也不差你那一块两块,根本就收购不到。

柳先生忙活了两天就收了百来张,回去一看,牛槽正蹲在旅馆照顾老婆,汤汤水水煲着,都不假他人之手的。柳先生自我安慰,虽然他收得不多,但牛槽也不会多到哪里去。坐在大堂嗓子干咳两声,倒了杯水还不及喝,就见一群人一拥而上,堵着大堂里煲汤的牛槽涌过去。

柳先生看不清那群人干啥了,见身边店小二见怪不怪地擦着汗过去拉过来:"这是,咋回事?"

店小二瞟了眼,笑得嘴巴合不拢:"哦,这位先生啊,找了当地卖报

小童吆喝说收布票，大家伙一听都将用不完的布票送来换钱呢！"

这一道带的，他家店生意都好了不少，可不得高兴。

柳先生一听，气得差点儿岔过气去，恶狠狠瞧了半天，那群人一会儿散去果然见牛槽手上拿了一摞布票，拿起桌上刚满上的水就往肚子里倒，人差点没给烫没了。

"牛槽哥。"小琴见牛槽又在大厅给她煲汤，将头发顺到脑后，"我不碍事，就是没啥胃口。"

牛槽挥挥手，想赶小琴回去休息，就见一瘦瘦小小的男子贼头鼠脑地伸头够过来。牛槽见这人好似别有目的，将小琴往身后揽了揽，眼神示意他有何事。

男子尴尬地挠挠头，咳嗽两声："哦，您好，我叫林小牟，虎林村的。"

虎林村？牛槽晓得这个村子，也是高山市的，离牛家村有一段距离，先前去县城参加缝纫组培训的时候见过他们村的村长。他们村村长唤林尔，人很客气，还跟牛槽合照过，怕就是那样小牟才认识的他。

"你这是？"牛槽放松戒备。

小牟挠挠头，一双老鼠眼眨巴了两下，唉声叹气地解释，他此番是来拉单子的。他们村村长想要争取市里联营的额子，但凭着手上那些存货实在看不上眼，因此要扩大经营面。

"联营？"牛槽讷讷，这是个啥？

小牟也是个人精，此番见牛槽这副模样就晓得他并不知道这事，有些懊恼，完了，这下子不会多出个竞争对手吧。面上却还是腆着张笑脸："就是给市里服装厂打下手，不过这事儿太飘了，怕是不靠谱。"

小牟说罢就一溜烟儿退了，叨着自己要跟客户见面，生怕牛槽多问。牛槽自然不会这般做，这个根本不是他范围内的事儿，他只是个大师傅，做好手头每件衣服便可，管那么多作甚。柳先生却不那样想，他在一边斟茶自酌，将两人对话听了个明明白白，心中很快有了计量。

这边小牟刚出门儿，那边柳先生也跟了出去。

"林小牟？"

小牟见一个谦谦君子穿着一身长袍站自个面前，揉了揉眼睛："你是？"

柳先生笑笑，指着一个巷口："借一步说话。"

小牟好奇，跟了去，两人附头交耳。隔断马路上行人来来去去，周遭黄包车、自行车往来不绝，叫卖声、吆喝声此起彼落，也不晓得两人在说些什么。

牛槽将煲好的鸡汤给小琴小心喂去，小琴实在没有胃口，又不忍牛槽辛苦作空，逼着自己过去喝一口，哪知一瞧浮在汤上面明晃晃的油花子忍不住犯恶心，抱着胸口就一边跑一边吐了起来。

牛槽赶紧放下碗给小琴顺气，一边的小二笑着祝贺："先生，恭喜啊，夫人害喜这么严重，怕八成是个大胖小子。"

牛槽一听，愣了。

25."我没收到布票"

柳先生踱着步子回来时见牛槽忙前忙后，那张平时无甚表情的木头脸上竟然隐隐约约浮着一抹笑。柳先生以为自己看错了，擦了擦眼睛，发现牛槽那笑更大了些，不禁感叹，诡异了，木头人成精了，居然会笑了。

"哎哟，先生麻烦让下。"店小二捧着一碗药路过。

柳先生见那小二将药殷勤递给了牛槽，牛槽则小心翼翼地捧在手上吹了吹，喂给了坐在一边扇风的小琴，嗤道，这家伙不会是才发现老婆怀孕吧。

那症状，啧啧……果然是反应迟钝。

柳先生也不管他，捏着一沓布票跷着二郎腿在小琴边的木椅上坐下，自顾自斟了一壶茶，等着看笑话。果然，不出片刻，门口涌进来一群人。

"牛槽呢！"为首是不远处卖爆米花的老头，进了门眯了眯眼，见到牛槽就大手一挥，吆喝一众人等过去了。

牛槽喂完小琴一口汤水，不紧不慢地擦手，侚着眼抬起来瞧了来人："你还有吗？"

老头被问得一杵，啥还有，没有了，不仅没有还要收回来呢！

抬头瞧了眼牛槽，那视线枯木样定定的，偏生又看得人怕，伸手拉了拉旁边人衣角壮胆："那布票，我，我不卖了！"

本来一句你情我愿的买卖事儿，老头儿心中有鬼，偏生说得跟要打架似的，周围人被他唬得一愣，个个都停下手上的事儿看了过来。老头一张脸憋得通红，旁边人瞧这阵势也被吓了一跳。

"为啥子？"牛槽拍拍腿，起了身。

老头儿一众人等往后退了一步，见牛槽定定看着他，心虚道："有人出了高价。"

话一出口，旁边的柳先生脑筋抽了抽，总觉得牛槽在往这儿看，他佯装淡定地低头喝茶，半边脸都埋在茶杯里，喝了半天头疼是放还是继续

喝的时候，牛槽出声了。

"行吧。"牛槽伸手。

众人不晓得他要干什么，睁大眼看着，牛槽淡淡道："退钱。"

不光是老头儿，连着柳先生都一个抖灵，这家伙居然这么好说话？好奇放下茶杯看去，跟牛槽眼神直直撞上，柳先生似被那了无波澜的神色给吞了下去，讷得半晌没思绪。

众人反应过来后抖抖索索地掏钱，牛槽便一手要钱，一手还货，给换了回来。

这事快起快落，快得就跟那布票从来跟自己没什么关系似的。傍晚时分，牛槽对着空空如也的收纳盒发呆，小琴捧着肚子从大厅拿了一份红豆汤给牛槽。下午找了医生来看，其实不过怀孕一个多月，但心中多了份在意，身体也好像陡然变重了，她做什么都小心谨慎。

"牛槽哥。"小琴撑着柜子，将碗放在牛槽面前，"别着急，咱们慢慢来。"

牛槽"嗯"了声，回过头来，看着小琴肚子发呆。

小琴被她看得脸红，一张脸比身上的红色外套还要艳丽："作甚呢，还看不出来呢。"

转念叨叨，也不知是男是女。

她是外地孤女，在牛家村人生地不熟的，怀上孩子是安全感的第一步，如果这一步还是个男娃娃，那更是走得扎实了。

牛槽倒是没那么多想法，只觉得新奇，前一刻他还找不到媳妇哩，后一刻竟然连娃娃都出来了。

小琴拍了他手一下，起身欲关窗，牛槽按着她坐下，自己站起来将一窗月色关在了外头，转身回头见小琴望着收纳盒，一张粉扑扑的苹果脸染上了愁绪，晓得她是为了布票的事，宽慰地抚上小琴手背："咱们回去吧。"

"回去？"小琴惊呼出声，她还想提下让牛槽去邗江区收呢，只是，又担心自个儿肚子，颇为难。

牛槽点点头，笃定："回去。"

说走就走，第二日，牛槽就敲响了柳先生的门。

不过凌晨5点，门口的天才麻麻亮，来往车辆也少，大街上多是挑着担子的生意户，豆浆油条的香气就着寥寥烟火升起人间味儿。

柳先生循着芝麻饼的视线落在牛槽手上的包裹上："这是？"

"回了。"牛槽指了指小琴肚子,"小琴不方便。"

柳先生眼中闪过一丝诧异,牛槽将那诧异收入眼底,扶着小琴的腰就转身离开了。柳仕目送两人远去,回了房间坐下,手敲在桌面,牛槽在搞什么?想了半天不得法,干脆不想了,他回了更好。柳仕拉开抽屉,里面漏出厚厚一沓布票,他嘴角浮现一抹笑。

牛槽很快买了车票,绿皮车冒出一阵烟,很快将两人送回了高山市。牛槽又包了一辆黄包车,很快拉着两人回了牛家村。

到村头的时候,小六正抱着一摞布往服装厂跑,见了从黄包车上下来的牛槽愣了愣:"舅?"

怎么回来了?

牛槽点点头,招手示意小六过来,小六抱着布过去,牛槽接过那布,指了指小琴:"把你舅妈送回去,我去厂里。"

小六挠挠头,一手接过牛槽手上的包裹,一手扶着小琴:"舅,你收的布票呢?"

这才一天半的工夫呢,而且柳先生怎么不见回来?

牛槽摇摇头:"没,没收到,你舅妈怀上了,先回来了。"

怀?怀啥?小六一个小男孩,当然不会往肚子上想,稀里糊涂地搀着小琴回了家,送到房里总觉得舅妈几日不见怪怪的。路过院子牛槽他娘抱着一捆柴火路过,用鼻子示意了小琴那屋:"她咋这副模样,娇贵的。"

小六这才醒悟,是啊,娇贵,就是这感觉,怪不得觉得舅妈怪怪的,以前可不这样。

小六摇摇头,如实:"不晓得。"

牛槽他娘带着婆婆惯有的特质,结婚前咋看咋好,结婚后咋看儿媳咋不顺眼,不耐烦地别过脸:"你舅呢!"

"好像去厂里了。"

牛槽他娘忍不住犯嘀咕,这么快回来她可不觉得她家儿子是完成任务了,八成是这儿媳给怂恿的,真是的,吃不了苦还跟着出去,真够讨嫌的。

小六见外婆变了的脸色,忽得想到牛槽那句怀上了,小声解释:"他说,舅妈怀上了啥的,所以才回来的。"

"刺昂"一声,一捆柴落在地上,牛槽他娘却是来不及捡起来,猛地抓着小六肩膀:"啥?你说啥?"

服装厂里,牛队长正发动员工加班加点先行用收来的布料做衣服,但

这旗袍裙做工精致复杂，员工们没有牛槽都没了主心骨，正对着布料发呆呢，可把牛队长给急得。

关键时刻，牛槽推门踩着一地落日进了来，一群人见了好似瞧见天神下凡了，迷茫的眼中个个亮出了光彩。哪知这光彩还没酝酿强烈，就被牛槽一句话给打散了。

"我没收到布票。"

26. 载誉归来的柳先生

牛队长自从凭着牛槽办了服装厂后看他是怎么看怎么顺眼，总觉得这傻傻的模样实在是踏实能干。或者是满意度有限，看着牛槽顺眼，看柳先生反越发不顺眼了。哪承想，这次搜集齐布票居然是靠着柳先生。

木门后，柳先生也回来了，此番掏出厚厚一沓布票："这边是1492张，不知道够不够。"

牛队长本来正对着五子的小辫子发愁，牛槽这边居然一张布票都没收齐，家里这边一共就七百多张，还差一千多张呢，如何够啊。

五子快10岁了，当地风俗，生了小男孩会在后面留上一撮毛编个小辫子，以显示"惯宝宝"身份。五子小辫子长得老长，跟个小尾巴似的，他总忍不住时不时揪一下，被牛队长一巴掌拍下来。五子被老爹拍得一个哆嗦，条件反射往门口看，就见老爹一溜烟儿蹿到柳先生面前，双手撑着柳先生肩膀，迫切地一推："多少？"

于是，柳先生就又重复了一遍。

牛队长乐极，伸手徒抓无物，干脆拉住五子辫子，五子疼得龇牙咧嘴，直道得赶紧磨着妈妈奶奶给剪了这东西，跟个女娃娃似的，累赘。

牛队长也不管抓疼了牛五，使唤着五子倒了水给柳先生，伸手压着他肩膀坐下，眉毛高兴地一抽一抽的："说，咋弄的？"

柳先生推托半晌，不及，顺应着坐在木凳上，挤了小五一张软座。他舒坦地喝口热水，放下瓷缸子，将来龙去脉讲了一遍，隐晦提及牛槽为了自家事儿不顾公家的行迹，牛队长的兴奋劲头果然湮了些，眉头皱了皱，很快又舒展开。

"你快，将这些布票拿去换了布料，赶紧做起来先。"牛队长急道。

柳先生闻言也没敢多坐，屁股沾了凳子刚坐热又起来了，将布票重新包裹好准备去买布，到门口想到那事儿顿了顿。

"有事？"牛队长抬眼徇了徇。

柳先生没吱声儿，摇摇头："没，问您借人去搬布呢。"

牛队长招招手："随便借，都叫去罢。"

"哎。"柳先生抬脚跨过横梁走了。

到了服装厂牛槽也不在，大家正热火朝天地缝纫呢，眼见着一件件旗袍裙成型，众人眼睛都亮了，那可是大把大把的钞票啊！

"牛槽呢？"柳先生叫住门口的阿斌。

小丽分在第一排中间，见了柳先生幽幽瞟了一眼，近来她妈带她去相亲，她已经熬不下去了，可是柳先生完全没有任何表示，她心中忐忑，总觉得小俏说得对，柳先生大约是要走的。可是，可是她……

柳先生就跟没小丽这个人似的，看都没看她一眼，拉着阿斌絮叨几句，很快一众人等就齐齐随着他去了供销社买布。

傍晚时分，布料源源不断送了来，牛槽才现了身，小琴罕见没来。

"哎，你舅跟你舅妈咧？"马宝抱着个苹果堵着小六挤眉弄眼。

小六不想瞅他，翻过一页书，又觉得他烦，胡乱应付了句："身体不舒服哩。"

马宝一听，嘿，身体不舒服？咋个不舒服？他吊儿郎当地一口咬住苹果，贼头鼠脑地扒拉着窗子偷看牛槽，果然见他心不在焉的，连着好几次人家问他才反应过来。马宝眼珠子一转，不对劲啊！

牛槽可不晓得这个蹲墙角的正八卦呢，心急得等着回去，连牛队长过来旁敲侧击都什么心思，只想赶紧回去老婆孩子热炕头——虽然还没孩子哩！

傍晚戌时，打更老头准时从村头晃了来，许是又喝醉了，脚底打飘地一锣更两锣更地敲，服装厂众人三三两两结伴回家，老头儿直絮叨，可真热闹，自从办了这厂子啊，他晚上都不带寂寞的。

"牛槽啊，不到点儿就走了。"小俏戏谑，"八成啊，又是回去陪小琴了。"

小丽闻言低了头，没说话，小俏没注意她脸色，眉飞色舞地拉过一边的小花："小花，你说这小琴怎么这么娇气。"

小花酸溜溜道："听说好像怀上了。"

牛槽他妈是个"斗米富"，遇到什么好事儿都藏不住，到处抖，小花她婆婆是第一波晓得这个好消息的人，小花自然成了那第二波。

"什么？"一群姑娘尖叫出声，又好奇又惊讶，还带着羡慕。

乌漆麻黑的夜色，不远处几个人都听见了。打更老头脚一崴，颇不是

滋味儿，连带着更声都更尖锐了些，这个原来他以为会跟他一样打光棍的居然最先成了爹，真是人生无常。至于走在柳先生旁边的马宝，则是惊得嘴巴张得溜圆。柳先生倒是没什么反应，毕竟他早知道。

隐在人群中的小六也听到了，他踢了踢脚，路边尖锐的石子"哐当"一声落在湖里，打起一个漂儿。

第二日，牛槽当爹的消息传得沸沸扬扬，众人见了都道喜，牛槽感觉踩在棉花上似的，脚底软绵绵的，活儿干的效率都低了不少。

中午时分，昂扬的太阳当空，牛槽总算是从不现实中落了地儿，实在些了，搭了一件衣服想回去陪小琴吃饭，结果来了一波人儿。

"我要见你们这儿的大师傅。"为首的是个留着八字胡子的男人，戴着一副大墨镜，一身衣服滴溜水滑，看着就是好料子。不过那口音听着虽像高山市的，却还有些区别，听着糊糊的。

打更老头蹲在村头树桩上吐了口痰，收起烟袋指了指："找牛槽啊，服装厂里就是。"

八字胡子摇摇头："牛槽？不不不，牛仕。"

打更老头迷糊了："咱牛家村没有一个叫牛仕的啊？"

八字胡子皱了眉头，怪了，那位大师傅留下一件做工精致的旗袍走了，给的地儿跟名字没错啊？

老四正挑着大粪路过，准备去浇菜呢，沿路一股子味儿，八字胡子捏着鼻子没敢呼吸，哪知老四径自停在了他身边："牛仕？柳仕吧。"

八字胡子被熏得难受，下意识想往旁边跑，哪知听到了大师傅名字，味儿也避了，开心地一拍手："就是柳仕，仕途的仕。"

27. 三天河西，三天河东

八字胡跟两人比画了半天，终于弄明白原来柳仕是这边的知青，心中啧啧感叹，又有文化又有手艺，真是人才啊，禁不住起了心思。

到底还是打更老头见多识广，听出了八字胡是淮扬市口音，巴巴望着消失在灰墙后的背影絮叨，莫不是这柳先生攀到高枝了？

攀不攀高枝倒是不晓得，不过柳先生确实是走了好运。

牛队长勒阿斌将布匹浩浩荡荡搬到仓库的时候不及休息，火急火燎令众人开干，自个虽然不会做那裁缝事儿，却也脱了官威跟众人在低矮的工作间搭把手，一行人忙得热火朝天，车间里全是"嘎吱嘎吱"的缝纫机声和裁布声。

恰逢20世纪70年代初期，李小龙火遍大江南北，一部《猛龙过江》惹得大街小巷不少小少年老人翁踢上两腿，有些时髦的小青年们穿衣打扮也喜好扮成那副模样，俗称的"装酷"。因此，八字胡一出现在厂门口的时候，便吸引去了不少年轻人的目光。

　　瞧瞧，那墨镜，那发型，那黑布鞋，以及一袭深蓝色唐衫，不正是李小龙经典装束是甚？

　　"愣着干啥哩！"牛队长捅了捅阿斌，示意他赶紧将桌上那尺子递过来。

　　阿斌"哦"了一声，随手抓起一边的剪刀递过去，牛队长一个不小心差点就着那锋利的刃抓了，定睛一瞧，躁地一脚踹上阿斌。阿斌"哎哟"一声缩回脚，这才发现将刀刃对着牛队长了，吓出一身冷汗。

　　好在牛队长的注意力也被八字胡吸引了去，没就着这事儿没完，阿斌这才长嘘口气。

　　"您是？"牛队长放下手中的半成品，好奇打量眼前这位男子。

　　八字胡倒也没多费口舌，摘下墨镜递给身后的小弟，又伸手接过身后小弟递过来的衣服，手一松，叠板水滑的翠绿色旗袍便在这逼仄的厂房里落了下来，映着一边儿窗外的日光，煞是好看。

　　一群人纷纷放下手中活计，好奇看了过来，牛队长心中也一个趔趄：这衣服不正是他们现在做的吗？这人如何得到的？

　　八字胡也不顾众人各异的眼神，小心收起旗袍，递给了身后的随从，笑着上前："这种旗袍，我要这个数。"

　　说罢伸出五个手指。

　　"500件"

　　牛队长正一头雾水着，柳先生恰好进了门，那八字胡眼神一下子便落了上去，热情得跟狼见了肉似的。

　　"牛，哦，柳先生……"

　　柳仕这才恍然装作刚瞧着这位，略作反应，笑道："齐先生……"

　　齐二指着柳仕，"哈哈"笑开，热情非常。

　　牛队长佯作咳嗽两声，那边两人才未多作寒暄，柳仕赶忙过来给牛队长介绍："这是淮扬市的齐二先生。"

　　牛队长见主场回到自己这边，矜持点头："齐二先生？"

　　齐二也不废话，开门见山："我在淮扬市见到贵厂的柳先生，对你们的手艺十分佩服，希望能合作，钱，自然不会少你们。"

　　牛队长挑了挑眉："钱？"

周围人也都纷纷竖起耳朵。

齐二略作思索，伸出四个手指："您看，这个数如何？"

这次牛队长可没觉得这是四块钱一件了，陈光的开价让他十分自信，因此瞧着这四十担得上波澜不惊。

却说这齐二原本是淮扬市的混世魔王，仗着家中有几个钱十分嚣张，也是见过世面的，这次瞧着这帮"乡巴佬"竟生得如此淡定，晓得怕是遇上懂行的了，心中不禁高看几分。

"或者，这个数？"齐二那四个指头在众人眼光中又变成了五个指头。

众人眼神这才微微有了亮色，齐二这下子心中有了数。

牛队长晓得这边人多眼杂，伸手指了指办公室："走，齐先生远来，我领你去歇歇。"

说罢三人径自去了办公室，余下众人议论纷纷，个个儿都算计着再多做五百件怕是也可以的，毕竟他们这次受柳先生的好，收的布票多，人人脸上喜色纷纷，连拿到钱后用来作甚都想好了。

办公室里，牛队长叹了口气，示意柳仕给齐二倒水，又表情颇为难地坐下。齐二不明白他的意思，求助地看向柳仕，柳仕笑笑，放下水杯，给齐二搬来凳子。

牛队长半响才说出为难："齐先生有所不知啊，这批货，是金黄双黄蛋的陈公子订的。"

齐二一拍大腿："我还道是什么，牛队长，这算个啥，我跟他又不重，你做他的归做他的，做我的归做我的，不冲突。"

牛队长自然晓得齐二这话，他也不是没想过，只是陈光家世背景深厚复杂，他也不晓得他做这衣服目的，万一要是发现这一款同时给了别人，耽误了他什么事儿，总归不太好。

齐二自然晓得牛队长想什么，心道这乡巴佬倒是有几分高见，没那么好糊弄的。他当下也不多费口舌，将适才的五个手指又换成了六个手指："这个数，我一件给你这个数，外加提供布料。"

见牛队长表情终于从松动变成了皲裂，齐二又推了把火："这一件衣服的利润，可是不少人小半年的收入啊。"

牛队长想着先前去参观市里典型时，人家盖的两层楼小房子，咬咬牙，一拍桌子："成，做！"

齐二喜上眉梢，朝柳仕看去，柳仕朝他点点头。

牛队长见着这两人互动，想起什么似的："柳仕，这事你负责跟进。"

柳仕明白牛队长这话什么意思，他是怕牛槽这边惹出什么岔子，事实上，这也在他的算计之中。

牛队长果然是十分晓得牛槽为人的，这边齐二刚送走，牛槽就过来了。牛队长见着牛槽见怪不怪地瞥了眼，又低头继续练字，宣纸上笔画苍劲，字字有力。

牛槽十分佩服牛队长这一手好字，他那字就跟雨后地里爬出来的蚯蚓似的，歪歪扭扭的，连小六这番写得都比他好，故而每次见着牛队长写字都要盯上许久。只是，这次的牛槽却无甚心思，喘着气张口就哗："不能应了人家。"

牛队长手中的动作停了，闻言缓缓抬起头："应了什么？"

"那个八字胡！"牛槽闷闷解释，"我听车间人说的。"

"谁跟你说应了？"牛队长反问。

牛槽这倒没想到，愣了愣，他刚听车间里众人你一言我一语，个个脸上喜色连连，都说要发财了，他还以为这事儿板上钉钉了，这番，听牛队长的意思，是没应？

牛队长压根不给牛槽思索的余地，放下笔："柳仕送人走了。"

"哦。"牛槽闷哼一声，看来是他想多了，继而转身欲走。

还没出门，牛队长声音传来："对了，这货要求高，让柳仕来监工吧。"临了补充一句："总归他也做不好，负责这些杂事儿正好，你任务量大，安心做好便可。"

监工？既然柳仕做不好，监工能监出什么？

虽然心中疑虑，但牛槽不是多疑的人，回去后便没管太多，总归他监就任他监吧，他只管做就是了。

只是，牛槽还真是以君子之心了，柳仕这一监可没少监出事儿。

28. 再结梁子

春姑娘料峭着步伐一路走过，很快到了5月底，天气渐渐热起来，牛家村今年刚开始成立缝纫社就办了服装厂，接了大单子，一众人如火如荼地干起来，压根没时间给自己做什么衣物。

因此啊，这牛家村虽说办了服装厂，可穿得还不如五里八乡的村民哩。

"你们这一个个的，咋滴穿得跟逃难的侉子似的。"马宝穿着滴溜水板的新褂子绕过田埂，脚上的靴子锃光瓦亮的，一瞧便是好皮子。

牛家村是水乡，5月时打通了大坝一个口子，漫天遍野的田埂都汪

了水，一行人白日里赤着脚插秧，晚上时节才去厂里干活计，过得很是辛苦。饶是如此，想到年底时能到手的钱，个个脸上都喜上眉梢，一派欢乐。

马宝的吊儿郎当现在可不被众人放在眼里，这败家子还没学会哩，他家那三台大头机迟早得荒废掉。

以阿斌为首的青年们调侃："你是新裰子，可也没用啊！"

"咋没用，咋没用！"马宝梗着脖子上前一步，使劲扯衣角朝众人显摆。

"哐叽"一声，一大块污泥直直落在马宝的新裰子上，马宝一时没反应过来。地里，一个留着西瓜头的小男孩笑得前仰后合，手上乌漆麻黑的，一瞧便是他做了坏事。

阿斌跟几个青年互相看了一眼，趁着马宝还在犯傻的当口儿，放下手中插着的秧苗，掬起一捧田埂里的浑水便往马宝那里甩。马宝被几捧凉飕飕的水浇得彻底反应过来，好家伙，这帮人是弄他的新衣服咧，赶紧看他的新裰子，只见崭新的裰子潮了一片，上面还凝巴了泥土跟草……

他的新裰子啊！他在县城买了新裰子去相亲哩！

马宝不干了，捡起地上的污泥就跟众人打起"泥仗"，一番混战，几人都成了泥人儿。

结束后，马宝往地上一瘫："不成，你们得赔我一件裰子，我去讨老婆呢！"

"啥叫老婆啊！"刚才带头的西瓜头男孩好奇问。

"就是小琴、小花那样儿的。"小六子解释。

西瓜头男孩叫牛定子，今年刚10岁，调皮捣蛋，小六平时做着哥哥样儿，总是带着这帮小不点，生怕他们惹事。

众人听闻马宝竟也要找对象了，纷纷好奇，围过来让马宝讲讲，马宝臊得脸红脖子粗，再也不管他新衣服了，往地上一摊，给众人讲起找对象的事儿。

原来马宝年纪到了，自小又是个混世魔王"惯宝宝"，没人能管得住的，家中爷爷焦急，老人家年岁已高身体不好，天天敲着拐杖逼着儿子儿媳给孙儿讨对象。这不，这次王婶瞧见个姑娘，人生得挺利落，又是高家村的，挺阔绰，便介绍了过来。马宝父母挺满意，勒马宝去镇上买件新衣服去见女娃，马宝买了新衣没舍得脱，路过牛家村一通显摆就成了这样。

讲着讲着，这事儿便扯到讨衣服上了："不成，你们马家村得赔我衣服。"

"成啊，你去找牛槽哥。"阿斌想都没想。

倒不是阿斌给牛槽找事儿，实在是最近牛队长给找了个监工，这位监工竟给他们找事儿。却说柳先生也不知道是为难牛槽还是为难大家，苛刻得紧，什么针脚歪了，纽扣错了，一丝一毫的错儿都不许犯，只要他有一个地儿看着不顺眼就让他们重做。众人都是穷苦生活里走出来的娃儿，也不是吃不得苦的，虽然柳先生苛刻些，但想到那高额的票子就算了，忍声提议重新做来。哪知柳先生慎重，说是请示了牛队长，把这些残次品都处理了，重新做。

这下子众人不开心了，明明可以稍作修改的小瑕疵，怎么就废了一件上好的料子呢，再说了，精力也白花了。

柳先生可不管，囫囵将那做好的旗袍一股脑儿全抱走放进了库房。

众人后来总算想清了，牛队长都这么说了，那旗袍想不作废也难，不若大家分分穿了，于是也就听之任之了。

"你去找牛槽要一件呗，送那姑娘，指不定一高兴，这事儿就成了。"众人出主意。

马宝听着乐滋滋的，好似大姑娘已经被抱回来了似的，一拍泥唧唧的大腿就起身找牛槽去。

牛槽正在数衣服呢，他一门心思做活计，众人的叫苦他不是不知道，但他实在没想到柳先生已经苛刻到这个地步了，数来数去衣服数量都不见涨，想来是做了全废了。不成，他得找牛队长说说，正计量着，马宝哭号着来了。

"你得给我件袍子，你瞅瞅你们牛家村的人，这做的啥事儿。"马宝于是一把鼻涕一把泥地跟牛槽抱怨。

牛槽见这泥人儿好半晌才认出是马宝，此番见他这模样怕他将车间的布弄脏，赶紧给领了出去。

两人站在梧桐树下，马宝说得振振有词："给我件废了的旗袍，我可不要你们赔我这件上好的夹克衫！"

牛槽还当什么，他想法跟阿斌他们差不多，这些旗袍作废了总归也不能扔了，等事儿结束大家一起分分，届时他给他们家小琴拿上一件，岂不美滋滋？当下，也没再废话，拿出钥匙准备去仓库那拿。

哪承想柳先生不晓得从哪里冒出来，摆出一副抓贼抓赃的气势，负手在身后："牛槽，你作甚？"

牛槽没睬柳先生，继续开门，这一开才发现，他手上的钥匙竟然不

管用。

这是，把锁给换了？

牛槽这才隐隐觉得事儿不大对劲，可又想不出来哪里不对劲。正蹙眉思考着，柳先生一把抓着牛槽手腕。

"你跟我去牛队长那里解释吧！"

牛槽虽个儿矮，但那身气力可不是文绉绉的柳先生能比的，稳如泰山站着，丝毫不见动的。小寒乍热的天，柳先生拖出一头汗，狼狈不堪。

这边两人正闹着时，那头下地插秧的个个儿都扛着锹铲回来了，瞧见这场景纷纷围了过来。马宝本来便是他们怂恿过来的，众人都晓得，本来以为就随便拿一件衣服的事儿，哪承想这还闹上了。

马宝也不劝架，在一边笑呵呵看着，摆明了一副看牛家村笑话的模样，这可把以阿斌为首的一群人给激怒了。

"柳先生，咱弄脏了人家衣服，给一件残次品咋了？"

"咋了？"柳先生掸掸衣摆，"这可要牛队长来评评理了。"

说罢，转身一挥袖子，去了牛队长家。

众人面面相觑，柳仕这般小题大做，至于吗？

29. 不告而取是为偷

至于，当然至于。

柳仕此举可不是意气用事，他是有目的的。

却说当前全国上下如火如荼地进行着互助合作化运动，各地村企跟雨后春笋似的冒了出来，柳先生收到同学寄来的信，知道外界发展一天一个模样，上头十分在意这些。他敏锐捕捉到了不一样的气息，明白该主动做些什么。

搞不好，这个服装厂就是他离开这个穷乡僻壤的契机。

如何离开呢？柳先生瞧上了厂长一职。如果能坐上这个位置，再做出些成绩，那自己离开就是指日可待的了。

只是，有牛槽在，他想坐上厂长这个位置可不容易。

左思右想，他决定从牛队长下手。说到底，这个位置还不是牛队长一句话的事情嘛！因此，他想方设法惹牛队长讨厌牛槽。

"牛队长，事情摆着这儿。"柳仕掏出钥匙，晃了晃，"牛槽想偷衣服。"

牛槽皱了皱眉，偷？还真难听。

牛队长正在辅导牛五写字,闻言懒洋洋抬头瞧了牛槽一眼:"偷衣服?"

牛槽还没说话,柳仕又轻飘飘出口了:"不告而取是为偷。"

阿斌跟马宝也过了来,听闻柳仕这么说,个个儿都觉得牛槽挺冤的,七嘴八舌将事情解释了一下。

柳仕才不怕,他管你们什么前因后果,你牛槽就是没告诉别人自己去拿就是有亏的。

牛五生得机灵,功课做得不错,牛队长不想众人吵着牛五学习,也没多说什么,挥挥手:"给马宝一件吧。"

马宝闻言昂头:"那是,可不得给我。"

刚才还有些愧疚,觉得自己拖累牛槽的马宝顿时昂扬起来,他们牛家村的人就是理亏嘛,给他一件怎么了,还搞得那么严重……尤其是那柳仕!马宝可看柳仕越来越不顺眼,村里大姑娘小媳妇儿个个瞧他时跟田头被风刮过的大红花儿似的,招摇招摇的,惹眼!这次他马宝出马,这柳仕可不得吃瘪了?

马宝得意扬扬地跟着柳仕去了仓库,好奇瞧着柳仕,却见他表情没什么吃瘪的模样,马宝"哼"了声,掸了掸身上的灰,小心伸出手等着柳仕拿衣服给他。

"转过去!"柳仕见马宝一双眼勾勾的,斥道。

马宝被斥得没脾气,乖乖转过身去,半晌才反应过来,他听他话作甚?少爷脾气上来,又转过来:"你凭啥你……"

话没说完顿了,妈妈哎,这一大仓库是啥?

马宝揉揉眼,想再看清时一片翠绿色飞了过来,一下子将他视线罩住。马宝气的想伸手拽下来,想到身上那一派泥污样忍住了,小心翼翼捏着衣服一角,一点点扯下来。

待眼前清明,仓库大门已经紧紧闭上了,柳先生也不见了。

马宝讷讷:许是瞧错了?咋刚才瞧着仓库里绿油油一片的?

不至于啊,这么多衣服作废了。

马宝晃头晃脑回去,周遭人瞧见他手上这做工精美的袍子纷纷围了过来,羡慕地左摸右看,马宝心中得意,很快就将刚才那事儿给忘了。

"瞧着真金贵啊,得好几块钱一件吧?"众人议论纷纷。

"啥啊,几块钱?你给我买去。"马宝得意扬扬伸出五个手指,"这个数!"

马家村众人纷纷抽出一口长气,马宝于是吐沫横飞地开始吹嘘起在牛

家村参与的这项大工程。

　　这边一派祥和，牛队长家可就不太平了，牛槽正梗着脖子让柳仕给他道歉，柳仕不肯，闹得牛队长家人心惶惶的。

　　"柳仕，你就给他道个歉吧。"牛队长揉揉太阳穴，他家牛五的字还没识几个呢，净让这俩吵得头疼。

　　既然牛队长发话了，柳仕不服气也只能闷闷来了句："抱歉。"

　　牛槽也不是个得理不饶人的，既然柳先生低头了，他也就这么地了。本身他是不会计较的，只是快当爹了，难免想抬起胸膛做人，给自家娃一个好榜样。诚然，小娃儿也不晓得什么是榜样罢了。

　　这边牛槽得了安抚出去了，那边牛队长皱皱眉，低头继续辅导功课。

　　柳先生本来想说什么，见牛队长细微的表情，晓得目的达到了，倒也不必多费口舌。于是，他小心凑过去："需要我来吗？"

　　牛队长抬头见着柳先生，欣慰拍了拍他肩膀："你来吧，到底是有学问的，与那些个莽夫不一样。"

　　柳先生得了鼓励，自然更是加倍卖力，连晚茶都不得空吃了。

　　此时，牛队长嘴里的那些个"莽夫"正纷纷往家赶着吃晚茶。

　　小琴怀孕第二个月了，孕期反应激烈，牛槽每日下晚会回去给小琴熬些可口的。他家那老妈子指不上，平日里都指着小琴做饭，可牛槽怎么能让小琴给全家做饭呢！

　　门口的梧桐树无风自动，乡下的下晚好看得紧，金黄的咸鸭蛋黄往地平线下躲，晕着西天边跟撒了金粉似的。

　　"小琴，今日给你做鱼汤。"牛槽示意了一番手头的活鱼。

　　这鱼是阿斌今天插秧时在田里逮到的，大坝的水放进来时不时会放进来一些活鱼，于是便宜了乡人。阿斌是觉得不好意思，今天指着马宝来找牛槽给他招了事儿，他当然得意思意思。牛槽也不客气，拿了回来给小琴熬汤喝。

　　他其实不大会做饭，但帮小琴打打下手还是可以的，小夫妻每日这般过着，倒也颇得闺房之趣。

　　"小琴？"

　　里里外外叫了两遭，竟然没见着小琴。

　　牛槽放下鱼准备出门去找，却见小琴正猫腰躲在门边犄角里。牛槽上前拍了拍她后背，小琴吓得一个趔趄，被牛槽一把搂住了。小琴扭头瞧着是牛槽才拍了拍胸口，好生松了口气。

"吓死我了。"

"你这是在做什么？"牛槽好奇。

小琴向来稳重，很少去做那妇人家的无聊事儿，牛槽晓得必然不是寻常的蹲壁角。

果然，小琴拉着牛槽回去，两人坐在院子的长桌上咬耳朵。

"我刚听说，要选厂长了？"小琴好奇，"你晓不晓得这事儿？"

小琴由于孕反应，每日回来得早些，这事怕影响众人工作，便没对外讲，只承了牛队长的口，因此众人一直没发现，包括小丽那群人。

今日，小琴提前回来，哪知居然遇到小丽跟小俏，两人拎着篮子一路絮叨，小琴这才得知此事。按理说，这选厂长的事儿，牛槽不会不知道，牛槽知道了也必然会告诉她。但牛槽并没有告诉她，小琴心里就犯起了嘀咕，怕不是牛槽压根就不知道这事儿？

"你是不知道，还是没告诉我呀？"

牛槽脸色"唰"地一下变了，他还真是不知道。

30. 票选厂长

牛槽从孩童时起就不是个喜欢管事的，那会儿以阿斌为首的一群人天天挥舞着竹竿儿上山下沟，个个都争着当那孩子王，唯独牛槽，帮哥哥姐姐砍猪草放鸭子，或者跟爸妈下地种田，即便是受邀跟同龄人一起玩儿，也是走在最后面的那一个，从来不争先。

小时候不会有官瘾，长大了更不会。

只是，有没有官瘾是一回事，被瞒着又是另一回事，牛槽心里还是有点梗的。他不清楚这事儿为何要瞒着他，他知道了又能怎么样呢！

往后几天，牛槽一直闷闷的，也顾不上先前觉得柳仕奇怪的事儿，净埋头做事了。

小六子觉得自家舅舅颇奇怪，浑身跟笼罩着层低气压似的，但小六子懂事，不该问的事情从来不多问，只埋头做好手头的活计，外加找小琴学习写字。

6月时节，天气渐渐热了起来，小琴身子重，得时不时从车间出来喘口气，否则头稀昏。小六子有眼力见儿，小琴出来喘气时他便过来搀扶照顾，再趁机问点儿字。两人也不打扰牛槽，学习做工倒是没耽误啥。

"嘿，那厂长，咋没声音啊。"

一道柔嫩的声音似风过耳似的，梧桐树后两人互看了一眼，小心停下

翻书的手。

"不晓得呢。"是小丽声音，"柳先生同我说的，应该没错。"

"可不是说要选了吗？"小俏声音。

"嗯，估计就这两天了。"

"那你家柳先生会不会是内定啊……我看那牛槽好像根本不知道这事儿。"小俏笑闹。

"嘘，别乱讲。"小丽声音跟染了春色般和煦。

"乱讲？乱讲什么啊。"小俏笑得更厉害了，"乱讲柳先生是你家的，还是乱讲柳先生内定啊？"

两道身影打闹嬉戏着走远，小六子看了眼小琴，她红扑扑的苹果脸上白了许多，也不知道是光照的还是失了血色。

小六子虽小，却早熟稳重，没敢开口，静静守着小琴，生怕她情绪也跟舅舅牛槽一般受影响，毕竟是孕妇，可得好生看着。

之余，小六子也有些纳闷，这选厂长一事为何要瞒着舅舅呢？瞒与不瞒有什么意义呢？

小六子这疑问也没多久便有了答案。

几日后的清晨，牛定子塞了个五颜六色的物什给小六子，小六子瞧着新奇，把玩了半天没找到窍门儿，还以为是玻璃弹珠，刚准备弹被牛定子一把拍下了。

"小六哥，你做啥啊？这是吃的。"

吃的？

小六子好奇瞧着牛定子剥开那红一半白一半的纸，露出里面同样五颜六色的一个球，有样学样地随着牛定子放了一颗在嘴里。顿时，酸酸甜甜的味道蔓延开来，跟有烟花在脑子里炸开似的，整个人都五颜六色的晃神。

这还没完，牛定子嚼了两口，鼓起腮帮子，竟然吹出个白色的泡泡。那泡泡越来越大，牛定子脸都憋红了，表情也越来越兴奋。就在这当口儿，泡泡"嘭"的一声炸了，白色的皮子糊了牛定子一脸。

牛定子笑开了花："瞧见了没，这叫泡泡糖。"

"泡泡糖？"

"对啊，柳先生送的。"牛定子将糊在嘴周围的泡泡糖囫囵拿下又塞到嘴里，重新嚼起来，"听说柳先生每家每户都送了稀奇玩意儿，咋，没送你泡泡糖那送啥啦？"

牛定子勾着眼看小六子，伸手讨要。

落地的风吹过，刮的树叶子"嘎啦啦"作响，两人如勾栏里对峙的大公鸡似的，半晌，牛定子失去兴致般张大嘴："小气。"

说罢甩着膀子准备走，被小六子一把拉住了，伸手掏了半天，终于从口袋里掏出一颗鸡蛋放在牛定子的手上："吃吧。"

鸡蛋可不是什么稀罕物什，高山市遍地都是，还都是双黄的哩。

牛定子撇撇嘴，接过鸡蛋一溜烟儿跑了，留下小六子在原地不知道在想些什么。

票选来的太过突然，当日日晚，夕阳还半挂在天上呢，窗头的大喇叭就开始响了："请各位村民速来村头结合。"

是老四的声音。

老四家离大队活动处近，因此村里有个什么集体活动都是老四通知并且提前准备的，众人都道老四是活喇叭。老四为人忠厚木讷，很少有走漏风声的可能，但他女儿小俏却是生了颗玲珑心的，因此这才让牛槽提前好些日子知晓。

众人来的时候，活动处已经准备好了，台上简单放了个木箱子，旁边是一摞白纸，场地边缘的砖堆上罩了一层布，看样子是从废弃的厂房里掏出来的，布上龙飞凤舞写着几个大字：大队会议——关于牛家村服装厂票选厂长活动

本来众人还有些奇怪，这节骨眼儿，忙得要死的时候，能有啥事儿找人来开会，耽误人吃晚茶，现在见着这幅场景，又想到昨晚柳先生挨家挨户送的东西，心中大约也明白了。

这小村子里送送东西拉拢拉拢，大家都心知肚明，所谓的吃人嘴短拿人手软，既然收了人家东西，自然是要给人好处的，不然这以后通行的规则就不行了。

只是……众人心里都犯起了嘀咕，这赶工节骨眼儿上，大家都是一知半解的，要说做衣服，首屈一指还得大师傅牛槽。没了他，他们也不行啊。万一牛槽没选上，心里不高兴，撂挑子不干了，那他们就是群龙无首了。

如此一般，到底该选谁呢？众人陷入纠结状态。

"乡亲们好，哈哈……大晚上的，耽误大家吃饭了哈。"牛队长寒暄两声，缓缓巡视一圈，见台下众人表情各异，心中也有些七上八下的。

"咱们服装厂当下正步入正轨，大家干得也都非常好，这样下去的话，

咱们很快就要奔入小康了哈。"牛队长刻意回避问题，开始渲染氛围，"听说那高家村家家分了不少钱，都盖起了小洋楼。"

果然不愧是队长，号召力一流，振臂一呼便将很多人说的心潮澎湃，好似个个儿已经住上大房子，穿上新衣服，娶上好看媳妇了。

牛队长见气氛到位了，终于切入正题："咱们啊，虽然做起活计团结一心，但群龙无首终归是不大好的，必须得选个头儿出来，带领大家奔向康庄大道。！"

人头攒动的人群逐渐安静下来，个个儿都停了交头接耳，紧紧盯着牛队长手上的选票箱。

该选谁呢？

31. 民"心"所向

瞧见周围人若有似无的目光朝他看来，牛槽一双拳头握得紧紧的，小琴已经跟他说了柳先生挨家挨户送礼的事情。他便是再迟钝也该明白，牛队长这是给柳先生暗箱操作的空间哩！

既然他如此属意他，那他为何还要做出这副态势，搅得浩浩荡荡人心不安的，直接内定岂不更好？

日头下了去，天色还剩一些余晖，乡下逢夜色便黑漆抹乌的，牛队长倒不怕晚，只是担心到时候瞧不见票数，落人口舌，赶紧也不废话，使唤牛四发纸投票。

"这样，咱们不少人也不识字，我便票选了几个候选人，乡亲们按照数字选。"牛队长拿出毛笔，在投票箱边的板子上写了几个人名，其中柳仕是一号，牛槽是二号，以此类推……

"乡亲们要是觉得还有旁人够格的也可以加上来。"牛队长笑呵呵道。

下面有人感叹牛队长的大公无私，竟然没有他自己的名字。

牛队长推托着笑笑："后生可畏，后生可畏啊，给年轻人机会。"

柳仕在一边暗斥，这牛队长聪明，才不愿意摊上这吃力不讨好的事儿，人家的志向可在仕途。想归想，面上还是服服帖帖的，一直低着头，偶尔用余光瞟牛槽一眼，却见他最大的竞争对手牛槽表情平静，不似有什么波澜。柳仕心中隐隐闪过一丝佩服，却很快又被不屑掩盖。

乡人们当然是没有想再加的，说起来，大锅饭吃完没多久，众人思想还没有当排头兵的，个个儿都觉得出头鸟不是个好事儿，想不久前那些个典型被拉出来，都是爱显惹的。

"要是大家都没有异议，咱们便这么地吧！"牛队长示意众人开始投票。

于是，夜风渐起时，众人个个神情肃穆地将手上画好的数字投到了箱子里。

很快，所有票数都齐了，牛队长瞧了牛四一眼，开始唱票。

"1号，柳仕，一票……"

柳仕又瞥了牛槽一眼，却见他表情依旧无甚异样，柳仕心中开始慌了，莫不是牛槽也早晓得，去拉人了？不至于啊，这日子还是他定的。前几日他跟牛队长提了选厂长的事儿，说是现在厂里没个管事儿的，众人各自为营，还没个纪律，效率非常低，厂里得选个有威望的，管着他们才行。

牛队长斜眼知会柳仕："这日子，你定吧。"

柳仕那时候就晓得，牛队长这话的意思是给他机会，毕竟现在是社会主义时代，人民当家做主的，他没法一板拍定，让他定日子就是给他周旋的机会。

柳仕也一直是势在必得的，感慨不枉费这些日子以来给他当牛做马。

只是，料想中的囊中之物难道会出纰漏？看牛槽这幅淡定的模样。

柳仕额头出了一层细细密密的汗。

其实柳仕不晓得的是，牛槽这会儿子工夫已经想开了，他本来就不喜欢管这些带头的事儿，牛队长如何看他，柳仕又如何使心机，那些都是他管不着的，他只要管好自己就行了。他爱缝衣服，爱待在车间专心裁剪的感觉，既然如此，只要能安心做这些事儿就够了。至于别的，都是附加，不重要。

"2号，牛槽，十票……"牛四唱票很快，不出片刻工夫居然到了十票了。

柳仕的表情越来越不对劲，额头细细密密出了一层汗，脚上跟飘忽着一层云似的。

为什么？为什么还是牛槽？

为什么还是牛槽，牛家村的人心里可是有一杆秤的，毕竟人家姓牛，再不会做人那也是牛家村的人，自小知根知底的，而柳先生却是个外来户，选他怕是真不行。更何况，牛槽虽不会做人为人却实诚，这么多年来做的事情大家都是看在眼里的，家家户户有个事儿也就知会一声的事儿，万一要是轮上这柳先生，到时候就不清楚是个什么情况了。

人人都不傻，一番思量也就有了主意。

所谓民"心"向背，其实也不过是人多的那一群选择对自己有益的。

很快，唱票结束了，牛槽以绝对优势赢得了厂长的选举。

人们个个上前拍着牛槽肩膀祝贺，路过柳先生时都默契地无视了他泛白的脸色。

"队长，这？"牛四有点担心柳仕，他是知道柳仕挨家挨户送礼的事情的，怕这文弱书生受不了打击。

牛队长瞥了柳仕一眼，朝牛四道："走吧。"

其实，牛槽当选也是他钟意的。

他跟牛家村人的心思一样，这年头，谁让人家有一技之长。你再有心机，在绝对的实力面前依旧不值一提。万一牛槽要是一个不高兴，不干了，他们村以后的康庄大道就全没了。更何况，他还有他自己的目标。

但是，他不可能直接开口说出牛槽的名字，就跟他没法点名柳仕当厂长一样。

他晓得柳仕一直巴巴望着厂长这个职位，他也晓得他的心思不在这个小乡村，说到底，谁的心思又在这里？难道他会在？只是，柳仕表现得太过心急，他得敲打敲打他。

这事儿他没法做得太过，毕竟还得依着柳仕给牛五辅导呢。思来想去，干脆顺水推舟应了他想当厂长的想法，给他这个机会。如此，一来可以提醒他收敛点，二来也可以把矛盾转移到他跟牛槽身上了。

"柳先生，莫想太多。"牛队长拍了拍柳仕肩膀。

柳先生低低埋着头，不发一言。

人群喧闹散去，牛队长也没再管柳仕，径自离开了。牛四叹了口气，抱着木箱子钻进了小木门，回了家。空荡荡的场地就剩了柳先生一人。

"柳先生。"一道怯怯的声音响起。

柳仕没搭理，低着头，落拓的身形趁着夜色，从后边看越发落寞。

小丽不敢大声，轻步走过去："咱回家去吧？"

柳仕忽而抬起头，狭长的眼跟暗夜里的玉石般淬着冷冷的光，他扯了扯嘴角，那里浮出一抹笑："回家去？呵……我家不在这儿。"

小丽心口一紧，她知道他清高，她晓得他看不上这儿，可他现在就在这儿啊，能怎么地呢？

柳仕终于迈步走入夜中，头都不回：牛槽，你给我等着。

第二章 光芒初显（1974—1976）

32. 神秘的拖拉机

这突如其来的厂长一职跟天上掉下来似的，将牛槽都给砸晕了。

"咋就当上厂长了？"牛槽坐在木头长桌前，对着天上的月色讷讷半晌。

月亮安安静静地看着他，也不晓得咋回事。

院子里静悄悄的，只有小琴喜悦忙前忙后的身影，连前几日的害喜也消失无踪了，脚步子轻快不少。

"咋的？还没做饭？"牛槽他娘刚刚去大女儿家了，还以为回来能得口热饭吃，一眼瞧去长桌上空空如也，再一瞧烟囱，才刚刚冒出袅袅炊烟，心一沉，脸色顿时就不好看了，"小琴！"

明明是生儿子的气，但不得法，只得拣着外来的欺负。

"哎……"小琴却没被婆婆的气势唬住，开心抱着木桶子出来，"妈，牛槽哥选上厂长啦。"

"厂长？"牛槽他娘愣了愣，刚从头上解下的头巾晃晃悠悠落在了地上，"这是个啥，能吃吗？"

小琴笑，这婆婆傻了，连厂长干啥的都不晓得了："服装厂的厂长啊，小六他妈的事儿……有着落了。"

后半句小琴是压低声音说的，说罢还朝着婆婆眨了眨眼。牛槽他娘眼中蓦地闪过一道光，继而偷摸摸看了牛槽一眼。

说起来，她这两日总往女儿家跑，连选村长都不晓得，还真是为了这个紧要事儿。

前两日，小六子他妈跑来找牛槽求情，问能不能进服装厂，牛槽讷了半晌说没权力决定。

牛槽他娘觉得不可理喻，自家儿子在这厂子里是大师傅，撑起一整个厂子，塞个人没有人能说个"不"字，她觉得牛槽死要面子，榆木疙瘩脑袋，非逼着牛槽将可怜的大女儿塞进去。但是牛槽咬着牙关，愣是一句话没说。

牛槽心里是晓得的，小六子在服装厂已经是牛队长格外开恩了，毕竟

现在服装厂叫"牛家村服装厂",不叫朱家村服装厂,唯二进的两个别村的也不过一个小六子,一个马宝。人马宝给了三架缝纫机,他牛槽出了点力气,勉强还够,再塞个外嫁的姐姐就说不过去了。

牛槽他娘圈起拳头敲了牛槽好几次脑壳子,牛槽依旧一副冷脸,干脆看见她就绕路。牛槽他娘气得半死,去了女儿家,一来安抚女儿,二来也是不想见着牛槽找气受。

现在这问题不是结了?厂长啊,一句话就能决定谁来谁不来,当初他进那钢铁厂不是得了厂长首肯才能去的?牛槽他娘心中得意,尾巴都快翘到天上去了,这下子看在牛家村谁瞧不上她!尤其是阿斌家那俩婆娘,看她不好生扬眉吐气。

牛槽他娘雄赳赳地坐在牛槽对面:"你将你姐的位置安排下吧!"

牛槽木木然抬头,张了张嘴,日光照得他那脸越发跟个木头似的:"没法。"

"你!"牛槽他娘气的心梗,"你就不能替家里人想想吗?"

"不能。"

牛槽也不搭理她,丢下这话转身进了屋子,连小琴端着饭叫他出去吃也不搭理,留下那一婆一媳相对吃饭,连话都没一句,好生诡异。

第二日,牛槽没有管田里的活计,留下老娘撸着袖子在田里骂娘,这下子是连炫耀也忘了。

小花婆婆掐腰路过:"你骂你儿娘,不就是骂你自个儿吗?"

田里的妇女们个个儿笑得开怀,气得牛槽他娘鼻孔冒烟。

打更老头儿叼着烟袋站在老树桩上发呆,见着牛槽心中刻薄道:真是官瘾,刚上就来使威风了。

面上却不似以前般戏谑了,客气道:"来啦?"

牛槽点点头,进了院子。

昨日一夜思索,纵然这厂长当得不明不白,可当了就得负责。既来之则安之,在其位谋其政,他得好好做。只是,这做厂长跟做大师傅不一样,一个专注手头,一个要看得更广些。这也是他在钢铁厂看着原来的厂长学到的。

车间钥匙分人保管,仓库钥匙则在柳仕那儿——原来的钥匙被柳仕换了,现在只有他有新钥匙。

牛槽心中总觉得有点什么不对劲,但<u>丝丝缕缕握不住</u>,他心中发虚,干脆一早过来瞅瞅。

一般这么早是没人来的，大家白日里都有事儿，大队的事，自家的事，各有不一，只有下晚才有空过来忙。因此，牛槽在拐弯时见着小六子还真有些诧异。

"六子？你来这么早作甚？"牛槽想到昨日里跟自家老娘的争吵，恍然醒悟，这孩子不会也是为了他妈的事儿来找他说情的？只是，说情来这儿干啥。

"舅，我去你家，舅妈说你过来看看，我便来了。"小六嗓子粗粝粝的，眼睛却异常清明，盛满了清晨的日光。

"你是为了你妈的事儿？"

"嗯。"小六子点点头。

"那事……"

牛槽话还没说完，被小六子打断了。

"舅，我撞见个不对劲的事儿。"小六子一双眼异常认真，还有些许紧张。

他直接去的牛槽家，去时牛槽已经走了，但由于牛槽给老爹老娘送了点茶水，绕了路，故而还晚了小六子一步到服装厂。

小六子来时见牛槽不在，坐在梧桐树后翻书，竟然瞧见柳仕从车间出来，然后"嘎嘎"的声音响起来，小六子这才发现是停在车间门口的一辆拖拉机冒着黑烟开走了。

日头早，不少人还未起床，有些起床的也早早下了地，村头没什么人来，故而也没人注意到那拖拉机。

"你是说，柳仕开着那拖拉机？"牛槽一双豆子眼猛地睁大了。

小六子拼命摇头："不是，柳先生回去了。"

他瞧见柳仕朝着那拖拉机头摆手，想来是认识那司机的，心中觉得怪异，立下就跟牛槽说了这事儿。

"你还瞧见什么？"牛槽紧走几步，去推那仓库门，门上锁牢牢拴着，开不下来。

小六也不敢保证这事就不对劲，只是下意识的想法，他拼命搜索记忆，终于想起不对劲的地方："那拖拉机后装得满满的，还用黑布盖着。"

牛槽一听，急得猛推，锁链"叮啷"作响。

"做什么呢？"一道威严的声音响起，"你这厂长，推坏了门遭小偷谁负责啊？"

33. 不对劲的数字

牛槽略诧异地看着牛队长,他一大早在这里作甚?

牛队长好似明白牛槽想法似的,咳嗽两声,抬起头来又是一派威严模样:"我是来找你的。"

"昨日你刚刚当选厂长,围了一堆人,我都没法跟你说上几句。"牛队长笑着指向牛槽,"牛厂长好风光啊。"

牛槽也没管牛队长调侃,就这么看着他。

牛队长瞧他这般模样没了开玩笑的兴致,敛去笑交代:"牛槽,我也不跟你绕弯子了,这厂长任重道远,我是该给你好好说道说道的。"

牛槽明白这个理,站在牛队长面前不言语。

"你别以为我偏心柳先生。"牛队长瞥了眼牛槽握紧的拳头,补充道,"我本意就是你来。"

那拳头渐渐放松了。

牛队长于是继续道:"但柳先生必须留下,咱们村缺个有文化的,账目什么的,都得人做。以后若是做大了,资金,抽成之类的,你行吗?"

牛槽恍然,果然是队长,凡事都有思量。

牛队长拍拍牛槽肩膀:"所以,你懂我意思吗?"

牛槽是技术派,人品靠得住,众人都服,当这个厂长自然是最合适不过。至于柳先生,牛队长本意便是想让他当个管账的。

只是管账的不能一个人来啊,牛队长现在是自己同他一起来,这以后,怎么的也得培养个信得过的。

牛队长脑中一晃而过一个合适的人选,又摇了摇头。

"你千万稳着柳仕,别太惹他不痛快。"牛队长见叮嘱的奏效了,伸手指了指仓库门,又指了指车间,"这仓库,以后由柳仕管。那车间,以后是你负责。你俩各自为营,井水不犯河水最好。"

"而且啊,你别的活儿也可少干些,服装厂多花些精力。"

牛队长说完了掸衣服,牛槽心思开了些,注意他衣角皱巴巴的,又瞧着他额头隐约有汗珠,心中诧异,难不成牛队长早起做活儿去了?

做活儿还特地赶来说道他,他也真是在意厂子。

不对,牛队长不是那般急迫的人,他向来思虑周全。

适才的心虚感再度袭来,待牛队长款着步子离开,牛槽问身边的小六:"你瞧着牛队长,这是什么意思?"

小六目光清亮地沿着牛队长消失的方向，摇摇头。他到底是个孩子，哪里晓得牛队长是个什么意思。只是，他总觉得牛队长并不是刻意来找舅舅的，虽然他表现的是如此。

牛槽向来是个想不通就不想的人，目送牛队长走远，抬脚便准备进车间，小六子却一阵风似的飘了。牛槽心道，到底是孩子心性，再聪明也调皮，连来找他给妈妈说情的事都给忘了。

牛槽不欲管他，却见小六子径自溜到打更老头身边，附身道："爷爷，您刚刚瞧见一个拖拉机没？"

打更老头还在打着瞌睡呢，闻言抬起耷拉的死鱼眼："拖拉机？"

小六子点点头："对咧，后面罩着黑色的布。"

"瞧见咯，瞧见咯……"打更老头唱道，忽而又神神秘秘的，"不过那布可不是黑色的。"

"那是什么颜色？"小六子拔高声音，急得伸手打在老头肩上。

老头昏着老眼眯笑，伸手讨要好处："给我买酒，上好的老白干酒，买了我就告诉你。"

"六子。"牛槽过来将小六子拉走，"别管了，走吧。"

这打更老头时常喝得醉醺醺的，又日夜颠倒，脑子不太清楚，乡人眼里，他跟神棍无甚区别，牛槽不欲搭理他。

打更老头见着牛槽拉着小六子走了，"啐"了声，小声道："红橙黄绿……的绿，红橙黄绿……的绿。"

那声音小，牛槽没听见，已经拉着小六子进了车间。

两人在车间弄弄忙忙，小六子还哀求能否用自己的额子换了他妈，牛槽没说可，也没说不可，两人就这般有一搭没一搭，很快到了下午，乡人有些忙完家事的陆陆续续来服装厂开工了。

因着近日这莫名的心虚，牛槽合计下，好像到了该交货的日子了。下晚时分，牛槽特意瞧了下厂房一角的布匹，发现剩不多了，故而寻来阿斌了解进度。

"做好的东西都是柳先生统计的，一天一个量，他记好了，然后成品都是放到仓库去的。"

柳仕心思周密，很少有信得过的，全厂上下能被他叫去帮忙的人很少，唯有牛四跟小丽家男丁。

柳仕今日还没来，不晓得是不是昨日之事受了些打击，牛槽不欲等他，去问来了的牛四。

牛四挠着脑袋瓜子："前几日运的，具体账目不清楚，我这边只负责帮忙搬运。"

一边的马宝闻言跳起来："哎哟，那个仓库哦，绿油油一片，看的晃眼。"

马宝夸张的模样惹得周围人一阵哄笑，牛槽却是不搭理他，不得法只能去寻了柳仕。

一路沿着小道去柳仕家，发现柳仕那小房子大门紧闭，还以为他去了哪里，以为有一顿好找，哪知经过牛队长家时见柳仕正帮牛五辅导功课，什么都没发生似的。落日余光打在他脸上，金黄一片，细碎的毛发跟镀了层金光似的，好生好看。牛槽想起那些大姑娘小媳妇的眼神，这时候倒无甚感觉了，以往都还会心口一滞，大约是男人有了些许权势总归是不一样的。

"柳先生。"牛槽微微点头，颇客气，好似两人之间的嫌隙不存在似的，"咱们现在完工多少件了？"

牛五脆脆叫了声"牛槽哥"，乖巧地低头继续写字，不打扰两人谈话。柳仕也一副淡淡的模样，一点都看不出来昨日那事有什么不满的。

他起身负手在身后："稍等。"

牛槽点头，还以为这稍等真的就是稍等，哪知一等就等到月上柳梢头，柳仕吃罢饭才慢悠悠从米坛中掏出一把"哐啷"作响的钥匙："抱歉，忘了放哪儿，好找。"

恁是牛槽迟钝也晓得柳仕这是作弄他，他就不急，嘿……"咕"的一声，肚子唱起了"空城计"。牛槽收紧肚子，他不饿，他等忙完了回去吃小琴做的好吃的哩！

柳先生于是又慢悠悠地将抽屉打开，取出账簿，找了一通算盘后，这才优哉游哉坐在桌子前摊开本子算起来。

牛槽等得心焦，膀胱都憋紧了。

乡下的夜黑得早，夏初时分蚊虫也有了出没痕迹，小东西们藏在半人高的草丛里神出鬼没，只留下若隐若现的叫嚣声。

待牛槽的耐心将将用尽时，柳先生终于缓步说出了目前的完工量。

"1821 件。"

1821 件？牛槽长出口气，终于有数字了，他可以回去吃饭了……刚准备转身，愣了愣，很快反应过来，宛如一道雷在头顶劈过：什么？才 1821 件！

34. 一个主意

牛槽扒拉指头回去数了半天，头一次恨这榆木疙瘩脑袋生得如此不灵光。

小琴以为自家丈夫怎么了，贴心挑好煤油灯，灯光"嗖"地蹿起火苗，室内明亮了许多。

"怎么了？回来便见你闷闷不乐的。"小琴柔声道。

她害喜好些了，许是因为休息得还不错，一张苹果脸养得白生生的，在灯照下透着粉光，煞是好看。

牛槽却无甚心情欣赏，心中跟压了一杆秤砣似的，沉甸甸的，喘不过气来。他干脆站起身，在家中绕步。

"小琴，我刚去找柳仕数了下成品数量，说是才1821件。"牛槽苦恼。

"1821件？"小琴低低道，心中迅速闪过一串数字，她皱了皱眉，觉得不太对劲，拿起一边画衣服的粉饼算了起来，很快脱口而出，"不该啊，咱厂子六十余人，每人半天一件，一天便最起码是110件，至今掐头去尾有20多天，再减去每日的残次品，柳仕查的时候我仔细瞧过，约10件，那么到现在为止，最起码该是这个数。"

小琴伸出两只手指。

"2000？"

"对，必然有这数。"小琴笃定。

牛槽捂着胸口，他就道为何当了这厂长之后开始心慌，现在可算是寻着原因了。

"小琴，你的意思，是少了……"牛槽想了半响。

"少了两百多件。"小琴算了下，飞快接话。

舅，我撞见个不对劲的事儿……小六子清亮的眼神蓦地在他耳边响起。

柳先生，钥匙，换了的锁，拖拉机，黑布，消失的"残次品"……这一切串成一条线在牛槽脑海中连起来。他当即饭也顾不上吃了，起身开始翻墙上的日历。

小琴赶紧转过身去帮牛槽看，这些日子忙得连日历都顾不上翻，过得飞快，竟然一眨眼就到了6月10号了。牛槽抖着手停在"10"这个大红印字上，使劲眨了眨眼，又往后翻，一张，两张，三张，赫然停住了，他在"13"这个数字上看到了一个圈圈儿。

那是他画的，交工的日子。

牛槽心中一个"咯噔"，日历一晃儿掉在地上。

"还剩多少件？"

"179。"

"算上残次的，几天能完成？三天成吗？"

小琴使劲儿点头："能。"

还剩179件，算上残次品，乡亲们一天也能做个100件，两天够了。

牛槽听小琴这般话，浑身跟虚脱般往凳子上一滑，靠在墙上。只是，他还来不及擦拭满头的汗珠，就跟触了电般又弹起来了。

"不对，不对……"牛槽失魂落魄地喃呢两声，抬脚跨步就准备出门，到门口时才想起来没带钥匙，又从抽屉里掏出钥匙，这才一头扎进黑幕中。

小琴抚着肚子，一脸担忧地看着门梁处消失的男人。

牛槽的担心不是多余的，就在他趁着月色赶到厂房里，将那剩下的布料数了数，才发现还只剩三十几匹了。

没错，他记得很清楚，当时柳仕收了1492张，连同乡亲们收的700余张，决计不到2300张布票，现在少了近两百件，可布料已经全用完了。

五里八乡的布票都被收遍了，就算等到供销社发放也得到下个季度，时间压根来不及。至于如上次般出去收购更是难，行程太远，一来一回就得不少日子。

思来想去，就只有一个办法！牛槽脚底打飘，半晌才靠着墙缓过来。他也不耽搁，迈着步子连夜去找牛队长。

夜色当空，月亮已经踩着半弧的夜幕爬到了中间，洒亮的光照在大地上，蛐蛐声、蛤蟆声交错着发出大地的奏鸣。

牛槽连夜敲牛队长家门的时候，牛队长正在听柳仕上报。

"全送去了？"牛队长小声道。

老婆孩子全睡了他才敢勒柳先生前来商谈，这种事儿不光彩，前进路上他该少做些，但没办法，人在欲望面前总是满足不了的。

牛队长决定，以后一定不这般。

柳仕点头："嗯，送去了，今早一批，刚才一批。"

"没人瞧见吧？"牛队长想到早上撞见牛槽的事，心中有些发汗。

"车子是趁他们都走才开来的，厂房门都锁了。"

"那就好。"

牛队长伸手倒了杯老白干给柳仕，柳仕其实不喝酒，却也柔顺接了，低头佯装抿了一口。

牛队长瞧着窗外夜色，心中有些烦闷，这个齐二也不晓得搞什么鬼主意，居然非要在跟陈光交货的日子之前把货给他，他们只得紧着他先给。

酌了小两口，牛队长忽而想到什么："牛槽那边怎么办？会不会察觉什么。"

柳仕放下酒杯，皱了皱眉："我便是怕他瞧出什么，所以便找了'残次品'这个理由，但不敢太过，每日只取着部分确有问题的货物任老四取了出来。"

"不够的呢？"

"不够的便拿了些给陈光的成品，总归交货期还未到。"

牛队长还想说什么，门"哐啷啷"响了起来，在寂静的夜里尤显刺耳。

牛队长瞧着酒杯中泛起了丝丝波纹，在夜色下反射着冷幽幽的光。

"牛队长，有急事要商量。"

是牛槽声音？

牛队长跟柳先生对视一眼，放下手中杯子，准备开门，柳仕朝着牛队长摇摇头，牛队长想起什么，这要是往常就算了，今日恰好做了些不大光明的，他总归有些心虚，复又坐下。

"睡下了，明日说吧。"

"是布料的事，不够了。"

"不碍事，明日说。"

牛槽在门口心中得了些安慰，他已经说出事儿了，牛队长既然如此淡定，想来是有解决办法的？更何况，牛队长没办法也不碍事，他的主意应该是可以的。

牛槽瞧了瞧月亮已经滑到西边儿去了，也觉得今日自己太不淡定，有些懊恼，复又回了家中。

是夜，倒是睡了个安稳觉。

第二日，太阳刚刚露了点辉儿牛槽便迈步去了牛队长家。

牛队长正在吃早饭呢，蛋瘪子沾糖，炒米屑泡大京果，一家三口吃得喷香。

"哟，牛槽来啦，一起吃个饭？"牛队长夫人客气道。

牛槽摇摇头，如实说了昨晚发现的情况。

牛队长夹了一根大京果在嘴里，嚼得不紧不慢，渐渐地，那不紧不慢的咀嚼速度停了，他像才听到似的，转过头来："你说，布料不够了？"

牛槽点点头："还差近两百匹。"

算上残次品，估摸着得这个量的布票才够。

牛队长筷子"哐啷"一声掉在桌上，跟白瓷碗撞出脆响：两百匹，正是柳仕从陈光货里挪走的数。

他心中懊恼得想拍大腿，怎么把布料给忘了，当时收了2300张不到的布票，他依了齐二500件，算上陈光的2000件，最起码要2500张布票啊，现在不算真的"残次品"，满打满算还要少两百张。

这可咋办？

牛队长一头的汗霎时就落了下来。

牛槽把牛队长的变化看在眼里，从容道："牛队长，现在收票子怕是来不及了。"

牛队长心道，屁话，我不晓得来不及了？

"我有个办法，可以一试。"牛槽补充，"但是需要您首肯。"

35. 消失的"残次品"

"说！"牛队长心道，我管你什么法子，只要能解了我的燃眉之急便可。

牛队长一个"好"字紧挨着准备蹦出来，哪知牛槽一出口，他却愣了。

因此，牛槽的法子是——"咱们可以利用'残次品'重新加工。"

牛槽细细想过，这活儿不难，物资匮乏的年代，他用旧衣服出新不是一次两次，早已驾轻就熟了。更何况，现在还不是旧衣服，上好的料子，打好的样板，就是有些微瑕疵，只要稍作改造便可变成优质品了。

先前他默认柳仕作威作福将那上好的衣服拿走，一来是他是大师傅，只负责做活计，至于别的他管不着，二来是第一次接的单子，还是那么大一笔钱，他很谨慎，生怕出了差池，严格点倒也无碍。

可现在，连货都交不了了，他就管不上那么多了，他可不想新"官"上任就出岔子，不得被人戳脊背梁戳死。

他以为牛队长心中也有一杆秤，准会一口应了他，哪知出乎意料之外的是，牛队长竟然拒绝了。

"不，不成……"

"不成？"

牛队长支支吾吾的，哪儿不成也说不出来，牛槽心中焦急，牛脾气上来了，转身推门就出了去，径直奔柳仕家走去。

先前柳仕将那钥匙藏在米缸里他还记得，他就不信邪，拿出上好的衣服给牛队长看,再来一件一件做给他,还怕他不同意?

牛槽以为牛队长不同意是出于谨慎。

柳仕正在书桌前,埋头算着什么,牛槽进来掀开他的米缸盖子,掏了几个囫囵才反应过来。

"你做什么?"柳仕心中一惊,"你这是私闯民宅你晓不晓得。"

牛槽才不管他什么民宅,没找到钥匙,又想起现在白日,柳仕应该会随身拿着那钥匙开门关门什么的,毕竟一大串都在一起,干脆四处巡视,果然在书桌上的一摞书后看到了那一串。

牛槽甩开柳仕手,一把抓住那钥匙就直奔仓库而去。

牛队长正在家心神恍惚不宁呢,见着牛槽一阵风似的刮过,他手还没伸出来招呼他便没了踪影,牛队长准备坐下喝杯酒稳稳心神,就见柳仕火急火燎地跑过去。

"牛槽,你抢我钥匙作甚?"

牛队长手一抖,酒杯"当啷"倒在桌面,洒了一桌子那杜康之物,他也管不着擦,跟着柳先生一道追了上去。

牛槽脚步子稳,速度却快,很快就到了仓库。

"牛槽?你去哪儿偷懒了?从实招来!"马宝贱兮兮地凑到牛槽身边。

牛槽未曾停下步子,马宝觉得自己被卷过的劲风带得差点要转个圈儿,将将站稳发现那仓库门已经开了。他下意识伸手挡住眼睛,生怕那一仓库的绿色晃了眼。

"咦?"手伸了一半,放了下去,还下意识发出一声惊奇的叫声。

牛槽转身直直瞧着他:"怎的了?"

马宝愣愣指着仓库:"这衣服怎么越做越少了?"

牛槽心中一凉,想到那辆神秘的拖拉机:莫不是,柳仕真将那做好的衣服拖走了?

他赶紧迈步进仓库,他瞧不出来这衣服少没少,毕竟从没见过仓库,也没个对照。马宝既然如此说,必然是有数的。

"你叫阿斌、小六他们都过来。"

"啥?"

"叫啊!"

马宝从未见过牛槽这般模样,乖乖"哦"了声,一头扎进车间,很快将小六和阿斌几人叫了出来。几人来时,牛队长和柳仕也到了。

"牛槽!"牛队长厉声呵斥,"你干什么呢?"

柳仕虽跑得发丝散乱，眼中却丝毫不见焦急，只冷着一双眼：这事儿，终归与他干系并不太大。

牛槽也木着一双眼瞧着两人，半晌，扭头对阿斌几人说："你们分工，数一下仓储的衣服。"

"数衣服？"阿斌挠挠头，"做啥？"

"让你数你就数。"牛槽不容置喙。

牛队长急得满头都是汗，又不好明着制止，只呵斥牛槽目无法纪，竟然抢柳仕钥匙。

牛槽伸手将钥匙串拔下来还给柳先生。

"你！"

牛队长不得法，只能眼睁睁瞧着几人将衣服数量数出来。

"一共 1821 件。"

倒是跟柳仕先前给他报的数字差不多。

"加上仓库刚做的十来件，约莫还差 150 件。"阿斌兴奋地瞧着众人，还没察觉气氛不大对劲，"咱们这批货物就要完工啦！"

说罢才觉得众人脸色不对，左右瞧了眼，讷讷住了嘴，这是咋了？

"残次品呢？"牛槽冷着脸问。

跟一根在寒天雪地里冻过的木头桩子似的，硬刮刮，冷森森的，冒着寒气，恁是柳仕压根不怕，也是打了个哆嗦。

有些路过的上茅屎（同"上厕所"）的听到后恍然明白发生了什么，小声絮叨起来："那些'残次品'不会不见了吧？"

"可那不是分给咱们的吗？"

"还等着完工穿一件去那镇子上逛呢。"

众人七嘴八舌，话题很快切到关键之处："谁弄丢的？丢哪儿去了？"

那两句话也是牛槽想问的，直直瞧着柳仕。

牛队长倒也不似刚才那般慌了，见围了越来越多的人，咳嗽两声，干脆伸手招揽众人过来："大家开个小会吧，我有两个事儿跟大家说下，把里面的人也叫出来。"

于是，马宝蹦跳着呼朋引伴进去，很快，空落的前院就密密麻麻站了一群人。

梧桐树在微风中摇摆，牛队长站在梧桐树下的大石头上，清了清嗓子，摆出一副悲痛的表情："大家知道安凤城吧？"

那是毗邻大苏省的一座城市，虽然不在一个省份，但是离得近，众人都晓得。

"先前咱们闹灾害时，不少乡亲们都逃难过去，大家是晓得这事儿的。"牛队长讲到这段也有些动容，敛了敛声色，"近来，安凤乡发大水，咱们逃难过去的老乡过得很不好，我私心里动容，便依了柳先生的主意……"

柳先生低着头，嘴角划过一丝不屑的笑，呵，瞎诌个理由也要扯上他。

众人都在瞧着牛队长，故而无人瞧出柳先生的表情，唯有小丽，静静站在角落，微微咬着唇，脸上表情跟残花打落似的。

"将那批衣服啊，捐了出去。"牛队长巡视一圈，将这话说出口。

众人面面相觑，啥声儿都没有。

风一吹，梧桐树上落下的叶子刮过地面，响起沙沙声，跟鼓掌似的。

36. 煮熟的鸭子要飞了

清晨时分，本来该是牛家村的人热气腾腾吃早饭、干农活的日子，今儿个全村人却全都停了日常活计，聚在厂房门口的空地上。

众人直犯嘀咕，这怎的又要去收布票呢？还得全村人四处各地地搜。

"布票不是够了嘛，两千多张呐……"不少人好奇道，家中还有不少农活呢。

说这话的人还没抱怨完，就被身边人狠狠捅了一手肘，刚想质问咋地捅人，始作俑者还狠狠瞪了眼："少说两句吧你。"

等会儿被人听见，指不定告诉牛队长，这人没爱心。

于是，众人零零落落散去时，才交头接耳从彼此口中晓得了个大概。

"哎呀，这牛队长，也太实诚了！"众人面上纷纷夸赞，就算偶有不满声也被盖了，噤声不语，实则个个儿心中都啐了一口，管他什么实诚还是为了自个儿名声，动用集体财产捐款不提前吱声儿，好家伙，可真有你的。

就这么怀着不满的心情，牛家村众人走上了收购布匹之路。

这会儿缺的布匹不多了，约两百匹，因此牛队长下的任务是每人一匹布便够了。

小琴由于怀孕没出去，安生在厂里待着，与剩下不多的一些人缝纫剩下的布料。牛槽则跟着六子一队，跟上了收购布票的大队伍。

他们此番划分的路线是往北走，家后头的几个村落不用说了，几乎都被收购走了，现在手上也是空空如也，牛槽便跟着六子深一脚浅一脚地继续往后。

行至半路时，两人碰上一辆牛车，不由分说上了去，正好混了顺道儿，也免了腿脚之苦，还节约了时间。

牛车上铺满了稻草，两人坐着一路颠簸。

小六闻着一鼻子的牛粪味儿，瞧着不远处麦田里绿油油的一茬，有些心事："舅，你说牛队长这是真把那衣服给捐了啊？"

牛槽不说话，眼睛紧紧盯着眼前那一撮草儿。

"可这是集体财产，他捐之前，不该问下大家意见吗？"小六子有些不忿。

虽然他并不是不愿意捐了，但这种被动捐款，小小少年心中还是觉得不舒坦。

"行了，别说了。"牛槽啐道，"好事。"

前头拉车的老头儿正闲的无聊哩，见这两人开口了，也插话："两位这是做衣服的啊？"

牛槽没搭理，就点头"嗯"了声没话了。

小六子瞧着人家牛车，心中觉得不大好意思，代替舅舅客套应付："是的，村里的缝纫组，这次是带着任务的。"

"啥子任务？看看老农我晓不晓得。"老头儿转头笑呵呵道，帽檐下一张老脸跟秋天的橘子皮似的，皱得喜人。

小六子见这老头儿面善，半藏半真地撇嘴："唉，我们村里人都不会做那活计，几匹布全被练手给作践了，现在出来想收购两匹布料呢。"

老人家闻言"哎哟"一声，牛槽这种木头疙瘩都被吓了一跳，还以为撞上了什么东西。一眼瞧去前路空荡荡的，路边只有杂草，连块石头都没有。

"你们可真是遇对人啦！"老人拍手。

车头微微晃了下，好在那老马儿乖巧，没乱动，老人趁着那马儿甩蹄子的时候又搭手上了去，牛槽这才闷闷出口："您这话怎么讲。"

老头儿笑嘻嘻道："两位跟我去咱们村吧。"

老人家说的村子叫刘家村，村里世代捕鱼为生，周围全是一片汪洋，景色好看，风一吹波光粼粼的，虾啊鱼啊时不时跃出水面，还能瞧见不少乡民驾着小木船在湖面撒网。

若说高山市是"鱼米之乡"，这里倒是得了些精髓。

"咱们刘家村的人啊，常年捕鱼，湿里吧唧的，穿新衣服也是浪费，再说了，这平日里见不了几个人，就不太在意那些个外在，布票啥的剩了不少。"老头儿乐呵呵介绍。

牛槽喜出望外，那双豆子眼都闪了光，衬着湖面波光粼粼好玩极了。

小六子也是开心，一把握住牛槽手腕儿，朝着老头儿后脑勺急道："那您倒是带我们去啊。"

"就到啦，就到啦……"

几人闲聊着，很快到了目的地。

这刘家村跟牛家村格局不太一样，由于傍水而建，家家户户散落着，不像牛家村那处般齐整，有着阡陌交通的模样。但是，牛槽跟小六子却觉得很是新奇，啧啧称赞了好一会儿。

老头儿人缘挺好，路过的都乐呵呵跟他招呼，有些还在捕鱼的，老远就举着渔网招手。

"这是带的亲戚啊？"一个渔民问。

老头儿摆摆手："客人，来收布票哩，你家有剩的木的啊？"

牛槽心中寻思着，若真如这老汉所说，他们刘家村这么多布票，莫不如多收些，以防万一家中那些人没收到。

打定主意，牛槽捅了捅小六子，示意他掏出钱瞧瞧，看带的够不够。

小六子机灵，会意赶紧看了看，带了有五十几块钱。

牛槽寻思着也成，到时候谈谈价格，看看能买多一张就多一张。

"好了，客人，咱们到啦。"老头儿吆喝一声，拍了下马屁股，那老马儿便甩着尾巴停在了一户低矮的棚户面前。

老头儿低头准备邀请牛槽跟小六子进去坐坐，顺道倒杯水。

他是个老光棍，平日里家中无人，就喜欢请人坐坐，热闹。牛槽二人却无甚心思，他们急着收购布票回去做衣服哩，却说这交货期后天就到啦。

"不了，老爷爷，谢谢您，我们先去收布票呢。"小六子礼貌道。

老头儿也不便留着两人，干脆豪爽挥手："我带你们去。"

两人喜出望外，有本地人说道，倒也是省了他们不少事儿。

老头儿本来打算带着他们挨家挨户地找，小六子聪明，直接提议去找村长，老头儿于是将他们带到刘村长家。

刘村长是个黑壮的中年人，浑身鱼腥味儿，正坐在矮木桌前吃饭，见老头儿来了客气招呼他一道来："老刘头，快，坐下一起吃。"

老头儿哪有心思，得帮这两小辈忙啊，于是简单将牛槽二人目的说出口。

刘村长吮着一个大鱼头吃得正香，闻言来不及吞下，皱眉想了半晌，表情渐渐浮上了一丝不对劲。

半晌，他终于一口吐了那鱼头，颇有些为难："这个，怕是不大好。"

老刘头急了："这有啥不好的啊，人家给钱的啊。"

"倒不是钱的问题，实在是……"刘村长叹了口气，"你们晚来一步啊。"

37. 莫名结下的梁子

牛槽直到见到小牟才明白刘村长嘴里的晚来一步是什么意思。

"是你？"

牛槽、小六子二人在刘村长的指引下跟着老刘头一路绕过水洼走到村头，在漫天水光中瞧见一伙人正从村尾一家走出来。牛槽眼神还行，一眼瞧出那为首的瘦瘦小小的男子正是在淮扬市遇到的虎林村业务员，叫什么林小牟来着。

小牟倒是没瞧见牛槽，正指挥着一群人将什么东西搬出来："小心点，好容易拉到个单子，出了差池咱们担待不起。"

"你好。"牛槽也不会客套，木头般闷闷出声，算是打招呼了。

林小牟下意识往旁边瞅了眼，那圆咕噜的眼睛见到牛槽定住了，继而瞳孔猛地放大，眼中浮上些牛槽说不上来的情绪。

牛槽心中一惊，这人，什么情况？

哪知他还没问出口，小牟率先指着牛槽开始控诉了："瞧瞧啊，这就是那个下作的牛家村大师傅。"

那群在小牟指挥下的人闻言定定朝着牛槽看来，眼中一忽儿充满鄙视。

牛槽心中倒无波澜，就是小六子生气，到底是小孩子，气得腮帮子一鼓一鼓的："你们，你们怎么说话呢！"

人家瞧他是小娃娃，也不搭理他。

小六子脸上气得红一阵白一阵。

老刘头看不下去了，摆手打圆场："各位啊，这两位也是我们的客人，大家客气点，出门都是客哈。"

林小牟鄙视地从鼻孔发出一声哼："客？这客咱可承受不起。"

说罢继续指挥着众人将手上那物什拖上停在门口的拖拉机，牛槽这才看清他们拖出来的是布料。好几伙，不仅连人家的布票收了，现在是连人家的布料都给席卷一空了。

牛槽心中隐隐不妙，上前一步："你话说清楚。"

小牟被牛槽一双有力的手掣肘住，走不脱，使劲扒拉两下都没扒拉下来，干脆气呼呼往拖拉机后面一靠："说啥？"

牛槽见小牟这般无奈相，好声好气道："上次是你抢了我的布票，现在为何做出这般模样。"

小牟一双大眼更大了，气得鼻孔的气都重了："你恶人先告状，明明是你抢了我的布票，不仅这样，你还抢了我的……"

夕阳降了下来，大大的圆圆的一个，跟突然变重了似的一下子坠到了湖面水平线上，水天相接处似被撒了金粉般闪耀，湖面上所有的渔民纷纷撑着小船回来了，帆影满目，无风自动，颇得壮观。

"乡亲们，乡亲们，今天集中时间到，大家速来。"村头高挂的喇叭响起了刘村长的声音。

于是，村上捕鱼回来的，正在吃晚茶的，纷纷丢下手上的活计，一股脑儿涌向村头。涌动的人群将牛槽一行人挤得七歪八扭，小牟成功脱离掣肘，一屁股跳上拖拉机。

"自作自受。"拖拉机发动声中，小牟探出朝牛槽啐了一口，很快消失不见了。

"舅，咱们也快走吧，都下晚了，得回去。"小六子扯了扯牛槽衣袖。

人群很快消失了，周围又剩下他们三人，空荡荡的。牛槽瞧了眼日头，不早了，是该走了。

"老爷爷，谢谢你，附近有没有别的村落？我们最起码得收到两张布票才成哩。"小六子心事重重道。

他们二人正好一人一张，只是也不知道，现在能不能收购到两匹布料。

老刘头也不晓得这牛槽跟林小牟什么恩怨，到底哪个好哪个坏，只是他实在喜欢小六子这娃，那一声"爷爷"叫得他心口都酥了，仿佛真是自己大孙子。

"最近啊，就在咱们村北边。"老刘头指着屋子后面。

旁边一户回来得晚的渔民刚出门，磨蹭半晌正好听到刚才一行人的交流："老刘头，你可别瞎指挥了，我听说啊，这伙人将五里八乡都收遍了，现在周围怕是没什么人家剩下布票呢。"

牛槽一听步子虚浮了一步，小六子小脸也"唰"的白了，完了，他们今天这是要功败垂成了吗？

算了，要不还是赶紧赶回去吧。

两人对视一眼，双方眼神中均是颓废，点点头准备往回赶，老刘头一拍脑袋："我想起来了。"

小六子已经没什么力气管老刘头了，准备赶紧回去。

老刘头却一把拉住小六子："你们刚才说，你们要两匹就够了？"

小六子点点头，任务是一人一匹，两张布票自然是够的。

"我有啊，我有！"老刘头都快跳起来了。

他是光棍儿，一人吃饱全家不饿，平时压根不在意那些吃穿用度，拿的布票都在家压箱底，有些布票已经过期作废了。不过，最新的应该都还在。

刚才小牟一行人前来收购布票的时候，他正好不在家，否则估计也是给了他们的结果，好在现在还剩着。

柳暗花明又一村的两人跟着老刘头回了家，老刘头点开那煤油灯，黑灯瞎火里掏了半天，居然掏出了有八张布票。

"我是光棍儿，分得不多，但两张肯定是够的。"

老刘头挑亮煤油灯，对着那火照着，小六子上去瞧了眼，竟然有五张都可以用。

"舅，五张，五张都可以。"小六子都快跳起来了。

老刘头笑呵呵地将那布票递给两人，小六子赶紧诚惶诚恐地接了。

牛槽看了眼老刘头低矮的棚户，周围潮湿一片，连个窗户都没有，心中微微怜悯，掏出十块钱递给老刘头："这是收购的钱。"

老刘头便是不识字也还是识得那钱的，一瞧赶紧推托："使不得使不得，这也太多了。"

"收下吧。"牛槽不容分说塞过去，"再麻烦您捎带我们一程。"

小六子也笑盈盈附和："是啊，麻烦爷爷了呢。"

老刘头颤巍巍握着那钱，"哎"了两声，点头应了。

于是，两人又重新坐上那牛车，颤巍巍往回赶。

天色渐渐黑了，小六子担心老人家见不到路晚上回去不安全，送了一小段，绕了那水光漫天，便好说歹说让老刘头回去了，跟牛槽一路小跑回了牛家村。

今夜的牛家村不同往日，灯火通明，牛队长是下了令的，今夜收一张布票就去供销社换一匹布料，换回来连夜赶制，直到完工交货才能睡觉。还特地许诺，完工后可以放众人一天假，不用参加集体劳动。

众人当然是乐意的，个个儿干劲十足。

牛槽回来的时候，已经回来一半人了，大家也不交流，各自坐在车间安静忙碌着。寂静的夜里，屋外的蛐蛐声和屋内的大头机声相映成趣，仿佛天地间一曲自成的乐章。

牛槽安心抱着布料准备坐下工作，忽然，一道刺耳的声音划破夜的宁静："牛槽，牛槽在吗？不得了啦……"

那声音惊慌无比，还带着哭腔，牛槽心里一惊，手中剪刀划过手，殷红的血珠子瞬间就涌出来了。

38. 家事和大家的事

是牛槽老娘，此番她正抱着服装厂的门框哭天抢地呢。

牛槽怕她影响众人干活，赶紧出去将她拉到梧桐树下："你怎的了，又大呼小叫的。"

牛槽他娘气的一把拍上他胸口："你个忤逆子，就这么说你亲娘啊？"

说罢又开始抹眼泪。

牛槽头疼，准备进去继续干活，牛槽他娘这才说出来的目的："小琴，小琴她……"

牛槽步子顿了，小琴？小琴怎么了？

"小琴她流血了……"

牛槽他娘说完话一瞅，自家那儿子人呢？

牛槽已经飞快扎进了夜色里，一鼓作气跑到了家。牛槽他娘在原地讷着嘴，抖了半晌，心中只觉得不舒坦。她哭是哭天抢地，小琴流血就二话不说走了。

纵然，小琴这血流的确实不是小事。

牛槽他娘心中安慰了自个儿半晌，也赶紧回了去。

小琴这血还真不是小事，牛槽回去时，只见她半趴在桌面上，地上一摊红褐色的血迹，看起来甚是可怖。牛槽顺着那血迹往上看，发现那血是从小琴腿上流下来的，纵然他是个男娃，不大懂女儿家的事儿，也知道兴许是他家那大儿子出了什么问题，心中跟漏了个窟窿似的，竟是在原地呆立半晌没反应过来。

"哎呀，你愣着干嘛，带小琴去医院啊！"牛槽他娘赶回来见牛槽直愣愣站着，急得直跳，赶紧推着牛槽上前。

牛槽这才反应过来，斗牛般抱着小琴就往王家村跑。

王家村在牛家村东边儿，不同于西南北几个村落和他们走得比较勤，王家村跟牛家村中间隔了条路，那路是建在高坝上的，爬上去不太容易，村头还汩汩流过一条大河，交往不变，故而彼此平日往来不频繁。

　　只是，王家村却是周围几村人不得不去的地儿，原因无他，主要是他们村儿有个厉害的接生婆，还有个出名的红娘。

　　红娘便是王婶儿，先前小琴跟牛槽结婚时担了小琴娘家人的那位。

　　至于接生婆，则是个70多岁的老太太，人称王老太，一辈子都没结过婚，成日吃斋念佛，在那没有什么医生的年代里担了为周围妇女接生的活儿，五里八乡人人都道她是"送子观音"。

　　牛槽连夜将小琴抱到王老太家时，一村儿的土狗停了动静都叫了起来，叫得牛槽心烦意乱的。

　　小琴在怀中难受得"哎哟"直叫唤，牛槽低头软声安慰："小琴，别怕哈。"

　　叩门声伴着狗叫声在这无边的夜色中响起，王老太颤巍巍开了门，见门口站着个宽宽扁扁的身形还以为是什么恶人，吓得捻起胸前佛珠就准备念"阿弥陀佛"。

　　"老太太，是我啊。"牛槽他娘道，"我这儿媳妇，您给看看吧，才刚两个多月。"

　　牛槽他娘伸手掏出火柴点亮，老太太这才看清这宽宽扁扁的人手中还抱着人。

　　她心道这是孕妇遇上事儿了，当下也不敢怠慢，赶紧进屋，指着一张小床："放下。"

　　牛槽一阵风似的飘过，稳稳地将小琴放在那低矮的床上。

　　火柴灭了，但牛槽借着窗外瓦亮的夜色还是能瞧出小琴脸色苍白，他愣愣伸出手，瞧着一手的血，一时宛如失了魂儿般。

　　"别着急哈。"老太太扶着床头颤巍巍坐下，伸手在小琴手腕上，闭目凝神，开始诊断。

　　牛家母子紧张瞧着老太太，大气不敢出，夜色下狗叫声渐渐停歇了，只有窗外的蛐蛐和青蛙蛤蟆此起彼落地叫唤。

　　不知过了多久，老太太长吁一口气："不碍事，累着了，有先兆流产的迹象。"

　　牛槽急得往前一步，差点没被地上的瓶瓶罐罐给绊倒：没事？都快流产了，还没事儿？

老娘一把拉着牛槽，生怕这小子唐突人家老医生，她自个儿上前一步："那该咋样啊？"

牛槽瞧着老娘后脑勺，心中一阵恼怒，小琴累着就是因为他们娘俩，她在家得帮老娘做家务，在外得忙大队的事情。这一刻，浓浓的自责席卷而来。刚刚上任的牛槽，踌躇满志的牛槽，对于这个集体服装厂产生了些许反感。若是自个儿忙忙碌碌，便是受尽委屈，那也是不碍事的，但牵连了老婆孩子，他心中实在难受。

牛槽头一次觉得，自己可能真的要当爸爸了。

为了小琴腹中那个小生命，他可以变得自私蛮横毫不讲理。

可是，他不觉得丝毫愧疚。

老太太扶着床头又撑着站起来："产妇近日不适合劳累，在我这里将养几日，将胎心调理稳再回吧。"

她走到一排柜子前，低头打开一个，抓出一捧药递给牛家母子："老妇人年纪大了，不便弯腰，你们谁帮忙煎个药？"

牛槽他娘站着没动，心道，哪有婆婆伺候儿媳妇的？又想到自己年轻那会儿，都是上山下乡，种田栽秧，就没这么金贵过，一时心中不免有些委屈。

正想着，牛槽已经上前将菟丝子、桑寄生、续断等药接过，准备去煎熬。

牛槽他娘这才不情不愿地上前："牛槽，你回吧，我来。"

牛槽摇摇头："我来吧。"

说罢就弯腰蹲下去，在王老太的指挥下煎药，煎完药又忙前忙后伺候小琴喝了。这一通忙完，天色已经微微亮了。牛槽看着熟睡中的小琴，心中稍安，这才来得及跟王老太道谢。

"哎，不必，不必，这是老妇人该做的。"王老太摆手，凹陷的眼圈乌黑一片，"只是，老妇人不大方便照顾这女娃，你看你们家谁能留在这儿照顾她？"

王老太瞧着小琴身子虚，最近几天只能卧床，有个四五天才能回去，回去也不能累着，要多休息，待到孕中期方才能多走动走动。

牛槽不由分说地准备应，被牛槽他娘制止了："你回去吧，快交工了，先把后续结了。"

牛槽看着他妈，有些惊奇，他妈还是难得这般识大体。

实际上，牛槽不晓得他妈心思，她可不是识大体，孰轻孰重，她心中

有数哩。这照顾儿媳妇的委屈，跟那白花花的票子以及儿子的将来比起来，哪个重要，她能没个计量？

即便得了他妈应允，牛槽还是不放心，坐在小琴床头看了半晌，直待日上三竿才在他妈的驱赶下离开，离开时还寻思着以后的一日三餐都过来，他怕他妈照顾不好他老婆孩子。

牛槽这边路上往回赶，服装厂那边牛队长正在大发雷霆。

"牛槽他一个厂长，家事跟大家的事，他心中没个轻重吗？"

39. 第一桶金

牛槽推门而入时，正好听到牛队长拍着桌子说出那话。

他脚步顿了顿，奈何门已经推开了，一群人大眼瞪小眼看着他，房间一片寂静。

牛队长此番发火倒也不是端着架子，是有理由的。这批货明儿个就到交货期了，村里人都十分重视，昨日大家都没睡，个个儿在这儿加班，便是没收到布票的回来后也乖乖帮忙。唯有牛槽，厂长，人没了！

厂里人知道牛槽是老娘来叫走的，但牛槽他娘这性子向来一惊一乍，众人不觉得她能有什么紧要事，八成又是什么簸箕坏了，钥匙丢了之类的鸡毛蒜皮，哪里能跟厂里这大事比得上。

牛队长巡视一圈，听闻了众人的七嘴八舌，再加上柳先生煽风点火，胸中那火苗"咻咻"地就起来了。

更何况，正是收工阶段，不少人遇到板样问题需要请教牛槽，他见不着人，众人心中都发慌，因此这才有了牛队长在这里发火的事儿。

"小琴有先兆流产迹象，跟我娘一起送去王老太那里了。"牛槽淡淡道。

牛队长愣了愣，这倒确实不算个小事儿。

周围人听闻后表情各异，一时无人好意思开口，牛四主动帮牛队长解了这个尴尬的局面："牛槽啊，回来就赶紧去做活吧，不少人等着你指点呢。"

牛队长顺了台阶赶紧下："是啊，今天人就来了，刚跟我电话，说是下午到。"

说罢领着一群人浩浩荡荡出了办公室。

牛槽也没说什么，就当那话没听说。

柳仕经过他时淡淡看了他一眼，牛槽目光不偏不倚，丝毫未动。柳先生讨了个没趣，走了，牛槽也跟着走在队伍最后。

小六子躲在门口蹲墙角哩，一把拉住落在人后的牛槽，小声嘀咕："舅，他们说忙，可不也在这里训斥你。"

牛槽见小六气鼓鼓的样子，再加上担心小琴，心中那股子疲惫的感觉更强烈了，可偏偏才当上厂长不久，正是大展身手的时候哩。

牛槽瞧了眼前面那群人，晃了晃脑袋，算了，想不通不想哩，干吧。

其实倒也真没多大事儿，众人出去将那布料子收齐了埋头赶制便是，做到现在也基本上七七八八掌握了个大概，为数不多的小问题，互相探讨是没什么问题的。

至于柳先生现下倒是不若先前般苛刻了，一件"残次品"都没找。

牛槽到车间时，见着堆积如山的成品放在车间，人绕过都不方便，便令阿斌招呼几个人放在仓库，这次柳先生倒没说什么，兴许是牛队长在的关系，乖乖掏出钥匙开了门，任众人将成品放进去。

就这样，一半手快的做着剩下不多的成品，一半力气大的过来帮忙整理仓库，总不能让人家看到上好的衣服被放在人来人往的地上，再金贵的东西都变得廉价起来。如此这般，分工明确，中午时分这批衣服便悉数整整齐齐摞在仓库里了。

众人昨日奔波一天，昨晚又一宿没睡，此番却没有一个回去补觉的，个个儿都等着那陈光来验货呢，这不，连不在服装厂的村民都晃来了。

牛队长有些紧张，在原地左右走动，柳先生倒是颇淡定，负手站在牛队长旁边，一派文人模样。

"牛队长，吃点儿饭吧。"阿斌晓得牛队长还没吃饭，做好了大锅饭来问。

牛队长哪里有心思，摆了摆手："不了不了。"

继而又瞧着村头念叨：也该来了啊。

已经到了陈光订的日子了。

牛队长晓得大城市有个稀罕事物叫"手摇电话机"，两人有了这事物隔着老远都能说话，他心中晃儿想到，格老子的，等顺利拿到钱，他也得整一部这东西。

"哎，来了来了……"人群中忽然有人叫出声。

一行人顺着眼尖那人的指向瞅去，垫脚翘头的模样跟围栏里等食吃的鸡崽子一样。那群鸡崽子瞧了半晌，又纷纷耷下脑袋，原来并不是陈光，而是一辆三轮棚子车。

牛队长不死心，继续等，心里七上八下的，却说齐二那边拖走了货没

送来钱，这一位陈光连货都不要了？乱七八糟地胡想了一通，又安慰自个儿，反正定金是付了，他们也没亏。

一辆锃光瓦亮的车悄无声息地沿着小路开了过来，后头还跟着好几辆绿油油的"太拖拉"，于是，适才那位眼尖的又叫起来："来了，来了……"

身边人一巴掌拍上他头："你狼来……"

话还没说完停了，眼睛直勾勾瞅着来路，"咕咚"一声咽了口吐沫，好家伙，还真来了，小车后带了好几辆大车，乖乖，那场面，着实壮观。

陈光下车时就见牛家村的人齐整整地站在村头等他，心中颇感动，这些乡民还挺淳朴的。

他客套地跟牛队长打招呼："好久不见。"

柳仕殷勤上前一步，陈光却直直朝着牛槽走去，热情伸手同他握了握，柳仕站在原地，表情还是那副模样，不细微看察觉不出什么变化。

牛槽倒是做不出什么热情模样，外加担心小琴，在牛队长跟陈光寒暄时就知会小六子自己先退了，有事去王家村找他。小六子欲言又止，最终还是闭了嘴。

牛槽晓得小六子担心什么，可什么都比不上他的老婆孩子。

好在小琴一切安好，牛槽看完小琴出去，见老娘正满脸烟灰地扇扇子，看样子是在熬药，边扇还边骂骂咧咧：

"够娇气的，真是小姐身子丫鬟命，哎哟喂，我怎么这么命苦哟……"

"我来吧。"牛槽皱眉，过去抢过扇子就扇。

他这人看似傻，实则粗中有细，晓得他妈是故意说给小琴听的，也明白俩女人在一起不舒坦，他自个儿就该多干点，堵一边嘴，再顺一边心，这是他该做的。

牛槽他娘得了空闲，坐在一边嗑瓜子儿："你那货不用看啊。"

"交货了。"

牛槽他娘一张老脸笑开了花："哎哟，交货啦，那分钱了吗？"

"不知道。"

葵花籽"嘎嘣"一声裂在嘴里，牛槽他娘顾不上嚼，一把上前抓着牛槽胳膊："不会是还在交货，你就，你就过来了？"

牛槽皱了皱眉，挣脱老娘掣肘，继续扇火，良久才慢悠悠"嗯"了声。

牛槽他娘气得一把夺过扇子扔在地上："你傻啊！"

你就不怕他们分钱把你给漏了啊，这种事儿不在当场看着还来伺候老婆？

牛槽他娘气得抖着手指了牛槽半晌，准备拉他走他却雷打不动，稳如泰山，牛槽他娘干脆一跺脚，自己跑回了牛家村。

40. 鬼鬼祟祟的柳仕

牛槽他娘还真是想多了，队里确实会分钱，但也不可能当着人家陈光的面分，再说了，当初众人面前定好的价格，总共多少钱大家心里明镜似的，顶多谁分多谁分少的问题，不可能缺谁漏谁的。

故而，牛槽他娘翘着脖子等了半晌，见陈光一行浩浩荡荡载着那2000件成品衣服消失才凑到牛队长身边："牛队长，那钱……"

牛队长不耐烦地看了牛槽他娘一眼，答非所问："大婶儿，牛槽又去看小琴了？"

牛槽他娘被牛队长那眼神看得心里一唬，禁不住更是责怪那娇气的儿媳妇，可又不能真让儿子在那儿服侍，罢了，还是她去吧。

于是，牛槽他娘又去不情不愿地替了牛槽回来，临别前左右叮嘱，分钱的事儿一定要上心。

牛槽自然是上心的，他还想建一座大房子，替小琴跟孩子造个好窝呢。

由于累了好些天，牛家村的人倒是想盯着牛队长赶紧分钱，可人到底是肉做的，实在是顶不住，个个又困又累的，尤其是牛队长，陈光走后跟虚脱似的一屁股坐在路边的木桩上，还是在柳仕的搀扶之下才脚底打飘地回去。回去后饭也没顾得上吃，先闷头睡了一天一夜。

队长都睡了，乡人自然也都回去闷头大睡。

因此，真正的分钱，是在订单完成的两日后了。

两日后，睡了好一顿饱觉的牛家村众人在家胡乱塞了几口饭，个个儿容光焕发地赶往村头集中地开会。

大家都晓得，分钱的时候到了。

只是，不知道要咋分。

牛队长当然晓得众人的心思，这钱咋分都跟他没啥关系，所以，他干脆当了个好人，将这决定权留给了众人。

"大家决定一下，这钱，是全部都分给咱服装厂的人，还是挨家挨户按照家庭分，或者按照咱们村的人头分哩？"

这问题一出，乌压压人群立下炸了。

"按人头，按人头，咱们都是集体嘛！"这是家里没人在服装厂的。

"按户头，当然要一个家庭算一份。"这是家中人少的。

"不公平,照我说啊,这都是人家服装厂的人做的活儿,得厂里人才有资格分。"这是家中在服装厂的人多的。

众人七嘴八舌,怎么都没法说服众人。

最后,还是柳仕提议:"莫不如,将这个决定权给厂长?"

柳仕笑眯眯看着角落的牛槽,这事儿,无论牛槽怎么定,总归得得罪一帮人,反正不是啥好差事。

柳仕恶狠狠地想,万一众人有怨气朝着牛槽就行了。

"对啊,厂长,你来吧,你来提议吧。"众人议论纷纷,最后得出一致结论。

既然他们谁都说服不了谁,那干脆由牛槽提议,毕竟牛槽是个实诚的,不会使诈,再说了,他们不满意再推翻呗。

一行人各怀心思,等着牛槽回答。

出乎柳仕意料之外的是,牛槽居然应了:"那按照人头,服装厂一人1000,不在服装厂的一人500,如何?"

众人扒着指头算了半晌,不少人纷纷表示,这个法子可以,谁都不占谁便宜,很是公平。

柳仕侧目瞧了牛槽一眼,心中惊奇,牛槽竟然能想出这法子?倒是让他刮目相看了。

实则,柳仕不晓得的是,这法子不是牛槽他想出来的,是小琴听到牛槽他娘的碎碎念提出来的。牛槽当时也没考虑这事,总归如何分与他关系不大。现在矛头指向他,他却是想到小琴这个法子,顺口说了出来。

牛队长也多看了牛槽一眼,这愣小子看起来也没那么迂啊,他心中寻思着以后万事也得小心点儿。

当然这是后话,现在牛家村的人就这般兴致勃勃地将钱分了。牛槽一家两口,分了2000,爹妈还得了1000,高兴得合不拢嘴。

傍晚时分,服装厂了了一桩大生意难得清闲,小贫乍富的牛家村人个个儿蹲在村头侃大山,牛槽揣着刚熬好的鸡汤去看小琴。

换班时牛槽他娘神神秘秘地拉着牛槽咬耳朵:"你那个……那个,给我跟你爹保管。"

牛槽瞅了他娘一眼,"哪个"?

牛槽他娘自个儿也不大好意思说出口,使劲儿掐了牛槽一把:"就是你分的钱,你俩还小,家中家用又大,我跟你爹有经验,给你们保管。"

牛槽心道,他娘居然是想要他跟小琴的钱?

想到脑海中描摹了好些遍的小房子，牛槽摇摇头："不成。"

牛槽他娘瞪大眼："怎么不成？我生你养你，怎么不成。"

牛槽转身准备离开，被他娘一把拉住，牛槽头都没回："我现在有要生要养的，不成。"

"你！"

牛槽他娘被气得心梗，当即就想捶胸哭号有了老婆忘了娘，但想到这里是王家村，不能平白无故让人看了笑话，生生忍住了，回去后才对着牛槽他爹一通乱号。

那厢牛槽他娘闹得欢，这边牛槽跟小琴却是甜甜蜜蜜的，两人不大方便合计这 2000 块钱具体花销，但喜上眉梢那状态是骗不了人的。王老太瞧着小夫妻这般恩爱，夸赞得紧，直说少见这般体贴的丈夫，乐得小琴嘴巴都合不拢。

许是人逢喜事，又或是牛槽照顾得好，小琴身体康复得比较快，几天下来又生龙活虎的，小夫妻俩便同王老太道别回了家。

牛家村这两日人人喜气洋洋，纷纷讨论着这钱咋花，连打更老头儿都得了 500 块，瞧着牛槽越发顺眼，在村头见牛槽搀扶着小琴也不调侃了，提着一壶酒喝得欢："哟，回来啦。"

牛槽点点头，不欲搭理，准备快些带着小琴回去。

"这两天，我发现那柳仕有些怪。"打更老头见牛槽不欲搭理他，又凑过来神神道道。

牛槽脚步了慢了些许。

打更老头说得越发兴起："他啊，天天去供销社、邮政局、电报大楼晃悠，我亲眼瞧见的。你说，咱这钱都拿到了，柳仕又去这些地儿做啥？"

他还当啥哩！牛槽眼皮子都没抬，能干啥，存钱、联系亲人呗，柳仕一个人花不了这些钱自然是要存起来的，牛槽心道。

不过，很快牛槽就发现自己猜错了。

41. 牛家村婆媳大战

回去后，牛槽他娘天天盯着小家庭那 2000 块钱，见说不动牛槽又来跟小琴磨嘴皮子，小琴不胜其扰，还是装头晕才逃过婆婆的碎碎念。

牛槽他娘见小两口这副态度也明白了，住了嘴没再说啥，就在小琴以为婆婆终于放弃的时候，竟然发现婆婆把她支走去他们房间翻，小琴吓得出了一身汗，当夜就跟牛槽讲了这事儿。

牛槽晓得他老娘脾性，爱财又掌控欲强，决计不会放弃的，寻思一通，次日一大早便揣着那钱去供销合作社存起来。

左右现在还没砌房子，等他联系好建筑工人、买好砖头再一点点拿出来吧，现在还早哩。

由于怕他妈发现，牛槽趁着天麻麻亮便出了门去镇上的供销合作社。去的时候那边还没开门，牛槽便坐在门口角落等。

许久，牛槽估计着快到人家上班时间了，起身准备去门口，两道人影也适时过来了。

"还没到吗？"

"没有，这边天天帮您看着呢。"

这声音怎的这般耳熟？牛槽住了脚，趁着水杉木的缝隙往声音来处一瞅，竟然是柳仕。

牛槽想到那打更的说柳仕最近天天跑供销社、电报大楼这些地儿，还真是。只是，如果是联系家人或者存钱，难道不该是一次便可了吗？何至于时不时过来？

牛槽本不是那下作的性子，不想听人家讲话，准备等柳仕他们进去办完事再进去，不打算同他们打照面，免得惹上什么麻烦。

出乎意料的是，柳仕竟然没办事，打听完之后又去了隔壁的电报大楼跟邮局，也是很快出来了，还往后瞅了两眼，表情有些阴霾。

牛槽见他匆匆而去的身影，心中越发疑惑，只是他老实存完钱便回了去，也没多想。

牛家村就这般过了几日喜气洋洋的生活，但很快矛盾就开始出来。

小贫乍富的众人难以摆脱亲兄弟明算账的恶习，虽然那钱是按人头分的，说起来每个人的钱都算是自个儿的，但不难保家中人互相索要，很快，牛家村吵架声一日比一日大。

尤其是婆媳之间，吵架越发多起来。

不少大媳妇儿好容易得了钱，纷纷拿着那钱去置备装备的物什，什么好看的衣服，上好的化妆品，还有一些新鲜名头，都要来一样。镇上每逢十五有集市，这些女人们便呼朋引伴去赶集，浩浩荡荡一群，打扮得花枝招展，惹得镇上人还以为是什么大城市下来的贵妇人，纷纷将他们往最贵的珠宝玉石那里引。

那钱虽说不少，可也不是这般花的，众多婆婆便不高兴了，聚在一起嘀嘀咕咕，越发看游手好闲的儿媳妇不顺眼，责怪她们败家儿，不晓得拿这钱干点好的，或者干脆给她们存起来。要说攒钱，谁有他们老一辈儿来得靠谱啊！

牛家村男子不胜其扰，个个儿往服装厂躲，一时间，服装厂竟然坐了不少人。

可现在又没单子，服装厂没啥活儿，各位青年们只能大眼瞪小眼，又不好说道自家那些事儿，只能唉声叹气坐着。牛槽见他们无聊，干脆指导他们将家中旧衣服拿了来，浆染下，再赶制成新衣服。

原先各位男子们是百无聊赖之下做的，也没个方向，就瞎做，还做得不错，出新了不少褂子，正好可以在接下来的夏日里穿着做活儿，唯有阿斌是个例外，他却没做那夏天穿的干农活的褂子，而是埋头好些天不知道干啥。

牛四瞧着身边摞了好几件大褂子，阿斌身边一件儿都没有，凑头过去："瞅你闷头好些天了，干啥哩，咋一件都没做成？"

阿斌从大头机密密匝匝的针脚下拿出一件白色的料子，然后又掏出针线，小心将身边一朵黄色的小花儿缝制上去。

牛四发出一声惊呼："你这，你这是……"

待阿斌缝完那花儿，将裙子捏着肩膀一溜儿散下瞧整体有无需要改善的，牛四才瞧了原貌：竟是一件白色的翻领连衣裙。

当时代，最好的衣服不过列宁装，很多女孩子还在工装和军装的海洋中追求美，别朵路边采摘的小花儿，或是卷起袖子露出修长白皙的胳膊腕儿，就当是做了装饰了。这一眼儿瞧去啊，虽个个脸蛋儿生得好看，却是乌压压一片儿，跟蓝天被乌云盖了似的。

此番，阿斌竟然做了件仙气儿飘飘的白裙子，怎能不让人眼前一亮。
"阿斌，你这是？"一群人围过来。

马宝吊儿郎当地抱着胳膊拆台："这不明摆着的嘛，定是给小花做的。"

阿斌脸色红到了脖子根，最近小花和他妈可不太平，他在家被吵得头疼，里外不是人，干脆出来躲躲。可是，躲得了一时躲不了一世啊，他家那对婆媳的矛盾一直存在，他得从中周旋才是。

说白了，俩女人都是同他有关的，他有责任。

"你这样，就不怕你那娘更气？"牛四斜着眼问。

光给老婆，不给老娘做，这问题也没解决啊。

牛四到底是个有经验的，毕竟女儿都老大了，夹缝中求生许多年，有了些经验，阿斌好生受益，于是又埋头给老娘做了件碎花连布襟。

回去后，阿斌两边女人都没说道，先是偷偷塞了老娘一件，关上门又掏出一件给小花，两女人都以为没给对方做，心中吃了蜜糖似的，藏着掖着也不告诉对方，倒是对阿斌越发好，家中这火药味儿倒是淡了不少。

村里男人见着奏效，纷纷有样学样，个个都给老婆老娘做了件衣服，给对方时都偷偷塞的，没告诉另一个。

经此一遭，牛家村婆媳关系终于缓和了下来。老娘们都觉得孩子向着自己，想着忍忍就忍忍吧，总归为了儿子好。媳妇们也都觉得丈夫向着自己，想着往后总得分家过小日子的，得贤惠些，倒也不乱花钱了，有的贴心的还给丈夫买了几件物什，置备置备家当。

另一边，婆婆和儿媳之间都有了共同的秘密，老女人小女人们关系进一步加深，牛家村一派祥和。

只是好景不长，这一祥和在"鬼节"那日被打断了。

41. 横生的事端

鬼节在农历七月十五，学名"中元节"，民间传说这一日鬼魂出没，且不同于清明节主要祭奠亲人，这个日子祭拜的大多是"孤魂野鬼"。高山市地处平原地带，人民生活安居乐业，民间口耳相传留下来的习俗也不曾中断，世世代代奉为圭臬，因此"中元节"一般天还亮着就不得出门了。

"铜元宝呢？铜元宝叠了没？"牛槽他娘咋咋呼呼地敲开小琴门。

小琴到孕中期了，身子越来越重，腰都弯不下来，听到响动艰难撑着桌面起身，她指了指面前缝制的小衣服："妈，给宝宝做衣服哩，没叠。"

其实是她不想叠。

她到底怀着孕，莫说不方便弯腰，那银箔纸上的粉子还不晓得对肚子里的孩子有没有害处，她实在不敢冒险。更何况，这到底是个晦气事儿，她一个孕妇不想沾染上。

牛槽他娘自然也是晓得的，纯粹就是过来问下，想随意敲打敲打这个儿媳妇，杀杀她的威风。

小琴也不同她辩解，就低眉顺眼地应着，牛槽他娘得了个满足这才抱着篮子出了去。

她得赶紧趁着天色还亮把那纸钱给烧了，别让那些个儿"好朋友"惦念上他家，给她大孙子招来晦气。

小琴见那房门关上才复又撑着桌面坐下，结果屁股还没坐稳，就听见一道急促的"哎哟"声。小琴拉开窗帘一看，她婆婆一屁股坐在地上，疼得龇牙咧嘴。

这是怎么了？正想着，门被人"哐当"一声推开了，小琴定睛一瞧才发现是阿斌。

"阿斌哥？"

"牛槽哥在吗？"

阿斌遇上个紧急事儿，得了牛队长吩咐来找牛槽去解决哩。结果牛槽他娘见着阿斌进来嘀嘀咕咕唠叨半晌，全是她跟阿斌他娘那些乱七八糟的龃龉，阿斌急得不知所以，干脆推了牛槽他娘进来找了。

"不在啊，许是出去烧纸钱了。"小琴道。

阿斌于是又火急火燎地穿过堂屋，从后门出了去。牛槽他娘揉着屁股骂骂咧咧去后面找到阿斌时，正好看到阿斌扯着牛槽去大队。

"快，十万火急。"

"阿斌，你怎的这么不上家数！"牛槽他娘伸手就欲拉扯阿斌说教。

阿斌掉头求饶："婶儿，实在抱歉，有要紧事儿。"

牛槽他娘心中直犯嘀咕，什么要紧事儿能比烧纸钱还重要，这已经下晚了，还出去，不怕撞到不干净的！

"那批货出了问题，人家找来算账了，不解决不仅那钱要还回去，还得赔钱，实在紧急。"阿斌步子都没停，这话就怎么一溜儿出口，也不知是说给牛槽他娘听的还是说给牛槽听的。

牛槽本来那火烧了一半，被拉着走的时候还有些莫名，想甩了阿斌手问个究竟，现在听了这话步子反而比阿斌还快。两人一路小跑，很快到了大队。

牛队长正急得团团转，见牛槽过来跟见了救星似的赶紧迎了上来，牛槽张嘴刚想问具体情况，余光察觉一道身影坐在旁边，他下意识扭头看去，竟是似笑非笑的陈光。

陈光？

牛槽心道，陈光居然在"鬼节"这天亲自来？看来事情确实大条了。

还没等牛队长跟牛槽说些什么，陈光已经起身了："牛厂长好。"

陈光从牛队长口中得知牛槽已经是厂长了，这次订单也是在他的大力监督下完成的。

牛槽打量着陈光，没说话。

陈光忽然笑了："牛厂长果然是泰山崩于前而不动声色，有几分大将气！"

他话中是夸赞，面上又带着笑，眼神中却丝毫看不出来喜色，反而色厉内荏。

牛槽自然也不会将他的夸奖听在耳里："陈总，您有话直说吧。"

牛队长平日里的游刃有余在陈光面前完全施展不开，这种地域、级别、阶层的压制让牛队长喘不过气来，更别说他还心虚，隐在一边任牛槽与陈光交涉。

陈光是个明眼人，自然知道这处儿是谁当家，此番那位当家的竟然还揣着架子，让他心中更是恼怒，语气上不禁有些咄咄逼人，连带着脸上的喜色伪装都消失不见了。

"牛厂长是个实在人，咱们就明说吧。"陈光道，"这批货物，出了问题。"

陈光不是个蠢人，自从在张英身上看到那一袭绿色的半改良版旗袍就知道它的价值，他手中有些渠道，可以把这批货物送到北京、上海这些大城市以及国外去，届时看看具体的反应，哪边有市场他会自行招人定做相关产品。

陈光是个有商业头脑的，自然知道服装这种应季商品非常讲究速度，你上市得早就能卖高价，你上市晚了，价格打对折还是少的，所以他才赶着牛槽他们赶紧上市。

他给牛家村订的日子是6月中旬，届时运货铺货，正好是市场上夏装最火热的时候，他敢打包票，这些个衣服卖给那些大小姐、富太太，一件最起码百来块，他毫不费力转手就能将价格翻番。

本来一切都在计划中，陈光收到货后也一件一件检查了，都挺不错，几乎件件精致，不像是这种农村小厂子做出来的，他心中甚至还萌生了以后再合作的想法。

只是，陈光没想到的是，这批货物居然出了纰漏，还不是一个纰漏。

首先是一个富家小姐过来找他算账，说买的衣服是残次品，穿了几日才发现上面针脚做得不好，纽扣还跟整体不大一样，非让退货。

陈光虽然心中疑惑却还是老实退了，拿到手之后怎么都觉得不大对劲，明明这批衣服他当时都检查过了，没有这般粗糙的啊。

更何况，这富家小姐的话他也觉得哪里不对劲，一时却又想不出来。

不过，陈光也没多想，毕竟衣服多，难免有些漏网之鱼，他也老实认栽，只在心中暗怪牛家村竟然不先检查一遍货物，委实不负责。

这事儿就这么结了，陈光忙于出手剩下的衣服，销路倒是不愁，甚至不少富太太还竟价得了剩下的。陈光很快忘了那件不痛快，计划这第一炮打得响，接下来就走这条路了！

哪知，踌躇满志的陈光却遇到了第二个来找他的人！

42.牛家村摊上大事

不同于第一个富家小姐，这第二个来的人可是来头不小，是省城某局长的太太，姓江。

江太太是新时代女性，毕业于巴黎某大学时装设计专业，平日里多参加各类时尚晚会，据说还曾受邀参加过巴黎时装周，是个绝顶时髦的女士。

江太太此番要参加省城一个慈善晚会，会上除了高官、商人、小姐太太之外还有不少外籍人士，江太太十分在意，整日为着装发愁。恰时，陈光辗转从一些关系处打听到这事，毛遂自荐将这袍子送了过去，江太太眼前一亮，问清这衣服是新款式之后收下了。

这晚会虽是担了慈善的名，却也是各界人士拉拢人脉的关键场所，江太太以时尚出名，一身行头自然是要打响，毕竟那是她引以为傲的利器。

那身衣服也确实衬她，将她腰肢显得盈盈不堪一握，浑身肤白私雪，引得一众上流人士纷纷侧目。她见目的达到，花蝴蝶般周旋在人群中，结识了不少高层人士。

这江太太的丈夫虽是政客，但她母族却是实打实的生意世家，她欲帮哥哥结识这些商场上大有裨益的人，自然要拔高姿态，显得是个有渠道的。

事实上，最初她目的也达到了，一群人众星拱月般围着她，纷纷前来敬酒。

只是，到底人算不如天算，晚会中旬，一个高贵夫人端着酒杯前来碰盏，也不知有意还是无意，特地挑了她周围人最多的时候。

夫人上前自报家门，说是某个外交官的妻子，江太太自然客套一通，外交官夫人又吹捧了一番江太太的气质，而后才恍然发觉什么稀奇事般捂着嘴做讶异状。

江太太没觉得什么，顺着外交官夫人的举止落了套儿："您这是？"

外交官夫人指着江太太身上那绿色袍子："这衣服，我也有一件呢。"

江太太脱口而出："不可能。"

她倒不是多么信任陈光，毕竟此前两人也无甚交集，中间牵线搭桥走

了好几拨人了,她只是纯粹地维护自己。她本身就是靠着一身行头先声夺人,又是学习时装设计、去过时装周的主儿,当家的招牌便是走在潮流前端儿,万一是穿了人家根本不屑穿到晚会上的旧款,那她先前辛苦经营的形象便不复存在了,那些个人脉也会怀疑起她虚张声势,进而疏远了去。

　　外交官夫人却没被她直截了当的话气到,面上依旧盈盈,伸出戴着白色蕾丝手套的纤纤玉手掏出一张照片:"巧了,一周前我得了这衣服,瞧着不错,还留了照片呢。"

　　众人围着瞧过来,却是与江太太身上这款一模一样,甚至连颜色都是丝毫不差。只是,外交官夫人穿着这身衣服是在自家后花园喝茶,而江太太穿着这身衣服却是出席了隆重的场合。孰轻孰贵,一目了然。

　　顿时,众人瞧着江太太的眼神就不大对劲了。

　　江太太不信邪,气急败坏地夺过照片左瞧右看,果然是一模一样。

　　那场晚会她可说是落荒而逃,出了好大一个丑。回来后,她咽不下这口气,当即便跑了去找陈光算账。

　　陈光也是蒙啊,莫不是那位太太也买了他的衣服?

　　可是,他这衣服确实是刚出手,从开始走渠道到全部卖完不过两天,若是买了同样衣服的顶多是撞衫,万不可能是一周前就留了照片啊。

　　忽然间,他终于想起来第一个来找他的姑娘那话哪里不对劲了,对啊,她也是说"穿了几天",他这前日卖,昨日就卖完了,哪里有穿了几天这个说法!

　　莫不是,这些人买的衣服根本不是从他这里出去的?

　　陈光好说歹说劝走了江太太,又是赔钱又是允诺好处,只是江太太根本不吃那一套,人家不缺钱不缺权,一门心思经营人脉,就是想发展壮大家族生意,这下子脸都丢光了,自然没完没了。

　　陈光被逼得焦头烂额,气得饭都吃不下去,摔了好几盏茶壶,终于一踩油门跑来找牛家村的人算账了。

　　"你们给我说说清楚,这货你们是不是还给旁人做了?并且先于我给了人家!"陈光几乎是笃定了。

　　一模一样的布料款式,还恰好在他前面上市,这不明摆着抢他饭碗吗?

　　先前他还以为这牛家村的人实诚,还真是看走眼了,往往穷乡僻壤才更容易出刁民!

　　陈光的盛怒实是在理,牛槽在淮扬市待过,知道服装这个行业在大城市并不如他们乡下般仅仅是为了取暖包裹，他们在乎得更多些，所以他做的时候才没敢掉以轻心，一个月来日日几乎是强撑着那精力瞧成品，生怕给人惹了麻烦去。

哪里晓得……牛槽微微瞟了牛队长一眼，他阴着脸站在角落，不发一言。

牛槽忽而想到，柳先生竟然没来，这时候，他不应该在的吗？毕竟，柳先生口才最是好了。

"你们最好给我个交代，否则休怪我无情。"陈光从鼻孔里发出声音。

彼时恰是中元节的天，家家户户很早就闭门了，窗外暗下来。明明是炎炎夏日时节，突如其来吹过一阵风，众人冻得一个哆嗦，均想起了今天是何日子。

陈光也实在是气坏了，见牛队长跟牛槽几人不讲话，也不问了，冷哼一声："那合同，你们还留着吧。"

说罢甩袖转身。

牛队长以为陈光要走，刚出一口气，陈光又顿住了，转身冷笑一声："违约金，准备着吧，一周后我过来取。"

说罢大踏步出了门去。

牛队长大气不敢出，等了半晌不见他进来，想来这次是真走了。

牛队长虚脱般往边上的太师椅一瘫，还没顾得上喘气，牛槽来了他面前，伸手："合同呢？"

牛队长脑袋跟过年时的对联一样被糨糊糊在门框上，半晌才撕下来："合同？"

脑中灵光一闪，想到陈光刚才的话：违约金？

牛队长一个"咕噜"从太师椅上起身，脚步子也不飘了，四处翻找。牛家村的人一辈子都是老农民，没干过啥大事儿，自然也没签过这什么合同。当时心中脑中念着的都是那10万块，谁有心思去研究那合同的弯弯绕绕啊！

牛队长悔得肠子都青了，额头出了一层细细密密的汗珠子。

"找到了找到了！"阿斌忽而叫起来，手上举着的，不正是当初那份合同是什么！

43. 罪魁祸首是谁

几人迅速围成一圈儿，去瞅那先前丝毫没在意过的合同。

"乙方不得先于甲方供货给第三方，若由此造成损失，赔偿合同款项双倍金额，并因此承担相应责任。"

"这，这啥意思？"阿斌抖着手指着这句。

牛队长讷着嘴呆了半晌，一屁股坐在凳子上，忽而又抓住牛槽手："双，双倍？"

这是把他们牛家村拆了都赔不起啊，20万啊！

牛槽心中也凉了半截儿，这可咋赔？

他识不了几个字，没法将这合同看得更细致点，但好在他向来是个稳得住的："柳先生没看过这合同？"

柳先生已经是厂里的会计了。

他记得牛队长先前说过，他负责厂子的管理和服装的制造，柳先生负责合同、监管以及财务流动之类的。

对啊，柳先生，他让他看合同了啊，柳仕明明看了！

牛队长作势便起身，准备去找柳仕算账。

他倒是误解了牛槽意思，牛槽并不晓得他们还有齐二这事，只想问问柳先生，这合同还有没有别的什么要点，想看看能不能解决问题。

牛队长倒是晓得柳先生去哪里了，齐二那钱一直不来，他心中猫抓似的，硬是赶着中元节让柳仕去淮扬市要钱。

柳仕此番应该也快回来了，毕竟天色都黑了。

牛队长坐在柳仕门口等，苍穹下漫天飞灰，衬着阴暗的视野，高山市惯见的水杉木跟梧桐树在黑暗中张牙舞爪，真跟孤魂野鬼似的。牛队长打了个哆嗦，他怕牛槽他们听到他跟柳仕说齐二的事儿，都赶回去了，现在自个儿倒是遭了罪。

好在家就在旁边，他让老婆亮着灯，倒是好了些许。

羊肠小道上，一个人影从黑暗中走来，随着更夫一声清脆的敲击声，牛队长瞧清楚那就是柳仕，柳仕终于踩着夜色回来了。

牛队长上去就是一巴掌，柳仕都被打蒙了，捂着脸瞪大眼。

"你给我说清楚，为什么害我？"牛队长没打过瘾，气得一把抓住柳仕衣领子。

柳仕不清楚牛队长这是怎么了，但也不敢挣脱，牛队长瞧这般拽着也没个法子，干脆松开，将陈光来的事情一股脑儿倒了出来。

"你说，现在该怎么办？"牛队长喘着粗气坐在地上。

柳仕这才明了事情经过，脸色隐在黑暗中影影绰绰，看不分明。

"说啊!"牛队长气急败坏,吼完又想起齐二那边的事儿,"收到钱了没?"

柳仕那脸这才从黑暗中显现出来,脸上皆是担忧,他清了清嗓子,一一道来:"我跟您一条条地说。"

"首先,那合同我先前看了,但真没注意到这条,他写得过于隐晦了。"承认错误。

"其次,齐二钱依旧没给。"抛出问题。

"你!"牛队长指着柳仕,气得胸口发疼,他一向运筹帷幄,还从不曾如此这般地被动过,一时竟是慌了神。

如果这事解决不了,莫说牛家村这20万的钱,便是他自己,乌纱帽丢了是小事,一辈子要戴上"贪赃枉法"的帽子,他一辈子都抬不起头来,他儿子也会跟地主、资本家的后代一般,这辈子全毁了。

这一刻,牛队长无比恼怒,当初为何要脑子昏了做那混账事。

"不过,您别着急。"柳仕有条不紊道。

牛队长跟溺水的人捞到浮木似的,一把抓住柳仕:"你有办法?"

"嗯。"柳仕点点头,"我有个办法,这两件事,可以一起解决了……"

两人身边不远处的梧桐树后,一道人影一晃而过,迅速消融进黑暗中。

第二日一早,牛家村的人纷纷得到了消息,村子一瞬间全都炸了。

"赔双倍?这可咋赔啊,老底都扒光了也赔不起啊……"阿斌他娘听后还哭天抢地,将瓷缸子"哐啷"摔到地上,见小花蹑手蹑脚准备穿过去,浑身气不打一处来,指着就骂,"你个败家婆娘,那500块钱是不是被你花光了?"

小花平日里是个不好欺负的主儿,哪能任婆婆这般指着自己,现在却是心中有鬼,瞅了眼一边的阿斌,张了张嘴,一句话没说。

阿斌他娘不晓得的是,阿斌那1000块,其实也被小花花得七七八八了。

村里吵闹的还不止这一家,家家婆媳都开始哭号,先前才有些改善的婆媳矛盾再度爆发。

男人们这次可没心思去圆融了,毕竟他们更焦头烂额。

中午时分,牛四的声音从喇叭里响了起来:"请大家速来村头结合,有事商议。"

一群人这才停了争吵,纷纷会集到村头空置场地。

倒也没个安静,一站定就开始吵起来:"凭什么让我们不是服装厂的人赔钱啊,我们把那钱还回去就行了,你们服装厂得赔偿三倍。"

众位在服装厂出力出汗的人可不干了，平日里他们多做活计还没说个啥，现在遇上事儿第一个把他们给卖了，是不是太不公平了？

两群人越吵越凶，就在他们快到动手的时候，牛队长出来了。

牛槽在众人吵闹的时候一直站在边上没吭声，在想法子呢，现下牛队长出了来，他下意识瞅了眼，发现他看上去跟昨日不大一样，竟是又恢复了往常淡定的模样。

牛槽心中一定，莫不是想到法子了？

牛队长负手站在台中央，巡视一圈众人，人群纷纷噤了声。

牛队长笑笑："大家这消息很是灵通啊，竟然这么快就晓得了。"

说罢又转向牛四："看来'活喇叭'还不止你一个。"

牛四畏缩着身子哈腰，心中直犯嘀咕：牛队长这是啥意思，在怪他们几个昨日在现场的泄露风声，敲打他们？

牛队长却没给牛四思考的时间，转念低头，微微叹了口气："说起来，这事也怪我。"

柳仕上前一步："不怪牛队长，是我的错。"

众人纷纷哗然：这还有人抢着认错？

柳仕微微抬头，目光却十分空虚，落在遥遥处，显而易见地没有瞧着众人，也不知道在想些什么。

"事情的来龙去脉是这样的……"

44. 事情的"真相"

据柳仕讲，他见到那群在安凤流浪的难民时，便同牛队长说了这事，牛队长心生怜悯，在柳仕的提议下将那批"残次品"衣物捐献给了那批难民。

难民得了衣服之后可能也不会穿，就卖了，哪知这一卖却是给他们添了乱子。

"事情的真相就是这样的。"柳仕低着头，"这事怪我，我甘愿受罚。"

牛队长一直瞧着柳仕表现，面上虽淡定非常，手上却是出了一层汗，他有些担心柳仕将他供出来，现在瞧着柳仕表现十分好，心中一块大石头总算落了地。

"你也是好心。"牛队长上前，拍拍柳仕肩膀，又巡回一圈看向台下，将众人表情一一收进眼底才叹了口气，开口，"要不，咱们给个机会让柳仕将功折罪吧。"

台下众人议论纷纷。

"他怎么将功折罪啊，这钱难道他来赔？"

"他赔得起吗？"

"赔不起也得赔。"

"怎么可能让柳先生赔钱啊！"一道尖锐的女生，在众人的附和中显得如此格格不入，跟春天的竹笋刺破地面的嫩黄。

小俏见众人看了来，使劲拉了拉小丽衣角，小丽死死咬着唇，低下头。

头一次，柳先生瞧向小丽的方向，眼中微微有些动容，很快又如冰雪般消逝。

"大家静一静。"牛队长伸手示意。

人群安静下来，纷纷看着牛队长。

"这样吧，我啊，想了个法子，勒柳仕去将那批衣服一件件收购回来，出高价，那些人穿了衣服又得了钱，理应不会不同意。这样的话，咱们就不算违背合同了。"

牛槽心中寻思着，牛队长跟柳仕倒是有几分脑子的，怪不得一夜便如此淡定。

可是，他总觉得这法子不好。

牛槽不是什么精明人，但也不笨，晓得做生意无外乎"诚信"二字。人无信则不立，若想做大做强，做出牛家村的口碑，必须要直面问题，解决甲方的损失才行。此次事件已经给陈光造成了困扰甚至是损失，如果他们钻空子免了自身的责任，只为了不赔那钱，实在是算不得什么光明人。

只是，牛槽心中也没个法子，便没在大庭广众之下提出来。

"如果大家没意见，那便这么结了。"牛队长笑呵呵地拍着柳仕肩膀，"柳先生，这次就靠你了。"

柳仕点点头，一言未发。

台下又传来一阵怯怯的声音："我们可以帮柳先生吗？"

柳仕晓得，必然又是小丽那傻姑娘，他心中只想冷笑，呵，还真傻啊，笑着笑着却又不想笑了，心跟破了个窟窿似的，冷风灌进来。他干脆紧紧抿着嘴，不说话。

小丽这话引起周围人的不满："凭什么啊，他的错凭啥子让我们承担。"

适才那群服装厂深感心寒的人逆了性子："不帮忙的话，柳先生一个人三头六臂都难在一周内要回来，到时候你们不谈赔上双倍的钱，至少得把先前分的钱要回来吧，你们舍得吗！"

众人噤声，这倒是，那钱……要不他们别有打算，要不早被挥霍一空了。

于是，零零落落有人举手要帮柳先生一起去收，很快那举起的手密密麻麻一片，占了人群的八九成。

牛队长心中其实是有些担忧的，这是他们胡诌出来的，此番他跟柳仕商议，是打算让柳仕去齐二那边，万一要是让人晓得这事，指不定得猜出来，届时他好容易维持住的名声就再也保不住了。

只是，那些货物确实都已经卖出去了，齐二还不一定肯说货源，更不可能拨人帮他们寻找，还是人手多些更靠谱。

见着牛队长忧愁的面庞，柳先生附耳说了一句话："我有法子，一个人可以了，你放心。"

说罢抬头，第一次直视众人，认认真真将这片地儿瞧了一遍，视线轻飘飘落在小丽身上，又移开了去："大家放心，我一人做事一人当，这批人的信息我有，一定能完成任务，绝不给大家添麻烦。"

"柳先生到底是柳先生，就是有本事！"众人交口称赞。

小丽一双眼紧紧瞧着柳仕，一颗心起了又落，她总觉得，今天的柳先生不同于往日，他好像在决定什么。

小丽一双粉拳握得紧紧的，一下会就去堵了柳先生。

"柳先生，你还回来吗？"

柳仕正在收拾衣服，闻言顿了顿，背影映着斑驳的窗沿，僵了半晌才继续收拾，他轻轻笑了声："开什么玩笑呢。"

忽而，背后的姑娘加快步子，上前一把抱住他的腰。

柳仕僵了僵，触电般挣脱开："你疯了，被人瞧见。"

"瞧见又怎样，我总归是要嫁你的。"小丽哭着说，"我心疼你，却又怪你，我不知道该怎么办。"

柳仕紧紧抿着唇，半晌，伸手轻轻拍了小丽肩膀："回去吧。"

小丽倔强地在原地站了半晌，终于抹着泪回去了。

牛队长见小丽背影消失才进来，瞧着小丽消失的方向笑道："她爹就这么个闺女儿，宝贝得要命，你可别惹人家。"

柳仕点点头，岔了话题："对了，牛队长，昨日我去找齐二，他令我压下一些重要物什才把钱给咱们，说什么怕货物有问题惹上事。"

"什么？"牛队长瞪大眼，还有这回事！

柳仕探寻似的："我怕这次收回那货，怕是也要受他掣肘，扣押个什么。您看……"

"不成！"

笑话，那齐二自己不守信用在先，白白得了他们衣服不给钱，要回衣服还要扣押他们重要物什？哪有这理！再说了，他万一以后不还了怎办。

"可是，我昨日打听得知，他在淮扬市是个地痞流氓，早先就是做那见不得人的勾当起家的……"

牛队长想到他那身李小龙装扮，心中越发瘆得慌，他知道柳仕说的肯定没得作假，咬牙半天也没想好给个什么质押。

当是时，柳仕出声了："牛队长，把我的党组织关系押给他吧。"

牛队长抬头瞧去。

柳仕无奈笑了笑："我孑然一身，也就这个有点分量了。"

牛队长有些迟疑，这党组织关系是上头派的，柳仕在这里安家的凭证，给了齐二这可咋整？弄丢了上头会不会治罪啊？

"您放心，便是丢了也由我承担。"柳仕低眉顺眼，"大不了以后您给我个牛家村户口，也便真成了这里的一分子。"

牛队长想到陈光咄咄逼人的模样，咬咬牙，一拍大腿："成！"

45. 消失的柳先生

农历七月的天，恰是日渐转凉时候，雷雨也是一道一道地下。

柳先生走的这天甚是孤单，村里无人相送，他一个人叫了辆驴车坐上那草垛，一路颠簸在雨后的小径上，很快离开了这小村落。

短短一段路，他走了很长时间。

走出老远时，他瞧了眼那小小的箱子，里面只有几件换洗衣服以及他的党组织关系，除此之外别无其他，可是，这也是够了。

"先生，你这是去淮扬市啊？"驴夫好奇道。

他是昨天路过牛家村时被这位先生拦下的，给了不少钱，让他捎去高山市区。他当然乐意，一早就赶来了。

柳先生点点头："是啊。"

他终于鼓起勇气看那偏远的村落，此番那鸡犬相闻隐在一丛丛水杉木后，影影绰绰像梦一般。他一时不欲回想这些年的经历，准备转过身去。忽然一道纤细的影子在眼前晃过，又像青烟般消散。

他以为自己看错了，睁大眼，果然青木处一片草色，没有任何人影的迹象。

柳先生晃晃脑袋，不再想这些事，转过身来，奔向他的另一段征程。

牛队长家，牛五小声问道："柳先生这是不来了吗？"

牛队长正在喝粥，慢悠悠敲碎一个咸鸭蛋，蛋黄流了一桌子油，他将那口子对准嘴，一吸，满口留香："胡说，来呢。"

牛五乖巧"哦"了声，又转头道："可他昨日将我书本后面的重点都画了，还跟我说以后要好好学习。"

牛队长戳着那鸡蛋呆愣了片刻，将鸡蛋放下，凑了过来："哪里？"

于是，牛五便将那书本上的重点给牛队长看。

果然，书本最后一页都画上了横线，还写了注意事项。

牛队长一颗心点点沉了下去，猛地起身，直奔那间低矮的小房间而去。他急急地伸手推门，伸到一半察觉有什么不对劲，直到门"吱呀"一声开了，牛队长孤零零站在黑黢黢的房中，他才想明白哪里不对劲。

柳仕的门，竟然没锁？

一个出门几天的人，竟然不锁门？

不锁门就两个可能，第一个是忘了，第二个是，不打算回来了。

牛队长的视野逐渐适应了阴暗，他巡视一圈，见房中东西都好好地在，什么衣服被褥，还有一些生活用品，都没有少，牛队长心中微微松了口气，可能真的是忘了关门。他准备转身出去，晃眼而过墙面的瞬间，他忽然定住了。

那里，柳先生一直挂着的奖状不见了。

那是他国中时在省城参加比赛的金奖，省政府亲手给他发的，他一直当宝贝般挂着。牛队长自个儿也总是指着那奖状给牛五敲打，让他引以为榜样，多多学习。

可是，现下，那奖状竟是不见了！

牛队长双腿一虚，坐在了地上。

却说陈光那边一边同江太太道歉弥补，一边通过货源查到了齐二那里，晓得同他争抢市场的是淮扬市的齐二，心中十分恼怒，想约齐二见面。齐二却不搭理他，他晓得肯定会因为这事儿得罪人，只是他俩一个高山市，一个淮扬市，山高皇帝远的，谁怕谁啊。

"撕了，什么请柬，不去。"齐二瞧着送过来的陈光的请柬，看都不看一眼，勒令手下人将那请柬给撕了。

笑话，他如何去参加这种"鸿门宴"，自己找死吗？

他抢那批旗袍以前可不晓得要这批旗袍的人是陈光，他要是晓得可不敢，毕竟陈光虽是高山市的，却家族背景甚大，自个儿还是留学海外归来的，人脉广，能力强，他可得罪不起。

"不成，不能撕。"一道清朗的声音响起。

齐二转身朝着来人瞧去："哟，安顿好啦。"

柳先生点点头："多谢齐先生照应，那知青办……"

齐二没等柳先生说完，挥挥手，挑眉道："大家互帮互助，别整这些虚的，你倒是说说，如何不能撕？"

柳先生低头笑笑："我之前来便同您说过，这次事情，陈光最大的迁怒对象必然是牛家村的人。"

"那你说如何？"

柳先生如此这般与齐二讲了一通，齐二一双眼睁大，眯缝，再睁大，最后完成两个月牙，他笑着指着柳先生："你啊。"

柳先生笑着低头，看着那双粗糙而黝黑的手，之前那手不是这样的，洁白修长，一瞧便是读书人。可这些年，他当牛做马，丢了尊严，到底什么样？怕是，连他自己都不识得了。

他恨牛家村。

虽说，他被下放到牛家村不是牛家村选的，可人便是如此，那些高的远的够不着，恨的便是眼前直白给他带来苦难的。

他有那般高远的抱负，可都在那漫天猪屎鸡屎味中腐烂了。

他想逃离那里，每一时每一刻。

因此，在瞧见合同中陈光那句"乙方不得先于甲方供货给第三方，若由此造成损失，赔偿合同款项双倍金额，并因此承担相应责任"，他便想好了这一系列后续。

齐二，本身便是他招来的。

后续的一系列发展，也从来在他的掌控之中。

从来不是他神机妙算，而是人性如此，这些年世态炎凉，他见多了。

齐二那般的人，不给钱，也在他的计算当中。包括后面跟齐二要回货物的事情，也是瞎诌来骗牛队长的，其实，他根本就没想过再回牛家村。

认错又如何，他们恨他又如何，能走就好了。

"你这人啊，真是……"齐二笑着摇头。

柳仕毕恭毕敬："我这人如何不重要，重要的是您火眼金睛，会识人用人。"

齐二被柳仕逗得哈哈大笑，室内一片喜色。

另一边，牛家村却没有这般的开怀，人人愁眉苦脸，因为已经到第六天了，柳先生还没回来。

牛队长最初几天还出来稳稳军心，后来他干脆闭门不出，再也见不着人了。

牛槽急得团团转，一群人逮不到牛队长便去他家门口堵着，问柳先生怎么样，牛槽晓得他们担心要赔钱，可他难道不担心吗？只是，这事儿从头到尾他都一头雾水，完全不清楚来龙去脉。

人多堵着小琴，不得清净，牛槽怕她动了胎气，又什么先兆流产，于是在陈光约定来的前一天使命儿敲响了牛队长家门。

小五机灵，知道他爸不愿见人，来人时都一口咬定牛队长不在家，但此番从门缝瞧见是牛槽赶紧拉了进来。

牛槽着急，牛五却比他还着急，没站稳便被这小娃娃拖得一个踉跄。牛槽稳住心神，好在没摔下，低头时却见牛五一双眼蓄满了泪："牛槽哥，我爸，我爸不知怎么了，你去看看吧？"

46. 濒临家破的牛家村

牛槽没想到牛队长竟然病得这般重。

牛五将牛槽领进房间时，牛队长正蜡黄着一张脸准备从床头拿水喝，可由于身子虚，他爬起来艰难，竟是连人带被子一起滚到了地上。

牛槽赶紧上去将牛队长扶起来。

"你妈呢？"牛槽问小五。

小五抹了把泪："我妈回我外婆家了。"

牛槽想了想，确实好些天没见着牛队长他老婆了。他将牛队长小心扶着坐起来，给水杯重新倒上水，端到牛队长唇边，小心喂牛队长喝。

待那干裂的唇终于被润了一遭，牛队长才觉得自己活了过来，他抬起青紫的眼皮瞧向牛槽："牛槽啊，这些天，就指着你了……"

牛队长气若游丝道。

牛槽心绪复杂，他觉得现在的牛队长跟秋天的飞蛾似的，扑腾不起来了。往日里，他可是一只雄鹰啊。

"没事，您好好养病吧。"牛槽安慰道。

于是，牛队长闭上眼，张了张干裂的唇，喃喃道："我没想到啊，没想到那柳仕竟然骗我……"

牛槽算是明白了，他们的猜测原是真的，柳仕怕是回不来了。

他喉咙里的话绕了几个来回，见牛队长干枯的脸又咽了下去。罢了，他回去想想办法吧。

房间很快静下来，待那抹矮壮的身影消失，牛队长睁开干枯的眼，死鱼般的状态却是不复存在了，那眼神神采奕奕的。

"爸，你没事了？"小五惊讶道。

"这两天别出门。"牛队长说出这话又开始咳嗽。

没事？怎么可能没事，他可是饿了好些天，还用冷水洗了澡，好好地硬是将一副好身体弄病了。

小五也不晓得他爸到底什么情况，见状不敢问话了，赶紧上去拍了拍。

那边牛槽出了门去，远远瞧见家门口还是围了一群人，头颇大，可现在牛队长这般模样，他又不可能真的撒手不管。如果没有人撑着，明天陈光来岂不是要乱套了。

想到这里，牛槽硬着头皮上前："大家静一静，听我说。"

众人见牛槽回来了，一股脑儿涌过来："怎么说？牛队长见着了吗？柳仕呢，柳仕是不是跑了？"

牛槽没回答众人，而是往旁边站了站，示意众人离他家远些，人员便以牛槽为中心，绕成一个圈子，紧紧盯着牛槽，生怕他也跑了。

"回去，把先前发的钱准备准备，不够的自己掏钱凑。"

此言一出，众人哗然。

"怎么可能，那是咱们的财产。"阿斌他娘发出一声尖叫。

剩下的人以女人为主，个个都十分不乐意，义愤填膺的，男人们虽沉默不语，却也十分不高兴。

牛槽静静瞧着众人，也没说话，待他们一个个说累了，才开口继续："你们可以不还，但后果得自己承担。"

陈光的权势，他是知道些的。

在陈光出了这档子事后，小叮当爸爸便写了信来透露了风声。这事归根到底是小叮当妈妈揽来的，虽说最初是好意，可谁也没想到事情会发展到这个地步。小叮当一家能力有限，唯一能做的便是让牛槽好生顺着陈光，别惹他生气。

"你把话说清楚些吧！"人们见牛槽准备走，一把拉住他。

"没什么，话已至此，你们听不听都可。"

"你怎么这么说话？"有人指着牛槽，"这事可是因你而起！"

纵然牛槽有颗木头心，这次也被气笑了，因他而起？

牛槽回头瞧了那人一眼："可以吧，因我而起，那你将你全家收到的钱给我，成吧？"

那人被反将一军，噤了声。众人心道牛槽一张嘴什么时候这般厉害了，也没多话了，瞧着牛槽穿过人群回了家。人群在原地聚了半晌，也纷纷回了去。

这一夜，牛家村人一夜无眠。他们想好了，总归他们人多势众，就算那陈光要来，他们也完全可以用人数压制。

因此，牛家村的壮汉一早便纷纷扛着铁锹站在了牛家村村口，明明无人组织，却是悉数响应。

牛槽也是一宿没睡，想着如何处理这事儿，故而早上贪睡片刻，起得晚了些，出门见着村头这乌压压的一片，浑身气不打一处来：这帮人不知道这样会激怒人家吗？

"你们赶紧散了……"

却是已经赶不及了，说时迟那时快，只见人群从前到后倒了一大片，牛槽一口气没喘上来，顿在原地眼睁睁瞧着从那群倒下去的人身上踏过一群穿得笔挺的人。

那群人开出一条道，陈光从人群中走出来。

见着牛槽，他脸上浮现出一丝怒意："这就是你们牛家村的待客之道？"

牛槽百口莫辩，陈光定然误会是他让众人这般的。

陈光也不打算听牛槽说些什么，指挥着众人便开始挨家挨户地抄家。

陈光此番带了许多人，浩浩荡荡站了两车，个个儿都一身劲装，精干魁梧，瞧着便是练家子。看来，他是有备而来的。

牛槽心中懊悔，他就不该睡那懒觉！

"你们作甚啊？"很快，满村响起女人们的大呼小叫声。

有些大姑娘小媳妇还在睡觉哩，青天白日被人闯进了闺房，吃的喝的用的都被人端抢走了，可她们哪有胆子阻止，只愣愣躲在被窝里发抖。

很快，牛家村就被洗劫一空了。陈光令人将这些家当往卡车上搬，就当着众位牛家村人的面。

"造孽啊……这是作甚啊……"阿斌老娘哭天抢地地跪在人群中。

当然，妇人里可不止一个哭的，个个儿都在那儿抹泪。

小五也一身凌乱地从家中跑出来："他们，他们抢了我娘的镯子，那可是我娘的嫁妆啊……"

牛槽别过眼去，心中不免难受，唯庆幸昨日他怕今天有事端，让老爹老娘带着小琴去了姐姐家。

他家中那些东西倒是没被抢,因为他一开始便已当着众人面将那钱给了陈光。

只是,让他失望的是,没人学他。

陈光见他态度还可,倒没多说什么,却也是没消气,冷哼一声便不再睬他。牛槽却不放弃,一直跟着陈光。

直到牛家村人号得没力气了,陈光才冷幽幽瞥了眼众人:"跟你们那窝囊废队长说一声,欠的钱,我会跟你们供销社反应,从你们日后分配的生活物资里克扣。"

本来还在庆幸好歹留下那钱的牛家村众人一听,脚一软,跪倒在了地上,有些妇道人家复又哭了起来,男人们则火气"咻"地上来,抄起家伙又想上,结果被陈光身边那群人唬住了。

陈光淡淡瞥了一圈牛家村众人,大踏步离去。打开车门的时候,他定住了,转身瞧着跟上来的牛槽。

"牛厂长,您还有什么吩咐?"陈光讽刺。

牛槽也不着急,宽矮的身形跟泰山般稳:"两分钟。"

"嗯?"

"给我两分钟。"牛槽伸出两个手指。

47."我能解决你的问题,还能给你赚钱"

陈光想,两分钟就两分钟吧,他还不信他能倒腾出什么花样来。

于是,陈光往后挪动了两步,离人群远些,他被吵得头疼,倒不是真的想听牛槽说什么。

"你说。"陈光在老槐树前站定,伸手看了看腕表,"现在可已经过了一分钟啊。"

"没事,就一句话。"牛槽瞧着他,眼神丝毫不带闪躲。

陈光挑眉,听那一句话。

"我可以帮你摆平遇到的问题,同时,还能帮你再大赚一笔,结交更多人脉。"牛槽说这话时脸不红气不喘,连语速都没变过,跟问陈光什么时候吃饭似的。

说完他也不再说旁的,就这么定定瞧着陈光,等他反应。

陈光这短短一生至今也是见过不少人,这般稳如泰山的,他见过,只是那些人要不手握重权,要不家缠万贯,由物倚傍在身方才养成如斯个

性，如眼前这位，不过一名乡野村夫，虽是得了个小小的厂长之名，可工作之余还在种田干活的，他还真是没见过。

因此，陈光愣了愣。

很久之前，一位他很敬重的夫子同他说过一句话，大意是，一个天生贫穷落魄的人如果拥有不该他这般经历该有的气度魄力，那么，此人以后必然会拥有与之匹配的地位。

陈光一直记得这话，早先他是很不屑的，但今日，莫名地，他信了。

"成。"陈光出口这话，抬手朝那群带来的人挥挥手，"你们帮他们把这些东西抬出来。"

于是，那群人又鱼贯有序地将牛家村搬出来的家当搬下了车。那群瘫着的人见状个个儿来了精神，又抖擞地站起来，纷纷哄抢似的上前将自家的家当夺走。

"这是我的……"

"我家的，上好的茶壶，我爸在县城买的。"

"你碰坏了俺家的脸盆，掉漆了，你赔！"

"你瞎了狗眼啊，哪里是我碰的，本来就是坏的。"

人群乱成一团，适才还一致对外的状况瞬间就变了。陈光嘴边浮起一抹笑，似清风不屑杂草的招摇。

牛槽晓得家乡人一贯如此，也不是一日能变的，他倒没什么感觉，对于陈光的笑也当作没看见。

"我需要同您回去，还是我做出成品给您瞧。"牛槽直击问题的根本。

陈光皱了皱眉："你同我走吧。"

倒不是怕牛槽跑了，他跑不掉，至少在高山市，牛槽一家绝对是插翅难飞的，只是牛槽的许诺于他来说太过难以实现，他不相信，倒是好奇这木头疙瘩如何圆了他吹的牛皮。

这倒也正中牛槽下怀，他想好好施展开确实光有手艺不够，还得观摩观摩。

好功夫不如好花样，尤其是那些个女人家，恁是喜欢不一般的别致花样，要是他那土眼光碍了人家的眼，届时吃力不讨好，便是搬起石头砸自己的脚了。

牛槽心道，只是有些不大舍得小琴。

故此，牛槽回了陈光立下同他走的建议，转身去了姐姐家，他得跟小琴知会声。

午后，陈光一行人又浩浩荡荡地走了，牛队长扒着窗帘瞧外头，见村头路径上还剩些垃圾，是村民们踩坏的不要的家当。

牛队长关上窗帘，转身坐在太师椅上，面上的光或明或暗，影影绰绰。

很快，小五回了来，见爸爸起身，赶紧过来搀扶。牛队长一把甩开小五，撑着桌面问道："他怎么又走了？"

小五于是一五一十地将过程给牛队长说了。

牛队长于是又"哐"地从椅子上起身，自言自语道："他只说了一句话？他说了什么。"

小五挠挠头："好像是说能给陈光解决，还能给他赚钱。"

"能解决陈光的问题，还能给他赚钱？"牛队长喃喃，这牛槽讲大话呢吧！

管他的，只要解了牛家村此时的燃眉之急便可，他管牛槽如何应对，总归，现下那事儿成了他一个人的。

牛队长心中的担子彻底落下，那折腾出来的病也神奇得好了个利索。牛槽次日走时，他连喝了三碗粥，已经能撑着门框给牛槽叮嘱道别了。

"此番，有难处跟我讲。"牛队长到底是说了句真心实意的。

牛槽挥挥手，背上包裹转了身去。

不远处，小琴挺着几个月的肚子，遥遥相望送别。

想到昨夜牛槽承诺她，不管待多久，每周定然会回来一趟。她并没有吱声，倒不是不想，只是她怕他累着，便没说什么了。回或者不回，随他方便吧！若她随了小花爱作爱闹的性子倒也罢了，可她偏不是，不过，她并不怨恨自己的性子，她只是觉得有些难受。

牛槽走了许久时偶然回头，才发现小琴的身影还在，心中不免有些闷，脚步子顿了片刻，咬咬牙又继续往前走。

不碍事，他很快就能回来。

一东一西，一走一看，就这般，这对新婚小夫妻有了人生第一次别离。

那会儿他们都以为不会分开太久，但不知这一走竟是断断续续走了好几个月，待到冬雪纷纷，小琴生了那天，牛槽才顶着风雪一头扎进这小小的牛家村。

彼时，他那粉雕玉琢的大姑娘已经停止了啼哭，睁着一双滴溜溜的小眼望着窗外雪景了。牛槽心中又惊又奇，伸出粗糙的手与她粉嫩的小拳头碰了碰，窗外的雪好似化了，软成了一摊水淌进他的心。

当然，那已经是后话了，此番的牛槽怀着对未知的迷茫，心中满是

忐忑。

说回陈光，虽是应了牛槽过来，却并不十分信任他，尤其是想到与齐二的会面，临窗伫立半晌，直待秘书告诉他，牛槽安顿好了才回过神来。

"你说，这牛槽可信吗？"陈光托着下巴。

秘书不敢多说什么，生怕耽误陈光判断，只意有所指："那齐二，我调查过，口碑不大好。"

"哦？"陈光歪头。

"至于那柳先生，原先我们去牛家村瞧着他是在牛队长身边的，现在也不知为何，去了齐二身边。"

陈光眯眼，他记得同齐二会面时，柳先生在门口等着，当时没细想，现在被秘书这么一提醒，倒是有些诧异。

"柳先生？"陈光反问。

秘书点头："他是个知青，该在牛家村的，但现在，党组织关系转到了淮安市。"

陈光眼睛忽地睁开了，转头大踏步出门："走，带我去见一下那个牛槽吧。"

48. 我有老婆，都当爹了！

一座颇具江南风格的廊檐小屋外，一位穿着青衫黑裤的顾长身影站在走廊边，对面是个戴着墨镜的男人。

那顾长身影本该是个芝兰玉树的人，这时却低着脑袋，被对面那个略矮小的身影训斥。

"你这计划得不对啊，让我将这锅甩给牛家村，可那牛槽为什么跑到陈光这里来了？"齐二得知牛槽到陈光处的消息后越想越担心，拉着柳仕出来就是一通训斥。

先前齐二听了柳仕的建议，应了那"鸿门"之约，会上一把鼻涕一把泪，说道是那牛家村的人巧舌如簧，拉他去做那生意，还道手上这批货物被大人物看上了，先于大人物贩入市场绝对能卖出高价，大赚一笔。他耳根子软，便咬牙以单件60块的价格买了那袍子500件，还自己给了布料钱。哪里晓得，竟然害得陈光经此挫折，实在歉意。

齐二这人一张嘴皮子生得利索，又兼柳先生这个幕僚脑瓜子好用，两人前后一番圆融，陈光还真信了，尤其是他得知牛家村同齐二的交易价格恰恰比他高出那么些许，以为是牛家村的人有了对照，愆是故意的。

后来再瞧着柳先生提供的牛家村分账单，便以为是整个村子使诈，气不打一处来，这才有了先前搬空牛家村家当那一幕。

"你说，现在什么情况？"齐二喝道，"万一那陈光要是将枪头对准我，你来负责啊！"

柳先生微微低头，可后背却依旧笔直挺着。齐二瞧着不爽，使劲儿在柳先生膝盖上踹了下。

"我告诉你，那知青办虽说接了你的档案，可要转回去就转，你给我小心点。"

柳先生吃痛，却又没言语，一点声音都没发出来。

另一边，陈光跟牛槽会面后倒也没多废话，跷着二郎腿大喇喇地坐在椅子上，瞧着牛槽淡定收拾房间，心道，"嘿，还在跟我拼耐心？看看谁拼得过谁"。

于是，陈光就这般跟牛槽坐了会儿，两人将将这般到下午3点将休，还是秘书过来问陈光晚上同江太太的会面如何，陈光才终于认输。

"你也听到了。"陈光直勾勾瞧着牛槽，"下午6点。"

这个江太太丈夫是省会城市金陵商务局局长的夫人，关系体态很大，无论是他还是他父亲，往后做生意还得仰仗人家。退一万步讲，便是不指望人家帮忙干些什么，却万是不能得罪人家的。宁当路人不结仇，这是陈光一贯的原则。

此番，他倒也不指望江太太同他能有个什么好结局，却是让人家把他陈光当个还算客套的陌生人，往后不为难便可了。于是，他才如此三番四次低声下气地邀约的。

原本，他是想用自个儿的诚意化了江太太的怒气，但今日他却忽而改了主意，打算带着牛槽去。

"你去是不去？"陈光问。

牛槽正好扫完最后一块地，将拖把洗干净，准备拖。

陈光瞧着打扫家务瞧了一下午，早烦了，玩笑道："你这是在家被俩婆娘欺负惯了？"

牛槽终于开口了，却不是接了他这话，而是回了上一句："去。"

陈光都被气笑了，这人还真有意思，说他笨吧，倒是不笨，说他精吧，也谈不上精明，不知道那方正的木头脑袋里搁了些啥。

"成，去就去吧，我可告诉你，那江太太不是个好相与的。"陈光起身拍了拍屁股，从牛槽的扫把上跳过去，临出门补了句，"准备下吧。"

说罢便走人了,他却是不信,牛槽还真能准备出个什么来。

下午4点多,牛槽将门锁了出了门去,什么都没带,就这么挨家挨户在卖衣服的店铺逛了起来。

小贩以为他是给心仪的姑娘买,拣着好看的介绍。

"瞧瞧,咱们这店儿啊,啥都有,这花衬衫襟子、小脚裤管、方便装饰的假领子,还有这个大尖领子裙子……"

"现在女士,都喜欢穿个啥样儿的啊?"牛槽瞧了一圈儿,没瞧见什么眼前一亮的。

"喜欢啥样儿?"小贩挠挠头,他还真没调查过现在女孩子喜欢啥样儿,再说了,能有啥样儿,无外乎就是那些个衣服啊,老人小姑娘喜好又不一样。

牛槽转了半响:"你们这儿好像色彩都暗了些。"

几乎都是以蓝黑灰为主,便是彩色的,也是暗彩色。

"且较为宽大。"牛槽点评。

小贩好奇:"这,不都是这些款子吗?"

姑娘们顶多买件白裙子穿穿,上面纹上一朵花儿,顶美了。

牛槽摇摇头,出了门去。

此后又见了几家店,小贩们无不载兴欢迎,败兴赶客,牛槽在不大的市中心逛了几遍,没见着什么感兴趣的,却也没什么失落的情绪,埋头扎进了一家面店。

吃面时,他刻意选的临街的,吃面时就可瞧着路过的形形色色的人群。

"客官,要馄饨还是阳春面啊?"店小二肩膀上搭着个白色的布襟,热情招呼。

牛槽瞧了眼墙上贴着的价格表:"哪个便宜来哪个。"

"好嘞。"小二也不冷眼,很快端了一碗阳春面过来。

高山市人爱吃阳春面,高山市的阳春面尤其好吃,先调好酱油汁儿,再舀上一勺洁白的猪油渣,灌上开水,待那面汤儿发着油亮的光后撒上两把葱花,再将过了冷水的龙须细面,往里一放,那劲道混着酱香味儿,能惹人口水流下好几尺。

牛槽今日劳作一天,吃了两碗将休,当然,吃的时候也没闲着,眼睛直勾勾瞧着路过的漂亮女人们。

店小二来收碗时贼兮兮瞧着牛槽:"看大姑娘啊。"

牛槽闷闷掏出钱,放在桌上。

店小二嘻嘻道："您这模样，怕是有些难啊。"

本来没准备说话的牛槽闻言心中那牛劲儿上来了，回头哞哞道："我有老婆，都当爹了。"

语气还是那语气，波澜不惊的，店小二却觉得这位客人满嘴都是炫耀的意味儿。

"哼，讨老婆了不起，还不是直勾勾瞧着人大姑娘。"店小二不屑道。

店小二倒是没冤枉牛槽，他还真直勾勾瞅着人大姑娘哩。

49. 你有什么法子给我争回颜面？

这次会面陈光没想带多少人，便开了一辆车，牛槽同他坐一起。

车内空间狭窄，牛槽一身面味儿到处都是，陈光受不了，开了车窗透气，责怪："你这是还跑去吃了一顿？"

还怕我饿死你不成？

牛槽闷闷解释："待会儿我就不吃了，有正事。"

陈光瞬间便明白牛槽什么意思，瞧着他的眼神不大一般了，他还真是得高看他一眼，是个有分寸的。

牛槽却被陈光那眼神影响到自个儿情绪，正好利用开了的车窗继续瞧。

陈光端详了会儿，以为他在瞧风景，便没说什么。直到到了金陵饭店，牛槽更是肆无忌惮地看着身边经过的每一位女士，尤其是远远见着江太太，那眼睛跟钩子似的，将将要将江太太勾过来似的，陈光方才觉得他过分，猛地一拍他脑袋："收敛点。"

牛槽"嗯"了声，眼神的钩子收了回去，却依旧没停，继续盯着江太太瞧。

江太太老远察觉到一道目光盯着她，临了才发现是陈光身边那人，上下打量了牛槽一眼，眼神颇不屑。牛槽瞧了个遍，忽而就跟停了的瓢泼大雨似的，瞬间当空就放晴了。

江太太不疑有他，觉得大约是自个儿魅力非凡，毕竟她的美貌和时尚是出了名的。

今日相约，她穿了一身的淡白色系的确良工装：上身是翻领的衬衫，腰间用一条深色镶边儿布条子收了，衬得纤腰盈盈一握，下面是一条阔腿裤，显得腿异常纤长。笼统瞧去整个人仙气儿又洒脱，精神又妩媚，一溜儿挺括滑爽，夺目惹人。

她晓得自个儿吸引人，这一身的确良国内是没有的，她托同学从海外

运回来，好不容易做了这么一身。

　　这些日子，她花了更大手笔购置服装，见着什么人都要穿得漂亮，便是因为眼前这人。故而，在瞧着眼前人惊艳的眼光后，江太太很快便不再开心，撇了撇嘴坐下："说吧，你要如何给我争回颜面？"

　　没错了，陈光便是以这个理由才将江太太约出来的，否则，她根本不屑搭理他。

　　江太太是什么都不缺的，丈夫有权，家族有钱，她从来就是个花瓶，看似是个无用的摆设，实则是圆融家族最光亮的牌子，是标榜尊贵的最显眼的那道标签。这个丈夫，其实也是她这般得来的。

　　她从来晓得自己的价值，也乐于利用。

　　于她看来，从来没有什么仇人朋友，好人坏人，能利用方为友尔。

　　江太太抛出这话便撑双手托着下巴，用一双盈盈的眼瞧着两人，陈光被她瞧得有些不大好意思，倒是牛槽，先行在旁边坐下了。

　　"江太太，抱歉。"

　　江太太闻到一股阳春面的味儿，这味道出现在这高档的餐厅令她有些不适，微微皱了眉，却礼貌没动，瞧着牛槽："哦？"

　　陈光这才坐下，顺着牛槽的话讲了下去。

　　"您有所不知啊，您先前那衣服，便是他做的。"

　　江太太诧异地直起身，重新上下打量了一番这位四肢粗短，形体不佳的男人。

　　"后来，他们村为了钱将那货物又给了齐二，才有了这般的结果。"

　　"齐二？"牛槽转头看向陈光。

　　陈光却不晓得他为什么这眼神，也不打算在这时候关心牛槽，继续同江太太道："所以，同我真的无关。"

　　江太太可不管，她又不认识什么齐二什么牛家村，只道是识得陈光，这事儿他做得不稳妥，自然是要承了她的怨气。因此，江太太直接无视了陈光，将目光投在牛槽身上，轻飘飘地意有所指："衣服倒是不错，就是人不行。"

　　牛槽面上一动不动的，好似压根儿没为她这话起什么波澜，连刚才听到齐二名字的讶异都淡去了。

　　适时服务员过来了，托着托盘，给三人一人一杯水。

　　陈光识趣点了最好的西餐和西点，想给牛槽也来一份，被制止了。

　　"不用，我喝水便可。"

"还是吃点吧？"陈光心中对牛槽又多了分赞许。

牛槽摇头，笃定看着江太太："我可以做一件好看的衣服，让您争回颜面。"

江太太正悠悠端起茶杯喝水，朱唇点点碰上那杯沿后放下，那杯再映入视野时，杯沿留下一抿鲜红色的印章。

"牛先生这是开玩笑？"虽是这么问，其实江太太还是没有全然质疑的，毕竟牛槽能做出先前那袍子就足以证明能力。

只是，一件衣服先声夺人从来看的不是做工和料子，那些只是徒有其表。一件衣服真的能闪耀四方，在于它的设计，在于它同穿衣人的契合度。这，才是灵魂。

先前那袍子确实是适合她的，所以她才会选择它参加晚宴，可江太太觉得，那是牛槽瞎猫撞上死耗子，并无可能再复制一件，甚至是更好的。

当然，何止江太太不信，陈光也是不信的。

江太太何许人，出入光鲜场合，身边都是上流人物，人家什么没见过？更别说，人家还是在时尚圈子里打滚的，瞧见的新鲜事物能将眼睛看花，哪里能是牛槽这个山野村夫能够琢磨到喜好的。

不过，于他来说也是无碍倒是了，他本身便是想带牛槽这个始作俑者过来让江太太消消气的，牛槽此番拿出诚意好好表现更是中他下怀，总归江太太不会怨他了。

牛槽这人大智若愚，瞧得出这两人都不信他的"大话"，却也不辩解，只问了句莫名的话："江太太近期可有什么活动？"

江太太轻轻蹙起如烟颦眉，两天后她倒是正好有一场聚会，还是大学同学的聚会。

"两天后。"江太太如实道。

"什么类型的？"

陈光伸脚在桌底踩了牛槽一脚，问这么细致作甚，也不怕人家女士觉得受到冒犯！

牛槽却真跟个木头人似的，丝毫不觉得疼，甚至脚都没挪："我帮您再做一件衣服。"

陈光不可置信地瞧着牛槽，跟听了个笑话似的，牛槽脸上却丝毫没有波澜，一点表情变化都没有。

一顿饭很快结束，心中跟揣了一只猫似的，陈光见江太太的车走远，一把拉着牛槽朝巷角走去。

50. "见不得人"的新衣

"你要用这两天给她做件衣服?"陈光不可置信地看着牛槽。

路过的人纷纷朝两人看了过来,陈光怕人说道闲话,扯着牛槽进了车子。车内空间狭窄,夏末还有余威,陈光只觉浑身燥热,烦躁异常,狠狠扯了扯领带。

"有什么问题吗?"牛槽问。

陈光被气得不轻,他是想带他来当出气筒,转移江太太的注意,不是想再给江太太一次发怒的理由啊。万一要是做的衣服不合江太太意,或者再次害她被人嘲笑,那他前期低声下气的道歉就完全没有了意义。

现在需要做的,是让她淡忘那些记忆,而不是加深她的情绪!

牛槽却不懂心理学跟商业上那一套,他比较耿,认为解铃还须系铃人,既然害人家出丑一次,那么必然要再让她光辉一次,两相扯平便可。

"扯平?"陈光气不打一处来地指着牛槽,"你晓得她那些同学都是些什么人吗?"

莫不成,还能是牛家村旮儿边那些在泥巴墙里一起吸鼻涕的光屁蛋子?

陈光却是不晓得,牛槽连在泥巴墙里一起吸鼻涕的光屁蛋子朋友都没有,他压根就没上过学,只跟着识字的老人学了几个字。

"什么人?"牛槽面无表情地问。

"你!"陈光指着牛槽,忍了半晌,终于认命地叹了口气,给牛槽讲了情况,"那江太太是巴黎某时装专业毕业的,还受邀去过时装周,她的大学同学非富即贵,可说是在国际上见过世面的一群人。"

车窗开着,窗外的风"呼呼"往车内灌,陈光抱胳膊瞧着牛槽,还以为至少能在他脸上瞧到些许诧异或者担忧,哪知什么情绪都没有。

"你就不担心?"

"担心。"牛槽老实道。

陈光拍手,他就说嘛,他怎么可能如表现出来的那般,显得他才是那个没见过世面的。心中扳回些颜面的陈光觉得舒坦些了,哪知牛槽又说了句。

"担心有啥用。"

陈光拍到一半的手默默放下了,成,貌似,大约,跟牛槽在一起,他还真是更像那个没见过世面的。

接下来两天，陈光更是验证了这个想法。

牛槽回去后跟陈光要了几个布料以及包括缝纫机在内的一系列缝纫工具，陈光一个不落地给牛槽置备齐了，完了探头想看看他准备搞个啥，哪知牛槽"哐"的一声将门给关了，陈光摸着被震抖的鼻子，恶狠狠地推门，却发现门被牛槽从里面给闩上了，陈光在门外踱步半响，心道："我还不信你不开门，饿不死你！"

结果，牛槽还真到下午2点都没吱声。

这下子，牛槽就算不怕饿死，陈光也要怕他饿死，毕竟这位大爷夸下海口，现在指着他自己填了呢，不然那汪洋恣意不得把他陈光淹死不成。

陈光灰溜溜地让人去当地最有名的"江南春"酒楼买了上好的大煮干丝、红烧蹄髈、熏烧、蒲包肉……满满当当整了小半桌子，放在一个篮子里，端端正正摆在牛槽家门口。

放好后陈光还吆喝了几声："牛槽，吃饭了哈。"

牛槽一开始不搭理，后来不耐烦"嗯"了声，却一直没见出来，陈光实在是熬不住才走，直待下晚，秘书才派人同陈光汇报："吃了。"

陈光心中一颗石头放了下去，可算是吃了，这位大爷，他真怕他把自个儿给饿死。

"陈总，您也赶紧吃了吧。"秘书小声提醒。

陈光停下来回踱着的步子，回头瞧了瞧，这才发现自己竟也是到现在没吃饭。他坐在饭桌边，胡乱塞着，一通风卷残云，很快将吃食扫荡一空。

完了又踱步去牛槽房间门口，却见房中灯一直亮着，陈光又是等到半夜，上下眼皮打架才禁不住劝，被秘书架回了房间。

第二日睡到日上三竿才起，陈光一个骨碌起身就去瞧牛槽，结果今日又是同昨日一致，依旧是大门不出二门不迈，下晚时才吃了一顿饭。

"他这，昨天没睡？"陈光不可思议地指着牛槽窗户。

秘书点点头："应该是没，听看守的人说，灯一直到早上才熄，熄了后他又要了痰盂，然后吃了早饭，开始往门外扔废弃的料子。"

陈光瞧着一地狼藉真想骂娘，好家伙，连撒尿都没出来，太狠了。

非常狠的牛槽在第三日清晨，鸡叫声刚起时，端端正正坐在了街角小摊贩边。

"哟，今日还来吃阳春面瞧大姑娘啊，不怕自家母老虎啊。"小二逗笑他。

143

牛槽瞧着瓷缸中乳白色的豆浆氤氲着热气，旁边大铁锅"滋滋"的油面上架着一排金黄嘎嘣脆的油条，咽了口吐沫："不要阳春面，要一碗豆浆，两根油条，再来一碗酱油馄饨，盖个煎鸡蛋。"

"好嘞！"小二搭着白布襟去准备。

陈光颠儿颠儿地过来时，牛槽正淡定喝完最后一口豆浆，擦了擦口，心满意足地起身，转身见陈光淡淡道了声"早"。

陈光有些尴尬，他还以为他跑了，现下还真是以小人之心度君子之腹了。

想起什么似的，陈光热情地将牛槽掏钱的手推了回去，替他将这顿早餐钱付了。

"不必。"牛槽拒绝。

"那……"陈光其实是小恩小惠想问那衣服来着，现下被拒绝了早餐钱都不好意思问了。

牛槽不是弯弯绕绕的人，直直道出进展，缓了陈光那颗焦躁的心："好了。"

说罢也没等陈光，径直往前走去，走了半晌才发现陈光落在后面没动，牛槽转身好奇看了眼，只见陈光在原地讷讷着嘴："好了？什么好了。"

"衣服好了。"于是，牛槽又强调了一句。

陈光这下子才跟忽而回过魂来似的："好了？快，快带我去瞧瞧。"

说罢不由分说地拉着牛槽往他住的地方跑，牛槽从来没想到陈光这看似文弱书生样的人竟然如此有力气，能将他这农家人拉着走老远，一路到门口将休。

"走啊，愣着干啥？"陈光指着门让牛槽开。

牛槽站在原地没做声。

陈光晓得他反应慢，但没想到他反应这么慢，有时候真怕牛槽莫不是个傻子。他也等不及了，伸手招呼秘书拿备用钥匙开门。

秘书双手一摊，指着牛槽："被牛先生抢走了。"

陈光一头问号地瞧着牛槽："你抢那备用钥匙作甚？一没值钱家当，二不是漂亮姑娘。"

"我怕你偷看我衣服。"牛槽紧紧捂住放钥匙的口袋，"先前不就是款式泄了才惹来事端吗？"

牛槽闷闷解释。

陈光闻言一个趔趄，这个说法，好，很好。

看来，他真得敲开牛槽脑子好好瞅瞅！

51. 惊艳四座的江太太

无论陈光如何说道，牛槽就是捂着那钥匙不肯给，两人僵持到下午将休。

陈光也放弃挣扎了，双手一摊："这万一要是江太太不满意，我可连给你替换衣服的空间都没有啊！"

说起来，陈光也没那本事找到好看衣服。

这高山市的服装市场如何，牛槽前几日也看到了。物资匮乏的年代，姑娘们个个儿还在穿着列宁装、工装、中山装，哪里有什么好看花样，顶多裁剪一条白裙子，或者戴个假领，便作结了。至于那些个潮流前线的，陈光也是晓得的，他在海外留学时见过不少世面，只是山高水远的，他哪里有精力去淘，再说了，他再找也不可能找得过专业人士江太太啊。

所以，陈光这话说了其实也等于没说。

牛槽却是不晓得陈光这充场面的话的，他权当耳边风了，只笃定说了句："无碍。"

陈光还想说什么，对上牛槽那木头脸，张了张嘴，还是闭上了。

罢了，显得好像他多没见过大场面似的。

接下来这一日牛槽还真是再也不管那衣服了，揣着钥匙四处逛，几乎将市区都逛遍了，什么卖糖果的卖糕点的卖玩具的，他鼓鼓囊囊揣了一包，最后，牛槽站定在一家首饰店门口半晌没动。

老板见个木桩子站着，心惊胆战看了半晌，确认不是想抢劫的才战战兢兢去招呼："客官，来，来看看啊……"

"你们这儿有长生锁吧？"

"有有，客官你要金子打造的还是银子打造的啊？"老板喜上眉梢，赶紧招揽生意。

牛槽却是步子都没动，就站在门口："铜的有吗？"

牛槽掏了掏口袋，那里是他身上仅有的钱。这次出来他没敢带多少钱，都留给小琴花了，他怕将小琴吃喝用度给他妈决定会受委屈，外加先前那2000块他还了陈光，因此可谓穷得叮当响。

"铜的？"老板皱了皱眉，"咱家是高档首饰店，不做金银以外的生意。客官你要是预算不够啊，可以去文游台那头，那里不少路边小摊儿专打铜器。"

牛槽转身欲走，老板又开口："长生锁送娃儿的，最好还是挑个好些

的吧,日后可是要守娃儿一辈子的,还能传家哩。"

牛槽点点头,回了去。

陈光扒在牛槽房间门口瞧了半晌,几次想把这门破了进去瞅瞅都忍住了,总归被牛槽察觉不好,倒不是他怕他,实在是丢不起那人……陈光还想过从窗户跳进去,在窗前转悠半晌,一转身牛槽竟正站在他身后。

陈光与牛槽大眼瞪小眼,颇有种幼时偷偷出去玩被老子抓包的心虚,半晌才缓下心神,负手装腔作势:"你回来了。"

牛槽伸手做讨债状:"你能不能将我先前给你那2000块还我。"

陈光愣怔了下,挑了挑眉,想起牛家村的人钱没给他,这牛槽倒确实是给了。不过,他也是因为牛槽的海口没抢牛家村东西啊。

"还?"陈光起了逗弄牛槽心思,"这用词可得谨慎。"

"借。"牛槽言简意赅。

"那是你还咯?"

"从我日后给你赚的钱里扣。"

"嘿,你给我赚的钱也是我的,跟你无关啊。"陈光嘴上这么说,手里却没缓了掏钱的动作。

废话,他陈光向来先礼后兵,人若待他一直有礼,他自然不会苛刻。

如果牛槽真能给他摆平了眼前这事儿,赚不赚大钱都是后话了,这钱他该得。

陈光此番倒是忘了考虑若是牛槽无法给他摆平眼前这事该咋办了,许是插科打诨给忘了担忧,又许是见着这乡巴佬都如此淡定,实在不好意思不大气。

两人去了隔壁小酒馆随便塞了两口,便坐上了前往上海的车。

此番江太太聚会地点在上海,他们便直接将衣服送了过去,否则从高山到金陵怕是江太太聚会时间来不及了。

"给看看。"陈光伸手欲扯开包裹着衣服的盒子。

牛槽看着反应慢,实则速度快,迅速将那盒子往旁边一推,陈光简直失语:至于嘛他,难道还是怕他泄露的?

陈光心道,莫不是PTSD?

牛槽可不晓得什么P什么T,只是足够谨慎罢了。

高山市到上海市约有两百公里,若是平日里自个儿出去,牛槽得转上好几趟车,再坐着铁皮子崴上那么许久,可现下搭上那陈光的桑塔纳,不过下晚时分便见着一派鳞次栉比。

"那是东方明珠。"

"那是外滩。"

陈光遥遥指了几个方向给牛槽介绍。

牛槽遥遥看着那灯红酒绿处发呆,陈光自言自语道:"这大上海啊,可是销金窟,若是有朝一日能将生意做到这处,那才真是同国际接轨啊。"

牛槽回头,见着陈光眼中也闪耀着渴望和希冀。

两人第一次没了差别,因为在大上海,他们都是一样的渺小。

陈光瞧时间来不及了,赶紧朝着江太太下榻的宾馆开了去,放好车,在小厮的引领下去了大堂,更是金碧辉煌,跟天上似的,牛槽这会儿觉得自己颇像乡下搭台时演的那《红楼梦》里的刘姥姥似的。陈光倒是好许多,毕竟是连美国华盛顿都见识过的,自然要淡定。

"你们来了。"不远处,江太太提着裙子款款从台阶上下来。

周围路过的人纷纷瞧了过去,明明是个普通的酒店大厅,江太太一出现立下就成了舞会现场。她此番穿了一件白色的蕾丝裙,腰间缚着粉色的腰带,从纤腰处细细收紧,打出一个蝴蝶结的模样。一转身,跟蝴蝶点落美人似的。

她头发用发棒卷过了,随着走动的幅度起伏,如风打波浪在薄薄的肩上。

见众人都呆呆瞧着自己,江太太满意一笑,款款朝着二人走来:"陈总,牛先生。"

陈光半晌才反应过来,慌忙伸手,在碰上江太太那白蕾丝套着的纤手时忽而有些担忧自己没将手洗干净,局促不已。牛槽更是自觉,站在陈光后头压根没动。

"两位辛苦。"江太太礼貌点头,说完转身跟阵白烟儿似的飘走了。

"不辛苦不辛苦。"陈光点头哈腰,他心道,对着美女卑躬屈膝可不丢人,转头瞧见牛槽依旧一副摆摆的模样,心中又有些怀疑。

罢了,他就是根木头,同他比作甚。

此番,那木头直愣愣伸手:"江太太稍等。"

52. 你这衣服,不好看

牛槽那粗嘎的声音一出,整个大厅都静了,众人顺着他的步子朝江太太看去,纷纷抽了口凉气:这位莽夫也太惊扰美人了吧。

牛槽倒也不是毫无怜香惜玉之心，只是有了娃儿后，那份心思就淡了。他现在只想好好做事赚钱，给老婆孩子安置个不错的家。若是可以，往后再生几个孩子便更好了。

牛槽怀着这份心思步步朝着江太太走去，周围有满腹英雄气的男人们已经跃跃欲试准备去救美了。

江太太静静瞧着他，若一朵怒放的白莲。

"你这衣服，不好看。"牛槽在江太太面前站定，直直道。

此言一出，不仅是大厅里的人，连江太太的表情都变了。

他竟然说这衣服不好看？

他知道这衣服是她找留洋归来的设计师专门定做的吗？仿了国外模特在T台上的走秀款，最新的设计，最流行的料子，她敢笃定是绝对能惊艳全场的。

江太太是很看中这次聚会的，这批同学里有她先前心慕的男孩子，也有同她互不对付的女孩子，还有不少她需要结交的人脉，她是花了大心思定制的这套衣服，早在同牛槽陈光二人会面前就已经完工了。

是以，牛槽当时说会给她做一套衣服让她出席聚会，她听着却是从来没有放在心上。终归，这陈光态度到位她也就罢了，大家相安无事便可，倒也不必指望更多。

这当然也是陈光心思，适才他瞧着江太太没有要看他们衣服的意思，心里都乐开了花，那鬼衣服谁知道什么样，他都没见过，牛槽净藏着掖着，多半见不了人。

陈光笃定牛槽吹牛皮。

"你……"陈光上前一步，拉着牛槽，对江太太道，"他虽是口气不小，却实在是态度可嘉，为了给您做件衣服两天没出门儿，觉都没怎么睡，江太太您别跟他一般见识哈，乡巴佬没眼力见儿……"

"她这身衣服，确实没我做得好看。"牛槽可不管陈光急出得满头大汗，将随身抱着的那纸盒子伸出来，递给江太太。

这纸盒子还不是陈光唤人装扮的，是牛槽自个儿随便扯了个装布的纸盒子放，简陋极了，后来他要不藏着要不抱着，陈光也没机会给他置办个好形象，是以江太太为难地瞧了半天都没伸手接过。

牛槽干脆一把撕了那木盒，登时，一溜儿火红物什泄了下来，耀眼夺目，跟火苗舔舐着众人的目光。

"这是？"

江太太也被吸引了，好奇接过，那布料是带绒的薄毛呢，紧括肌肤，却又冰凉丝滑，摸着十分舒服。她伸出纤纤玉手捏着那衣服两肩的位置，一抖，于是那火苗全貌便悉数暴露在众人眼前：竟是一件类似旗袍却又不是旗袍的裙子。

却见那衣服以一袭火红打了底色，斜襟上点缀着晶亮的镶边儿，衣领翻边，恰能衬出脖颈修长，肩窄挑人，却又飞出两泡阔垂的袖儿，腰身自然收起却在臀处拓成括弧形……这般一水儿拎着，恁是无人穿上，却也能惹得众人遐想联翩。

"这衣服是我结合江太太的身形和气质设计的。"牛槽指道，"您个儿不高……"

"咳咳……"陈光尴尬咳嗽两声，"是娇小。"

牛槽也不管，就是这么个意思得了，管他娇小还是矮小，意思到了便可，牛槽继续往下："所以得穿修身的，托出您的玲珑。"

"同时，您的气质偏淡，若是穿了这白色蛋糕一样的裙子，便如踩在云端，让人瞧不真切。"牛槽指着江太太。

众人原本还觉得江太太惊艳，现下被牛槽这么一讲，竟是个个儿都带入了进去，瞧着江太太越看越像一块大蛋糕。

江太太臊得脸都红了，不许牛槽再说下去："我去换了看看。"

说罢赶紧转身，"踢踢踏踏"上了楼梯，临进门时招呼牛槽跟陈光上来，于是两人便跟了上去，在江太太下榻的房间客厅守着。

"你刚才都不给我瞅，现在当着众人面就给剥了，不怕泄露了啊。"陈光抱着胳膊问，"莫非，你就是在防我？"

牛槽摇摇头："自然不是。"

"那是为何？"

"让江太太看着拆封便可了。"牛槽瞧着墙上的画作，回道。

陈光托着下巴寻思，这牛槽看着木，其实挺精明啊，他才不管这衣服会不会真的泄露了款式，当然可能性也不大，但至少让江太太看到他的诚意，这下子怕是那衣服不合意江太太也不会再怪罪他了。

陈光一颗心放了下来，转瞬思绪又回到刚才那衣服上：却是不知道，江太太会不会满意呢？

话说，那衣服的款式却是新奇别致，先前从未瞧过。

"你这是如何想到的？"陈光指了指江太太紧闭的房门，"怪模怪样的。"

牛槽自然不是随意想到的，他先前在高山市的时候，便将大街上女士们的装扮瞧了个透遍，他发现，当下虽然物质生活不算好，但人们爱美的那颗心却从不曾变过，尤其是花一般的女孩子们，个个儿都使了小心机变美。比如用布条子收了腰身，比如在衣服上别个色儿，总归是要展露自个儿魅力的。

这江太太穿衣打扮又总收腰垂坠，显得自个儿高挑，牛槽心中便明了江太太的喜好，便仿照旗袍的款式整了个收身的，显出江太太玲珑的身形。另外，江太太气质脱俗，五官却又有些淡，他便在旗袍上略作改良，仿汉服的飞边衬了她的古典气质，又用火红色烘了她的五官。

"汉服跟旗袍？"陈光念叨，什么稀奇古怪的搭配，别给他整个不伦不类的出来，坏了江太太大好的妆容才好。

正犯着嘀咕，门内发出一道长长的抽气声。

陈光以为江太太遇见什么事儿了，赶紧敲门："江太太，没事儿吧。"

半响，里面才出声："哦，没，没事儿……"

陈光心中纳闷，这江太太的声音怎的这么奇怪？好像少女见了心上人似的，竟是有些娇羞的慌乱？

江太太怎么了？

还没等陈光想个明白，门轻轻开了。

53. 莫不如假戏真做！

乳白色的房帘边，一道火红的身影缓缓推门而出，只见那人肌肤胜雪，红衣似火，纤腰长腿，外兼一袭波浪般的头发轻轻流淌在肩头。

一瞬间，陈光觉得万物都静了下来，只能听见莫名"嘭咚嘭咚"声。半响，他才反应过来，那声音竟然是自己心跳。

陈光赧得想找个地儿钻进去，他都一把年纪了，也不是学生时代的毛头小伙儿，怎么见着美人儿还是找不着东南西北，太丢人了。

慌乱中，陈光转头瞧着牛槽，却见他满眼都是探寻，还跑去指点了开来："这里立起来好看些。"

于是，陈光便眼睁睁看着牛槽那"黑蹄子"伸上了江太太雪白纤细修长的脖颈。

江太太只觉得脖颈间微微有些痒，倒也没有被人唐突的想法，只是好奇在牛槽翻了那花边领后探头朝镜中瞧了瞧，果然，原先还算修长的脖子瞬间更是如天鹅颈般美妙，一眼瞧去便能将人的目光吸引。

"哇……"江太太发出一声惊叹，转头欲同牛槽道谢，不经意间瞥向陈光，却见他呆愣愣站着，嘴巴还半张着，一下子被逗乐了，捂嘴笑了出声。

陈光这才从惊艳中回过神来，臊得脸都红了。

两相互动，先前的龃龉消失了个干净。

换衣服这会儿浪费了些时日，江太太瞧着聚会时间快到了，便上了车，同陈光以及牛槽道别。

"江太太，这衣服，下次可以盘起头发穿。"牛槽闷了半晌，还是隔着半开的车窗同江太太给了建议。

陈光真想一脚踹上牛槽屁股，这样已经够美了好不好！

江太太蹙起细柳眉，想着侧看时这衣服版型衬得她肩薄似蝉翼，倒是不错。她一番思量，心中有了计量，扯下适才换下的白色裙间的细腰带，伸手后握，将厚厚一摞波浪温柔编了个马尾，而后凑过来给牛槽瞧着："您觉得这样如何。"

自然是不用牛槽给予肯定评价的，因为江太太从路人以及陈光惊艳的眼神中便瞧出了效果，她满意地同二人挥手道别，白色小车便一溜儿开远了。

陈光盯着车屁股看了好远，直到连影儿都不见了才失魂回了神。

牛槽淡淡瞥了他一眼，点评："人家有老公。"

这次江太太不在，陈光终于可以将一脚踹上牛槽屁股的想法实施了，哪知他这脚还没伸出来，牛槽便转身走了："回了。"

陈光好容易站稳，对着牛槽背影强调："我这是看衣服，看衣服！"

可不是，这身衣服，啧啧……陈光有把握，江太太绝对会惊艳全场的，往后不谈什么仇恨他，怕是感谢他都来不及，毕竟这衣服这次可是连本带利给她争回了颜面啊。

陈光到底是见过大世面的，这心中的笃定还真是应了，江太太在晚会上果真是惊艳全场，不仅当初心仪的男同学视线就不带离开她的，连那些平日里关系不大好的女同学都个个人来问这衣服的设计者何人，又出自何人之手。

江太太矜持酌了一杯红酒，优雅傲然地告诉每一个人，这是她哥哥专门给她请的设计师，又专门给她找来的手工艺人，循着她的气质仪表定制的，可价格不菲。

江太太本意是想显摆她那蜗居姑苏的哥哥是个多么有本事的人，指着

帮哥哥结交这些个人脉，往后生意上也方便些，好帮家族生意更上一层。只是，她没想到的是，那一群人竟然直接跳过她这小小的心思，让她帮忙介绍那个设计师以及手工艺人。

"这……不方便吧？"江太太有些为难，毕竟牛槽只是个乡下人，介绍出去还真拿不出手。

如此，她的谎话便被拆穿了啊。

"这有什么不方便的。"一个女同学撑着精致的发丝儿斜眼道，"难不成，你还想防着我们这些老同学？"

"哎，这就不够意思了啊。"

"是啊是啊，咱们只是想结识下高人，给自个儿也定制两件，又不是要抢你生意，如何这般小气哩。"

一群同学叽叽喳喳，吵得江太太好不为难，头一次体会到什么叫搬起石头砸自己的脚，什么又叫匹夫无罪怀璧其罪。

她本意是想结识人脉的啊，若是为了这事儿得罪这帮人，还真是得不偿失。

最后，江太太不得法，只说容自己回去问问哥哥，毕竟这两位是哥哥介绍的。

于是，这场聚会便在江太太复杂的心绪中终结了，喜在出尽风头，恼在这人可咋办！

晚上，江太太辗转反侧，终于拨通了哥哥江晚歌的电话。那头江晚歌正在看"顶风雪"的一些材料，手摇电话响时还道是先前担忧的那笔外贸生意谈成了，接通才听得是自家妹妹的声音。

"柳棉，这么晚还不睡吗？"江晚歌晓得自家那位大牌妹夫向来回来得晚，也没多嘴，生怕妹妹不开心。只是，他还以为妹妹是为了同他吐什么婚姻里的苦水，哪知这位自小不知愁苦的妹子开口却同他谈起了"大事"。

"如何？"江晚歌讷讷。

妹妹一直为他结交人脉，从未给他惹上过什么麻烦，也没同他求助过。他心中感谢，这事又是为他，他自然是要想办法出面解决的。

"哥，你要不随便找个设计师跟手艺人，然后就以人家要求高为理由拒绝得了。"江太太焦急道。她可不想让人知道她找了某个村的，虽然牛槽确实是有两把刷子的。

江晚歌却是不同意的："不成，你这样会引起你同学责怪的。"

那些同学非富即贵，既然能拉下面子开口自然是非常中意柳棉身上那套，也对这师傅十足的诚意，若是他随意找人糊弄人家，便是妹妹不会跌份儿，但同学不会将被拒绝的怨气发泄在找来的所谓"设计师"跟"手工艺人"身上，同学只会责怪柳棉。

更何况，那些同学非富即贵，必然很少被人拒绝。

江晚歌思忖一通，忽而问了句莫名的话："那个师傅，真的那么厉害？"

厉害到，那些平日里趾高气扬的同学个个儿都能拉下面子来求柳棉介绍？

江晚歌伸手捏住下巴摩挲，陷入了深深的沉思。

54. 不得了啦，打起来啦

江晚歌从来没想过，自己妹妹送过来那两件衣服竟然是出自一个乡村莽夫之手。

"哥，你这么着急作甚？"江晚歌仰坐在沙发上揉太阳穴。

江家早先是姑苏的大家族，后来江家夫妇双双意外离去，家道便中落了。18岁的江晚歌以死和贪婪的亲戚抵抗，这才留住了江家产业的四分之一。后来，江晚歌又拼命用那四分之一的家族产业创业，吃了不少苦，终于攒下一笔不错的产业。

只是，金钱是不差了，但社会地位却是不高，众人见兄妹俩无依无靠又年轻，谁都能来踩上一脚。江太太这才铆足了劲嫁给高官，同时拼命帮自家哥哥结交人脉的。

这些年来，兄妹俩相依为命，互相扶持，感情很深。

一听说哥哥对牛槽感兴趣，江太太便叫上司机，一早便揣了两件衣服来姑苏了。

江晚歌见妹妹脸上的黑眼圈有些心疼："自己来作甚，让司机送来不就行了，或者发电报。"

"发电报哪里有亲自看到得真切。"江柳棉搂着哥哥的肩膀，"而且，司机来我当然得来，不能将跟哥哥见面的机会给错过了啊。"

江晚歌瞧着自家妹妹露出一副少女时代的调皮样，点了点她鼻尖："你啊，小丫头。"

"哪里小丫头了。"江柳棉噘嘴，"你可不知道我前些天有多惊艳！"

江柳棉夸张地给哥哥做示范："那些人啊……眼珠子都快掉下来了……"

江晚歌被逗得哈哈大笑，笑完好奇："那师傅手艺真有那么好？"

江柳棉这才赶紧将包好的两件衣服拿出来，先是那件绿色袍子，这袍子有些她不大好的记忆，因此噘着嘴一带而过："喏，就是那个大师傅，他们做双头生意，卖了那个外交部的太太，害我出丑。"

江晚歌眼睛直勾勾盯着那绿色袍子，耳朵里压根没听进去江柳棉的抱怨。

这衣服无论是从款式、做工还是版型来说都是上好的，雍容华贵，精致非常，无怪乎会吸引一众人等抢着订购。

而且，这衣服它不挑人，可说是任何人穿上去都是极合适的，生生会为原本的容颜添姿加色。

江柳棉见哥哥一双眼直勾勾地瞧着这绿色袍子，不屑撇撇嘴，忽而又俏皮神秘道："哎呀，你可别啊，你还没见着另一件呢！"

江柳棉于是又将另一件袍子抖开。

她平日里向来大手大脚惯了，自小没吃过什么物质的苦，拿着好看衣服珠宝从来不见小家子气的，此番捏着这红色裙子却是十足的小心翼翼，生怕弄皱了。

诚然，这衣服料子选得好，其实也不会皱，哪怕是揣了一路，抖开依旧是溜光水滑的，好似一团火，将这偌大的客厅都照得熠熠生辉了。

江柳棉得意地朝着哥哥瞧去，果然，江晚歌目光瞬间就被吸引过来了，不同于刚才瞧着绿色袍子的炽热，见着这袍子，江晚歌更像是情窦初开的少年见了心中人，都失魂了。

江柳棉抿唇得意一笑："这裙子啊，可是专门为我做的，要不要我穿上给你瞧瞧？"

江晚歌摇摇头，还真不必，他的妹妹，他晓得什么是才是适合她的。这件袍子，无须多试，他瞧一眼便晓得，是专属于他妹妹的。

气质相辅相成，美貌烘托辉映，绝对是衣为人生的，已然是有了灵魂。

江晚歌是做外贸生意起家，什么生活用品、吃喝用度，他都有涉及，自然也是包括这衣服的。他并不专门做衣服，而是赚了国内外差价，不算专业人士，但人说久病成医，他是久瞧这形形色色的款式，自然都通晓了个一二。

"妹妹，这人是谁，可以给我引荐吗？"江晚歌一把握上江柳棉双肩，手劲儿许是大了些，江柳棉不满地拍开哥哥手，揉了好半天。

"哎呀，你见他干啥啊，我又不可能真的把那乡巴佬介绍给我那帮同学，不得被人笑死？"

江晚歌也不说话，笑眯眯看着妹妹讲。

江柳棉瞧着哥哥这表情有丝奇怪，住了嘴："你想到什么主意了？"

江晚歌坐在了办公桌前，舒坦任那皮椅转了一圈儿："自然。"

"什么主意啊？"这次换江柳棉推搡着让哥哥讲了。

江晚歌却是故作神秘，只笑笑，便没再说啥。

几日后，陈光接到了江太太的邀约，这次两人的关系可谓是颠倒了个个儿，由陈光去金陵变成了江太太来高山市。

江太太自小家境优渥，出入的场合也是光鲜亮丽的，还从未来过高山这种小县级市，因此下了车后见着泔水桶、黑大锅都挺不适应，提着裙裾一路几乎可以说是跳到了宾馆。

可那宾馆却也并不如想象中中意，虽还算干净，但难免低矮狭窄，瞧着便不够亮堂。

江太太撇着嘴到了约定地点，打算谈完便赶紧回去，哪里晓得去了一瞧，竟然只有陈光。

"那位牛师傅不在吗？"江柳棉颇有些失落，她这次来可就是为了牛槽啊。

"同我说也一样的。"陈光心中胜券在握，他晓得江太太必然会再来，至于来了之后当然是要同他对接的，想跟牛槽直接合作，撇了他这个中间人？没门儿！

俗话说得好，亲兄弟明算账，更别说是跟女人了，管他什么官太太，赚钱最大。

"可牛师傅不在，这事儿……"江柳棉有些为难，她哥确实是交代让直接同牛槽合作的。即便是摆脱不了陈光这个夹心儿，至少也要待两个人都在场。毕竟，江家兄妹可不大信得过陈光。再说了，有钱直接赚不好吗？何至于搞个中间商赚差价哩！

两边算盘都打得叮当响，合作还没谈呢，小心思都已经起来了，至于让他们起了心思的那人儿，早就铺盖一卷儿，回家了！

牛家村一切照旧，除了刚走时还郁郁葱葱的树叶子开始有了些许的泛黄，风一吹"簌簌"落了些许之外，没什么太大变化。人们个个儿安居乐业的，村头叼着烟杆儿的，田里戴着草帽的，一色儿熟悉的气息。

牛槽贪婪地深呼吸一口气，摸了摸口袋中金子造的长生锁跟翠绿剔透的镯子，刚想迈步往家走，便听见一道尖叫声："不得了啦，打起来啦！"

55.牛只耕地，不拉人

打起来了？什么打起来了？

牛家村人喜欢看热闹，平时谁家有个什么新鲜事儿能惹一群人围观，而后再嚼上好几天，当那茶余饭后的谈资。

兴许还是地方小的关系，家家户户没个消遣的，芝麻屁大点事儿也能扯成天。

牛槽瞧着眼前一众人等一股脑儿往村西头跑，也没当回事儿，便匀着步子往前，哪知走着走着碰头从西头过来的打更老头儿，老头儿瞧着牛槽一双老眼"嗖"地睁大了："你还在这儿慢悠悠地作甚？你老婆老娘打起来了！"

牛槽脚步子一顿，什么，打起来的是他家那两个？

他那向来木讷的脑子飞速运转起来，想小琴是绝不至于跟他妈计较的，那必然就是他妈跟小琴计较了。若是真打起来，小琴还带着肚子哩，决计是占不了便宜的！

牛槽心中焦急，使劲儿跺了跺脚，飞快往回跑去。

打更老头儿瞧着牛槽背影，叨叨："这几日不见，人还真不大一样了？"

转念又道，也不知道那事儿解决了没，他那500块可花了不少，剩下的还得攒起来养老哩。

牛槽一路飞奔，差点没跟人撞了个趔趄，顾不上看拨开人群准备去劝架，发现刚才被他撞的竟然是小六子。小六子本来在村头服装厂做工，听见响动就过了来，想劝架来着，哪知就见着了正回来的牛槽。

"舅。"

两人来不及说话，对视一眼，赶紧上前，一个去拉了瘫在地上的外婆，一个赶紧将靠在树边的老婆护在身边。

小琴本来被婆婆这一通造作得不知如何是好，刚才婆婆又开始问她要钱，她也不晓得她是从哪里得知牛槽走时留了点儿私房钱给她，可别说牛槽不让她给，便是她自己也不愿给。若是将那她和孩子的营养钱给她，还不知孕期吃些啥。

小琴头一次当妈，很是在意，这婆婆偏生又是个不大注意又自私的，张嘴闭嘴"我那会儿怀孕生前还在下地"，或者是"我啃着草根不也照样生了三个健康娃儿"，小琴说不过她，也不欲同她说，转身准备回去躺会儿，牛槽他娘瞧着气不打一处来，伸手欲拉小琴，小琴余光瞥见灵活避开了，牛槽他娘扑了个空，一个踉跄摔倒在地，然后就开始号了。

"小琴，你也是，怎么也不能推婆婆啊……"人群里七嘴八舌的。

小琴本来想辩解，忽一道宽阔的胸膛将她护在了怀中，她惊了下，欲挣扎，抬头瞧见是一张熟悉的脸，眼泪霎时就下来了。

牛槽一瞧小琴那模样心中就有数了，他娘没人比他更了解，他都不需要问，伸手挥散众人："回去吧，回去吧，陈光瞧着你们得来要钱了。"

人群这才瞧见牛槽，闻言纷纷调转了枪火指责："你这没完成任务啊，凭啥子来要咱们的钱啊。"

牛槽懒得解释，指了指村头："他兴许会跟来。"

众人胆战心惊朝着那方向瞧了半天，心道，牛槽不会是完成不了任务，跑回来的吧？当即一群人便没了围观的兴致，"呼啦"一声散了。

牛队长很快得知牛槽回来的事，下晚时分特意寻去瞧瞧，结果敲了半天门无人应，最后还是牛槽他娘不胜其扰，骂骂咧咧开门的。

"那屋呢！"牛槽他娘努嘴，"估计是没什么时间见你。"

刚她那幺儿将她拉去说了一通，她气得刚想又想哭天抢地，结果她那幺儿淡定掏出一沓"大团结"，她数了数，好家伙，200多块呐。

"给你孙子买些补品。"牛槽丢下这话便转身进了屋。

牛槽他娘对着那钱数了半晌，又细细品味一遭他那话，可算是"领悟"过来了，好家伙，她家儿子看来没将钱给小琴啊，攒的可都在他手里呐。毕竟，200多块可不是小数。

牛槽他娘晓得牛槽将那2000块推给了陈光，村里家家没退，就他家退了，她气得要死，又不可能拿着牛槽撒气，当然天天找小琴不痛快，能薅点是点。

老太太忽而为先前的行为感到汗颜，嗨，她听了那几个妇人嚼舌根子的话作甚，小琴是他媳妇，肚子里揣着的是她大孙子，她为难她孙子作甚。

想开的老太太神清气爽，却不知牛槽转头将金长生锁跟玉镯子以及剩下的1500块揣给了自家老婆，又贴心安抚到半夜将休，第二日一早便乘了辆驴车去了市区。

一早牛队长找来时，牛槽已经离开了，他气得直跺脚，现在那柳仕将了他军，这牛槽也怎么有翅膀硬了的感觉，想见他一面都难了！

牛队长可忘了，推出牛槽的正是他自己哩。

牛队长转头回去吃早茶时，江太太正坐在餐桌前踌躇，她早上烤面包喝牛奶吃香肠惯了，若不是为了等牛槽，早昨天晚上就回去了，可偏生她哥给她下了任务，一定得见着牛槽再谈，她只能灰溜溜等着。

"小姐，吃些吧。"司机将那碗黑乎乎冒着油光的酱油馄饨往江太太面前推了推。

江太太下意识往后避开，她怕这东西将她衣服弄脏。

可非常应景地，那肚子"咕噜"了两声，江太太闻了闻，馄饨确实是香，最后实在没忍住，舀了几个放小碗里，一口一口吞了。

陈光在包间门口看见江太太终于吃早饭了，心中一口气落下，他还以为这大小姐会生气，那么生意八成得没了。

他面上虽不着急，心中却实在担忧，要知道有能力的人到处都是，但机会可是很难的。

念及此转头问秘书："这牛槽还没回来吗？"

秘书颔首："他回去看老婆，送长生锁，可能没那么快。"

"有说什么时候回来吗？"

秘书毕恭毕敬道："这倒没说，只给人交代说去去就来。"

陈光鼻孔中发出一声"哼"，去去就来？去一个小时是去，去一个月也是去，谁知道这乡巴佬磨蹭到什么时候，真是不识大体。

这边陈光还在义愤填膺牛槽撂挑子呢，那边楼梯"咚咚"起了声响，陈光才不怕人听见，继续吐槽牛槽："你见过哪头牛走路快的？"

"牛只耕地，不拉人。"那"咚咚"声主人应道。

陈光心想，嘿，小样儿，谁找碴儿啊，一抬头，竟然是牛槽。

牛槽居然回来了。

得，说人坏话被逮了个正着，陈光一向自诩脸皮铜墙铁壁，此番却也是挂不住了。

56. 开启新征程

"嘿，牛槽，回来了啊。"陈光略尴尬。

牛槽点点头，他刚回了住的地方，门口小厮便告诉他，一位非常美貌的太太前来寻他，陈总急得不知所以，到他门口踱了好几回步。

"许是有急事，你赶紧去瞧瞧。"

牛槽料到是江太太来了，听闻后也没停歇，放下东西马不停蹄赶来了。

"江太太来了？"牛槽反问。

他瞧着陈光猫腰往包间里够,猜到江太太许是在里面用餐,于是不待陈光回答,也安心侧身站在屏风前。

陈光好奇瞅了他好几眼:"你就不好奇?"

牛槽鼻观眼眼观口,跟立正似的。

陈光颓了,跟他这人就没什么可说的,也有样学样站在牛槽身边,站了会儿里面的人还没出来,陈光探过门框瞧着江太太好像是吃上瘾了,颇不顾形象,赶紧缩回头,生怕被江太太看到尴尬。

"你回去作甚?"陈光没话找话。

"瞧老婆。"牛槽答。

陈光对他老婆可没兴趣,转了话题:"你晓得江太太找你作甚吗?"

牛槽这会儿没立刻就答了,半晌才若有所思道:"有活儿。"

牛槽早猜到江太太会有下文,他不懂什么交际应酬,只是瞧着那身衣服上身的劲头,料想她还会继续找他定做新的。毕竟,没有哪个女人会嫌漂亮衣服多,连他妈看到漂亮衣服都喜欢搜刮回去,便是不穿压箱底也是心满意足的。

"对,我估计啊,还不是小活。"这一块,陈光的敏感度就要远大于牛槽了。

他托着下巴思索,若是小活儿,这江太太必然不会如此大动干戈,千里迢迢自己开车过来不说,还非要等见着牛槽才能有商有量。这般的谨慎,决计不是什么小生意。

陈光大脑飞速运转着,思虑各种可能的合作方式。

恰是时,江太太终于吃完了高山市特有的早茶,推门时还忍不住回味那肥得冒油的双黄咸鸭蛋,转身同身后司机吩咐:"那咸鸭蛋,买几箱回去送人。"

头一抬,不是"朝思暮想"的牛槽是谁?

江太太顿了顿,心道,自己嘴上应该是擦干净了吧,还有衣服,有没有污渍?这般想着,却是又顾着形象不便低头瞧。

陈光察觉了江太太的拘谨,笑呵呵转了话题:"江太太喜欢我家的咸鸭蛋是我的荣幸,我令人备几箱上好的给您带回去。"

江柳棉是晓得陈光家做咸鸭蛋起家的,先前调查过,这金黄双黄蛋的牌子虽说没打出去,在高山市却是赫赫有名,她刚品尝的也是这个牌子,已然听服务员推荐过。

"有劳了。"江太太也不客气,朝陈光点点头,继而转向牛槽,"牛先

生您好，不知可否借一步谈话。"

牛槽点点头，同江太太跟了过去。虽是没被叫，陈光却是异常自觉，也跟了上去。

回了江太太的客房，三人在客厅里坐下，江太太令司机给每人倒了杯水，一一介绍："这是咱们姑苏的名茶，唤碧螺春，至今已有一千多年历史了，两位可品尝。"

汤色鲜明的茶水映着屋内檀木摆设，古色古香，颇得易安居士笔下惊破一瓯春的景致。

陈光是个懂行的，赞不绝口："久闻大名啊，听说这茶制造技艺极高，口感鲜醇甘爽，是唐朝贡品呢。"

江太太见陈光是个懂的，止不住高看他两眼。两人于是逢了知己般，你来我往，聊了起来。

牛槽却是不懂这些个小姐公子的生活，这玩意儿在他眼中还比不上大叶子茶，他自小便给父母泡大叶子茶，那宽大的叶儿卷卷一根，在沸水中卷舒放大，最后沉沉睡在壶底，他待凉了便将这茶送到田里，劳作一天的长辈戴着草帽"咕咚咕咚"喝上一大茶缸子，可谓是爽阔，哪里如这茶般，一小口一小口地抿，喝得不舒坦不说，还怕那细碎的茶叶子浮到嘴里。

牛槽象征地喝了两口便安静坐着等那两人切入正题。

果然，江太太倒也忍不住了。

"牛先生，不晓得你，有没有兴趣和我们合作呢？"

牛槽回了神游的心，还未表态，陈光率先开口了："不知是何种合作个法子。"

许是先前聊得愉快，江太太倒也没不爽陈光的插嘴，将哥哥给的建议如实陈述出来："牛先生担当大师傅跟设计师，我们高薪聘请他，来我们工作室接单子。"

陈光眼珠子转了一圈儿，好啊，他就知道，这江太太是想过河拆桥，直接绕过他这遭，白占了牛槽这位"宝贝"啊。

陈光却也没表露不满，只不动声色地问了牛槽一句："你愿意同江太太去吗？他家在姑苏那边，却也是不远。"

说罢陈光瞧着牛槽，心中却冷哼一声：这江太太想跟他抢人，还嫩着呢！

果然，不出所料，牛槽想都没想便拒绝了："不去。"

接下来，任江太太如何开出高薪诱惑，牛槽都是摇头。

陈光冷笑，就想出个工资钱，就把这下金蛋的母鸡给拐了？还真是贪心。他都没这么想过呢！

"江太太，这法子，我看确实有些问题。"陈光打断了江太太不住地询问，暗道这女人还真是没有眼力见儿，"听您的意思，江先生是没有厂子的，也不做服装生意，现下你们若是想搭台子整个服装厂出来，怕不是那么容易。"

陈光说得极是，不谈招人难，便是招来了，个个儿培养成熟练的工人也不是那么容易的，待到上手，怕是不知浪费了多少时日了。

江太太被陈光这么一说才想明白这事儿，果真是她哥哥步子大了，这法子虽是稳赚不赔，却确实一步难来啊。

江太太诚心问陈光："那您说，该如何是好呢？"

陈光抿唇一笑，起身遥遥指了指窗外："牛家村便是最好的加工点啊，您忘了先前那件绿色的袍子就是出自牛家村之手吗？"

江太太总觉得不太满意，却又实在没法反驳，谁让她家没有工人，哥哥一直做着空手套白狼的生意。

说起来，陈光倒也有些空手套白狼的意味，可人家运气好，先一步认识牛槽，还是高山市的，近水楼台先得月，他们羡慕不来。

总归有的赚就行，往后的慢慢思量吧，江太太心道。

"那江太太，您是如何个合作模式啊？"陈光摸着手上的扳指，好奇道。

57. 赚钱从来不是苦力活儿

此次合作倒不是大批量的，仅几十件。

"几十件？"陈光拔高了音量。

不像啊，几十件能让江太太这般委屈自己，高山市住了好几天不说，还步步退让？陈光还以为最起码上万件哩，寻思着得好好赚一笔，哪承想竟然只有几十件。

江太太见陈光眼中掩饰不住的失意，抿唇一笑："陈总若是不愿意蹚这趟浑水，可让牛先生同我直接对接，不劳烦您。"

陈光下意识拒绝："不可，他现在是我的员工，替我打工的，我如何偷懒不出面，让您受累？"

江太太暗哼，说得如此冠冕堂皇，怕是担心我罢了你的人，不给你钱赚吧！

到底陈光是个老狐狸，江太太也糊弄不了，干脆实话实说："那就有劳陈总了。"

却说，这次订购的数量不大，但是钱却是丝毫不会少赚。江太太晓得那群同学非富即贵，平日里身上随意一件衣服，不谈衣料子款式什么的，便是单单一个牌子，怕也是要值上不少钱的。但是，更贵的却不是牌子，而是手工定制的衣服，若是定制的人是个知名的设计大师，那么，这个价格绝对是不菲的。

此次牛槽虽然不是什么大师，但她那帮同学也不晓得是什么路子，她完全可以凭借她的舌灿莲花给他安上个传奇的帽子，届时做出衣服再合了他们心意，价格绝对低不了。

"低不了，是有多少？"陈光摩挲着下巴。

他也在国外留学过，不过不是江太太这种时尚圈的人，他身边同学就是简单的非富即贵的，平日里也有目染，却是无甚概念。

江太太抿唇一笑，撑着手上一圈儿袖角："我身上这件儿，上海寻常一家定制店做的，只因位置好些，在'和平饭店'边上，沾了些光儿，便卖了我1000。"

陈光一张眼瞪大了，他竟不清楚，女士衣服这般有行情？

先前那绿袍子却是卖亏了啊。

牛槽更是愣了，呆呆瞧着江太太身上那件衣服，这衣服，竟有1000。他们先前那般辛苦做的那绿袍子，一件才多少钱啊。

隐隐约约想到什么，那批袍子，陈光到底是赚了多少钱？

牛槽是个闷得住气的，买卖既已成交便同他无关了，他也不会介意这些，否则让人觉得是个没诚信的。他只是心中受了些震撼，一些若隐若现的想法在心中跳跃：也许，可能，或许，能做能裁并不是唯一？

他是个没见过世面的乡下人，算上成本以及手工费，50块钱一件的衣服都能让他震惊，总觉得跟天上掉下来的钱财似的，便没想过更多的。现下瞧着江太太身上那衣服，他可以负责任地说一句，并没有他做的好，如何能卖上他那衣服价格的那么多倍？

他想到了江太太口中的"在'和平饭店'边上"，却是不大明白，为何在那饭店的边上能沾光。

江太太见着两人表情，晓得自己那话是起到了震撼作用，淡淡啜了一口："我有把握，若你们能做，一件的价格绝不会低于我这件。"

何止是不会低，她可以通过某些"故事"，让这些衣服价格翻上好几倍。

这一套在欧美时装圈是心知肚明的潜规则，人人都吃这一套。

江太太轻蔑地想，便是陈光要从中捞些好处又怎样，到底大头在她这里。

三人又将合作的模式讨论了一遍，最后开心散了。

江太太走后，陈光请牛槽吃午饭："吃顿好的？一路舟车劳顿的。"

牛槽摇摇头，他就好面摊上那口。

陈光无奈，便带他去吃了地摊儿，将阳春面、酱油馄饨、荷包蛋、油条、酸辣粉……点了个遍。

牛槽倒也不浪费钱，竟然全吃了，只留了陈光一碗他面前的饺子。

陈光一脸嫌弃："饿死鬼啊你，老婆老娘没给你做吃的啊。"

这一说可说到重点了，那两人昨日吵架，他轮着哄了半天，早上走得又早，如何吃到个热乎的。牛槽也不欲对旁人讲家事，只一顿风卷残云后问出陈光重点："这活儿来了我能回去督工吗？"

陈光皱眉："怕是不太方便。"

"为何？"

牛槽倒不是有多念家，实在是怕家中那两个有个什么万一，不得安宁，那么他那大儿子怕是都不消停的。他老子这些年神隐惯了，遇到啥事都不出头，他娘又是个惹事的，万一有个啥没人劝架，小琴得吃亏。

"这批货十分要紧，你瞅瞅那单价，若是真能一千一件，那十件就得有一万，一百件就是十万，就算咱们提供料子也是赚了不少。这种要紧的精细活儿，你拿到乡下去做，万一有个啥的消息不及时，人家不要了咋办，还是在城里能及时听到风声，也方便采购上好的料子装饰。"

陈光说得倒是在理，牛槽却又不明白了："既然如此，你为何说在牛家村做。"

陈光一副"果然是笨"的表情看着牛槽："你不想将这钱给牛家村人赚？"

陈光虽生得一副玲珑心，却不是普通的小商小贩，境界挺大，向来考虑的都是双赢，齐二那般的事情是决计不会发生在他身上的。此次，他说这话倒确实是真心实意，那牛家村的人他虽是不喜欢，但牛槽他还是挺稀罕的，能让他讨点好以后这人也许更能为他所用。

他相信，牛槽凭着这副手艺，日后绝对不会差到哪里去。

"可是，既然这衣服重要，我又不回牛家村，那如何能保证质量？"牛槽觉得陈光的话有些前后矛盾。

毕竟，牛家村那帮子都是半路出家的，如此重要的手艺活儿，没了他不行，可陈光又不让他回去。

陈光伸手往牛槽头上敲，牛槽看似呆，速度却是快，一个闪身避了开去陈光伸手在半空，尴尬僵了半晌，咳嗽两声，收了回去："你傻啊，你去不了，可以将他们叫来啊。"

将他们叫来？牛槽心道，这法子倒是可以。

只是，牛槽没想到的是，过度"精明"的牛家村人竟然不愿意来。

58. 一堆照片？选演员还是做衣服哩！

牛队长接到城里发来的电报时，小五正对着新课本磕脑袋。

牛队长恨得牙痒痒，势要有朝一日将那柳仕的前路给断了，竟然戏耍他。可一想到柳仕晓得他不少秘密，尤其是"那事儿"，他又厌了。更何况，柳仕现在山高皇帝远的，他根本奈何不了他，只得认栽。

"电报，市里的电报。"一个穿着绿色制服的男人骑着车吆喝。

牛队长以为是柳仕良心发现给他寄来了齐二的钱，连鞋子都没穿好踢踏着拿了过来，竟是牛槽跟他要人。

牛队长叼着个大白馒头，心中狐疑道：牛槽这是又揽了个啥啊？

去市区做活计？还只有几十件？

这芝麻屁大点儿量，谁愿意去吃苦耐劳啊，更别说，现在快秋天了，家家忙着收割麦子、打下果子的，谁有那闲空。

只是，牛槽到底是为了牛家村出力，牛队长是晓得的，他心中也有些愧疚，牛槽为了他跟柳仕捅下的娄子卖力，他万没有不管的理。再说了，若是那陈光一个不高兴，又跑来将他家那两千块钱收走，岂不是忙活半天连这钱都没了？

牛队长心中一个抖灵，赶紧令牛四在大喇叭上吆喝，让众人各自报名。他原本以为至少能来不少人，哪承想等到下晚，竟然就一个小六过来了。

"就你？"牛队长眼珠子都快出来了，就一个小孩子，能做啥啊？

小六点点头："他们都不愿来。"

这些天来，牛槽不在家，所以不晓得服装厂众人心中是有怨气的。毕竟先前那事儿，他们出力不讨好，有钱跟旁人一起分，摊上事儿了，众人就将他们拉出来挡枪。就这样儿，再好的人心中那团火儿也该灭了，太寒心了。

服装厂众人虽说还没离开厂子，但个个儿都不若先前那般积极了。

牛队长听小六简单说的这几句，想到这些天来村中人的表现，也明白了个七七八八。说到底啊，人性都是自私的，谁能一直为旁人发癫还不讨好呢？

只是，小六一个人不够啊！

牛队长左思右想，最后拉着阿斌跟牛四过来说道，如何也让他俩得过去。

"我……我……"牛四左顾右盼想推托，奈何牛队长对他来说就是天，从小到大听话听惯了，只需牛队长一个眼神，他便不敢造次，最后还是唉声叹气地退了下去，认命回去收拾东西。

阿斌站在原地杵了半晌："队长，我家……"

牛队长拍拍他肩："人家牛槽家那个都快生了，你家那个活灵活现的，不用担心。"

牛队长这话说的是为阿斌考虑，实则却没那么善心。阿斌平日里宠小花太过，小花在他家可谓是无法无天了，但这日久了，阿斌心中就有了些想法，小花肚子迟迟没个动静。你说他们男人讨媳妇是为了啥，还不是为了老婆孩子热炕头，宠着爱着也是巴望给他生个崽儿。现下小花总怀不上，他娘说道说道便算了，牛队长都来提点，他心中颇觉得难堪。

回去后，阿斌闷着头收拾东西便出了去，任小花如何叫唤也不停，小花不信邪，扯着他衣袖，阿斌只得好言好语："挣点钱给你跟孩子分家哩。"

阿斌这话说的也是颇有些小心思，看似是为了小花考虑，内里一来提醒小花肚子没动静，别太嚣张了，二来也是暗示她将那钱全花光了，他是为了她才出去的。

小花讷着嘴，瞧着自家丈夫的背影越来越远，忽而有些慌。

阿斌也顾不上了，大踏步拉着小六子去村头跟牛四会合，站在门口老槐树边听里面动静也是不太平，两人无奈贴树站着，就当没听见。

将是时，一个扎着马尾的小女孩子拎着菜篮子一蹦一跳地走过。

"你们去城里做活吗？"女孩子滴溜着大眼睛问，她口音听着怪，像高山市的又不像，不晓得是混了哪个地方的方言。

小六子瞧她生得水灵，心生欢喜，点头："你是哪家的小娃啊。"

小女娃一点都不怕生："我是高凤，高家村的，来我姑父家做客的。"

阿斌反应过来，这该是高萍的侄女儿，她嘴中的姑父怕不是马宝。想到那小子向来没个稳重的，竟然也要成家了，阿斌心中觉得新奇，不免

多看了女娃儿两眼。

女娃儿也在打量他们："我也想学做衣服，我这次来就是想瞧瞧的。"

小六瞧她不过10岁上下，说话老到异常，不免起了逗弄心思："你们高家村服装厂比我们牛家村好啊，为何要来我们这里瞧？"

不说还好，一说女娃儿不高兴了，噘着嘴："他们都说我是小侉子，笑话我，我不乐意替他们干活儿。"

小姑娘这模样一摆出来，连少年老成的小六子也笑了："可以啊。"

这边三人聊得正欢，一个娉婷的女子走了出来，她手上拎着两盒什么东西，看来刚才是去买东西了。女子瞧着高凤招手拉走了，也没同阿斌两人招呼，路过时绯红的脸颊能瞧出新嫁娘的羞涩。

高山市这边有"礼尚往来"的习俗，便是结婚前，男方得去女方送礼，男方礼节到了之后，女方若有意思，也得来男方回一趟礼。

如此有来有往，寓意着婚后两家也能勤走动。

阿斌瞧着两人背影远去，啧啧感叹："竟是连马宝都快结婚了。"

转念想到什么，笑看着小六子："也不知啥时候轮到你。"

小六子被阿斌这一逗弄，惹得脸红脖子粗的，好在牛四来了，这话题才终结。

这边三人火速上路，那头陈光开始置办工作室，而牛槽则看着江太太送过来的一沓文件发呆。

陈光招呼人布置了十台缝纫机，又将里面的家当物什一应俱全准备了，就等着那头牛家村来人浩浩荡荡开干了。

他顺便还考虑着，万一要是来的人太多，这家当不够，还得去再置备几台，哪知等敲门声响起，一开，发现居然才站了两人。

哦，不对，还有个小孩，陈光低头才看到。

"后面还有是吧？大概几个啊，有个数吗？我得提前安排住的地儿。"陈光探头往几人身后瞧。

"哦，不用了，就我们仨。"阿斌道。

"啥？"陈光张着嘴，眼珠子都快掉出来了，就仨儿？

还没等陈光回过神来，牛槽拿着一沓照片来了："这，这咋做啊？"

没样品，没要求，一堆照片？选演员哩……

59. 最高的要求是没有要求

陈光这下子也顾不上嫌弃来的人少了，赶紧接过牛槽手上那一沓照片翻了翻，这里的人有男有女，个个儿模样洋气，装扮极佳，看得边上几人都忘了进屋子放东西。

"就这啊？"陈光甩了甩照片，"没别的了？"

牛槽赶紧转身去瞧寄过来的那个包裹，果然还在最下层翻到一封信，拆开一瞧，倒也没几句话，不过牛槽不识几个大字，便给了陈光。

陈光看完这眉头是越锁越紧，心事重重地出门找了电话，那头江太太正好在家，接到陈光电话时款款道："收到啦？"

"不是，您给我寄那么些个照片作甚啊？"有的甚至寄了好几张。

江太太吹了吹手上刚染的银色细闪甲汁儿，伸手迎光瞅着："专人定制，当然是要按照个人气质神韵来啊。"

陈光一个头两个大，他们现在就这么点人，什么要求都不讲，就让你猜，要是猜中还好，猜不中那衣服岂不是白做了？这江太太也是够狠的，无本生意做成这样，还净给他为难。

江太太得了哥哥提点，晓得陈光心思，笑道："先生放心，便是我同学不满意，您的成本和人工我也出了，不会让您吃亏的。"

陈光心道，他就是那般贪图蝇头小利的人？他要赚的可是大钱。

"而且，这衣服，咱不设最高价，届时完了让他们自个儿出价，出不够，咱不给。"江太太悠悠道。

她哥是专门做这行生意的，对于拍卖场上那些个心理，掌握得很是到位。

而且，她江家并不是什么都没付出便赚了大头，他江家在做的，可是最重要的一环！只是，这一点陈光不必知道。

陈光是下游的，毕竟人家江太太提供的人脉他压根儿接触不到，自然也没法子"作妖"，现在得了不亏钱的首肯，也就罢了，于是悻悻挂了电话。

转念想起就来了仨人儿，连设计带做，总共二十几件衣服，哪里来得及啊！

陈光愁得原地踱步时，牛槽已经跟来的仨人商量起来了。

"咱们现在就这么些人手，得想个法子，将这活计更高效做完。"

衣服这块都讲究时效性，过了节气了，便不得再穿了。但现在他们人手有限，衣服的难度也高，虽人家那边没说到底什么时候要货，但总归是不能秋日给了夏天衣裳的。

小六子老神在在讲出这话时，牛槽惊诧地看着这半大小伙儿，总觉得

几日不见这孩子长大不少。

阿斌跟牛四无甚主见，只有听从旁人的份儿，牛槽便跟着小六你来我往地交流着。

"依照你说，咱们该咋办？"牛槽认认真真地问。

"分工合作。"小六子认认真真地答。

"如何个分工法呢？"阿斌好奇道。

牛槽鼓励看着六子，六子于是红着脸将心中想法说了出来："以各自之长来分。"

牛四垮着脸："小六，你这话讲得文绉绉的，倒是越来越像那柳……"

忽然想到柳先生在牛家村几乎可算是个禁忌，牛四悻悻闭嘴，众人也都默契当没听到。

"啪啪啪"，门口响起了鼓掌声，众人转身瞧去，是陈光。

陈光打完电话回来，心烦意乱地想着该如何是好，就见这小东西在说道："你倒是细细说，该怎么执行。"

小六子平日里话很少，一双眼睛"滴溜溜"的，瞧着甚为机灵，陈光明白这是个聪明的小家伙，起了心思竟想好好听听"童言童语"。

小六子得了鼓励，倒是不怯场："比如我舅擅长设计、打样，便可负责所有衣服的设计打样，阿斌哥哥很细心，缝制衣服针脚齐整，便可负责所有衣服的制作，牛四叔叔裁剪功夫利索，且力气大，可负责所有布料的材料以及后续成品的整理，而我……"

"你刺工好，可以将所有衣服的装饰给你做。"阿斌恍然大悟。

小六子点点头，这样子规整好，做起来也井井有条，可以节约不少时间哩。

陈光托着下巴沉思半晌："如此也好，采买的事情，就全权交给我了。"

说罢转头向牛槽："你还有什么想法没有？"

牛槽摸了摸小六子脑门儿："就按照小六子说的来吧。"

虽然牛槽没说啥，但陈光总觉得心里有些虚得慌，这些个衣服量不大，可件件儿要求贼高啊，哪里就这么四个臭皮匠能完成的。

陈光寻思了片刻，身子一转，一头扎进人群。

牛槽没管陈光，自顾自对着那二十几张照片思忖起来，小六子仨人知道牛槽这是在设计衣服样式哩，便利用这不多的时间赶紧去整理布料，看看有没有置备齐当。

牛槽看着看着人不见了，钻进房中再不出来，自是不晓得陈光走遍了大街小巷，还去了淮扬市。

齐二听闻陈光那边动静时吓了一跳，还以为陈光来找他寻仇，又去将柳先生踢了一通。

柳先生被迫去查看陈光动向，跟了一路才发现他走遍淮扬市大街小巷，貌似倒不是瞧衣服的，竟是在瞧人。

只是，陈光眼光颇高，见着这个摇摇头，见着那个撇撇嘴，最后就带了不到十个人。

高山市，陈光临时给置备的缝纫房里，小六子仨人围在一起窃窃私语。

"他咋还不出来？"牛四急道。

"要不去踢门？"阿斌建议。

"别……"小六制止了，"我舅办事向来稳，咱别急。"

"这咋别急啊，已经两天没出门了，大姑娘窝两天也得去院子散散步吧？"牛四指着那门，每日吃一顿，吃完了就将那饭盒子往门口一推，问话也不睬，顶多就推一盆尿壶出来。这两天他就光伺候着牛槽吃喝拉撒了！

说罢牛四就准备起身去推门，小六子赶紧制止，当时是，门口响起了一道爽朗的笑声。

"大家来看看，就是这边，这段时间就麻烦大家了。"

屋内三人朝门口看去，与门口那十几道目光"齐刷刷"对上了。

陈光笑眯眯进门，指着三人："我给大家介绍下，这是咱们四位师傅，以后就由他们带着咱们……哎，牛槽呢？"

说曹操曹操到，里面那道门"吱呀"一声开了，牛槽卷着一头鸡窝出了门。

"牛槽哥？"

人群中一道清脆的声音兴奋地响起。

60. 另一种赚钱方式

牛槽满脑子都是那些设计图，晕头晕脑着呢，就瞧着一汪水汪汪的湖朝他荡了过来。他还以为淹死了，揉揉眼，再瞧时，有些恍惚，居然是小荣，他在淮扬市缝纫铺的师姐，阿荣。

这是回了淮扬市？

牛槽歪头瞧向门口，乌泱泱一片，该有十号人，人群前是笑眯眯站着的陈光。

没待牛槽问出口，陈光便笑呵呵解释："牛槽，你出来啦，来，给你介绍下。"

陈光指了指众人："这些都是我从淮扬市跟高山市请来的师傅，手艺极好，跟着你们帮帮忙的，咱们尽快把那活儿给结了哈。"

请这些人是得费不少钱的，吃穿用度加上基本工资，每样都不低，但江太太既然说了，一切支出她来，他便不管了，可劲儿地使最好的。总归无成本当然要挑最好的，发挥好了赚的也是自己的！

陈光如此打着算盘，那个唤"阿荣"的年轻姑娘笑嘻嘻跟牛槽打完招呼跟陈光调侃："那您这个诸葛亮带着我们这群臭皮匠啊。"

众人不跟女娃儿计较，尤其是这么水灵的女娃儿，听闻自个儿被比成"臭皮匠"也没放在心上，反而跟着"哈哈"笑开。

阿荣嘴巴甜，会活跃气氛，很快跟一众人等打闹成一团，十几个人互相熟了起来。阿斌彼时忽而想起，这姑娘貌似他先前也见过，便是牛槽当工时他寻去，那位说牛槽是她见过的最有天赋的姑娘。

陈光给众人分组时，阿斌捅了捅牛槽："哎，你就不怕小琴瞎想啊？"

一想到他家小花，阿斌打了个哆嗦，那可是个母老虎，他惹不起。

牛槽好奇看着他："为啥小琴会瞎想？"

阿斌想到小琴那般行事作风，忽而有些丧气，小琴跟小花完全不一样，他跟牛槽讲那是压根儿说不通的。柳先生曾经说过的一句话倒是蛮对的，人的悲喜并不相通，若是强行交流，那便如鸡和鸭子聊天。

阿斌垂头丧气专注手上的任务单，将他那组的人召集，讲起了注意事项。

此番陈光在六子的主意基础上加强了一下，一共分为四个小组，分别是设计组、裁剪组、缝制组以及装饰组，组长由牛槽、阿斌、牛四以及小六担任。牛槽工作在头部，他这组需先马不停蹄开始设计，设计一件给其余三组走流程，全部设计完之后第一组再分散人到旁的组去帮忙。另外，牛槽各个本领都是可以的，因此他也担当这十四人小组的领头人。

"怎么样，牛老大？"陈光指着小小缝纫间，笑问牛槽。

牛槽面无表情道："听陈诸葛吩咐。"

陈光一怔，居然被牛槽给调侃了，还真是难以置信。

就在这般打打闹闹中，一群人开始了设计工作。牛槽已经完成了前两件的设计，余下三组马不停蹄赶工起来，牛槽连同他们小组三人也开始设计余下的。

时光荏苒，节气从立秋到白露，又迎来了秋风同寒露，终于在霜降前，这"砰砰铛铛"的小厂子完成了它的任务。

10月底，阖家欢乐的国庆已经淡了热闹，大地纷纷扬扬下了枯叶，一夜之间好似就从夏日过了秋朝，连天地都寂然了。

陈光穿着一身风衣从寒风中埋头进了厂子："嘿嘿嘿，来，趁热乎的，快吃。"

阿荣探头一瞧，竟是几包糖炒栗子，当即撇撇嘴："切，给你当牛做马的，赚了一大笔，就这就想打发我们？"

吃饭，陈光便是去金陵送货的。

早先他是做一件送一件，第一件是同一位男士做的坎肩风衣，那位男士穿着风衣去谈生意，顺利谈成，在原先的一千块基础上大手一挥，又多给了两千块。

这笔小小的生意便这般开门大吉。

外加江太太顺势给这位"神秘"的设计师"创造"了极其传奇的故事，说当地人穿了他做的衣服都十分走运，这是一位"天人"做的"喜服"，衣服口碑打开，价格便更是不言而喻。

最后，陈光仔细数了数，到手大约有六万，折合一件衣服约三千。这些钱，竟是比他先前同牛槽家订的那两千件赚得还多许多。

更何况，这衣服到手的大头决计不会在他这里，毕竟要从江太太手里走上一遭。

去银行取了票据的陈光在街头坐了好一会儿，陷入深深的沉思，却原来，赚钱还可以这般。

第一次，他受到了震撼，他觉得发现了什么不得了的东西，却又抓不住。

待秋风席卷全身，寒气浸润肌肤，他才从街头抱了几包糖炒栗子回去。"当然不会就这么打发了大家。"陈光笑眯眯地招呼，"今晚请大家吃饭，顺便……"

陈光卖了个官司，众人个个儿瞪大眼瞧着他，等他说话。

"顺便把账结给大家。"陈光掏出取出的钱。

众人于是欢呼起来。

就这般，这次的困境完美结束，牛槽及牛家村另外仨人还白得了不少钱，其中又以牛槽的最多，陈光塞了五千给他，另外仨人一人两千。至于另外请来的那些，便算是拿了个高工资，到手也得五百多。因此，个

个儿分开的时候都是喜气洋洋的。

由于阿荣是个姑娘，走的时候天色又黑，陈光便自发去送了，牛槽几人不打算趁夜走，于是下榻睡了一觉，外加采购了些物什，一并带回去给家人。

毕竟，他已经许久没回去了。

后来忙起来，牛槽便再无暇分身，给小琴的承诺便跟那肥皂泡泡映着霞光破了，牛槽担心又有些愧疚，也不知道小琴会不会怪他。

"舅，你有没有觉得，阿荣姐跟陈光叔，不一般？"小六帮牛槽整理行李，半大少年就着煤油灯，脸上的光斑影影绰绰，将少年别扭的心境藏匿。

牛槽瞧都没瞧他："咋不一般啊？"

"哎呀，你就不觉得……不觉得……"小六子跺脚。

明明他们俩人有那个意思嘛！

牛槽低着头继续整理，可将小六子急得，恰在这时敲门声重重响了起来，小六子赶紧去开门，心中纳闷，这时候谁来找他们啊，不都快走了吗？

"牛槽哥，牛槽哥在吗？"原来是阿斌。

"在啊？"小六子好奇看着阿斌，却见他手上拿着一个什么，急得声音都变形了，还没等小六子问出原因，阿斌一把推开他，朝牛槽跑去。

"牛槽哥，不得了啦！"

61. 大姑娘落地

"什么事啊着急慌忙的？"牛槽头都没抬，淡淡道。

阿斌一把拉着牛槽胳膊："你还不慌，有你慌得，小琴生啦……"

牛槽本来被阿斌拖着往前，闻言忽然顿了步子，跟个木桩子似的杵在原地，呐着嘴半晌没动静。阿斌好奇转头瞧去，拖了两下："走啊，还是前天寄来的电报，说是进医院了，这会儿怕不是都生出来了。"

阿斌没说出口的话是，万一要是有个什么事儿，现在可能也已经……

牛槽心跟棉花一样飘飘浮浮着，忽而那棉花上落下一块砖头，"啪叽"一声猛地从云端坠落。

一阵风吹过，小六子总觉得以他那不大的身量，几乎被带飞了起来，再睁眼时，牛槽已经不见了，脚底跟踩了风火轮似的。

小六子跟阿斌面面相觑，赶紧一致地低头帮牛槽收拾东西，而后麻溜地跟上牛槽。

到家时已是天明，牛槽顾不上抹头上那密密匝匝的一层汗珠子，推着那木门使劲儿晃悠，大门上锁链叮当作响，一瞧便是无人在家。

牛槽一颗"扑通"乱跳的心于是又飘了起来，转身敲开邻居家门："小琴呢，小琴去哪里了？"

邻居一大清早被吵醒，揉着惺忪的睡眼，瞧见是牛槽："牛槽啊，你老婆，你老婆去县里生娃啦！"

于是，牛槽又甩开脚往县里赶，跑到一半才想起来，正常乡里人生娃不都会在王老太那里吗？只有生不出来或者是难产的才会送到县里，一旦送到县里的，基本上也就……牛槽拎着一颗七上八下的心往县里跑，连车子都忘了叫了。

待终于跑到县里时，太阳已经洒亮了。

深秋的天，苍穹湛蓝，天上卷舒着几朵白云，牛槽喘着粗气汗涔涔地推开医院的门，白大褂们一脸惊恐地看着他，还以为是哪个来砸医院的。

"小琴，小琴呢？"牛槽抓着一个白大褂问。

白大褂被问蒙了："啥小琴啊？"

"牛家村的，李冬琴！"牛槽几乎是吼出来的。

"牛槽？"牛槽他娘正垮着脸从角落转出来，寻着声音看热闹，却发现是自家儿子在发疯。

"妈？小琴呢！"牛槽赶紧放了白大褂，跑过来拉着他妈不放。

"小琴小琴，就知道小琴。"牛槽他妈气不打一处来，拼命拍牛槽跟铁钳扣在她肩上的手，"你想把你老娘弄死啊！"

牛槽这才松了手，却是一双眼四处瞅，忽然见他爸从角落出来了，手上还抱着块红花碎布。牛槽赶紧上前，还没开口，一个皱皱巴巴的丑脸映入眼帘。牛槽怔了怔，哪家的猴子啊？

"愣着干啥，你大闺女。"牛槽他爸呵道，"还不来抱走。"

乡下人，第一个孩子都指望着来个带把儿的，现下生了个大姑娘，老太婆已经给过他脸色，他心中自然也是不高兴的。

牛槽却没什么反应，脚底打飘，跟走在云里似的，机械接过那小小软软一团儿，眼睛一眨不眨地瞅着，生怕漏了什么。小东西还没睁眼，丑得紧，牛槽心中忽而浮现一个想法：万一长了一双同他一样的眼。

那该咋办？

他竟生出想伸手扒拉开那细细小缝的心情。

"牛槽哥。"一道微弱的声音传来。

牛槽浑身如被雷击,小琴隔着门框朝他笑,牛槽扭头愣了愣,赶紧进了去。

小琴刚生完,身体比较虚弱,可也晓得自个儿生了个女娃娃,心中有些愧疚,咬了咬苍白干燥的唇:"牛槽哥,抱歉,没能给你添个儿子。"

小琴没说的是,便是为了给他生这个大闺女儿,她也是差点去了半条命。

给牛槽发电报的那天她便开始阵痛,公婆立刻将她架去了王老太家,奈何王老太只能助产,而小琴疼了两天两夜都没动静,王老太怕遇到危险,推搡着牛家公婆将小琴送到了县里医院去。

好在去了医院一番折腾总算生了下来,却是费了些钱,生的又是个女娃,因此牛槽他娘给了小琴不少眼色。小琴也是晓得的,一直没讲话。

牛槽为人粗中有细,他瞧着小琴苍白的脸色和干燥的唇便晓得她到现在连口水都没喝上,抱着大女儿亲了口:"女儿好,女儿好。"

小姑娘被父亲粗嘎的唇亲得不十分舒服,扭了扭,伸出小手一把拍上牛槽侧脸。

小琴顺眼瞧去,见着他脸上一直没退的绯红以及湿漉漉的头发,眼泪"吧嗒"便落了下来。

牛槽又忙前忙后给小琴置备吃食,照顾娃娃,好一通忙活。

牛槽他娘见儿子忙活成这样心中不爽,甩了好几个白眼给自家老头儿,却也是无可奈何,总归不用她插手,也是少了不少事儿,却是回去仍止不住碎叨,逢人便叹自己命苦,小琴娇气云云。

牛槽倒是不管,总归他现在有钱了,终于可以分家了。

不过这事儿万不可让他娘晓得,他便做得甚是隐秘,村里人问起来这次挣了几个钱他也直摇头。另外仨人倒是同他一样的心思,关于这次挣的钱啥话都没说,连至亲的都没透露个分毫。几人倒不是为了藏私,实在是因先前村里人个个儿出了事儿推到他们身上的事端寒了心,谁也不傻,自然不会任劳任怨。

没钱时,大家都是一条心的,有了钱,却是都有了旁的心思,可见这钱还真是万恶之源。

这边牛槽寻思着得找个不露痕迹的法子暗中进行盖房子事宜,思来想去,还是应该动静小些,家当一点一点买,工人也请一两个,哪怕工期忙点也没事儿，可以让别人产生一种"慢慢攒钱盖房子"的错觉。

牛槽同小琴商量了之后便这般做了。

除了他娘一开始号了几声外，村里旁人倒是没多嘴，瞧着牛槽自个儿搬砖头拆房子只以为是拿回了那两千块钱给房子出个新，没多说啥。他娘这边，牛槽揣了三百块钱，给他娘造成一种将全部酬劳给她的错觉，也就不折腾了，更别说牛槽还给他娘也顺便垒了个新灶台。

小六子那边，他倒是将那钱给了他娘，但小六子他娘是个实诚的，没朝着母亲嚼舌根子，也晓得财不露富，孤儿寡母的全都攒了起来。

小六子却制止了他娘："娘，你花着吧，我会给你挣更多的。"

"嘿，净瞎说。"小六子他妈赶紧捂着儿子嘴。

小六子挣脱："而且，我还得问你要点儿钱。"

"做啥啊？"

"读书。"

62. 大发雷霆的牛队长

读书一直是小六子心中的一根刺，他不喜欢柳仕那副模样，读书读得清高到瞧着所有人都是用鼻孔的，他觉得读书人该是强大的，是怜悯的，是能洗清世人眼中的无知和愚昧的。

小六子想读书，这是他从小到大的心愿。

"咋个读书啊？"牛槽他娘也想让儿子读书，可他们牛家村没有学堂啊。

20世纪70年代初，不少村里还是没有学堂的，有些大队会合并起来寻个就近地儿给村子里的孩子读书，比如龙虬镇有个大队便是寻了个废弃的土地庙，在庙里置备了下，寻了村里识字的教书的。本来牛队长是想让柳先生也承了这个教书先生的职，但后来办了缝纫组，全部力气便使在了缝纫组里，将这茬给忘了。现下，柳先生不在，却是也不需谈了。

小六子却是从未将心中的想法忘却，他先前在服装厂工作也不是真的如牛槽般爱惜裁缝活儿到如此地步，他只是想迂回前进帮母亲分担些负担。后来第一笔生意许诺会分钱，他便想着离开服装厂了，先前跟牛槽提同妈妈交换额子也是这个意思。只是连着出了好一档子事儿，他没说得出口，现在既然事情已经解决了，小六子便没什么理由回避这事儿了。

"妈，将我学费留着便可。"小六子踌躇半响，想到陈光跟阿荣、阿斌跟小花以及牛槽跟小琴，脸颊"腾"地红了，其实还有他老婆本来着，

不过他不大好意思说出口,想他妈应该会给他留着吧。

小六子一人挣了三千块钱,这在当时代是多么不可思议的事情,他妈早先在刚守寡时过得苦哈哈的,人也不利索,总是担心旁人欺负他们孤儿寡母,现下这儿子长得飞快,跟抽了苗的春日柳树似的,她渐渐有了主心骨,从先前的外强中干到听着儿子行事了。

"成,依你的。"小六子他娘拍了拍幺儿肩膀,十分爱怜。向别的孩子这般大还是家中惯宝宝呢,比如那牛五,比小六子小2岁,却是长辫子刚剪了,自小焦屑灌蛋吃着,专门的先生教着,而小六子风里来雨里去,早前连个没洞的草鞋都没有,实在惹人疼。

小六子他娘想着,泪珠子就"吧嗒"滚落了。

这一夜,漏雨屋檐下,母子俩互相温暖彼此,盖半漏月光寻找着前路。

第二日一早,有了决定的小六子便踩着晨曦敲响了牛槽家的门,牛槽正挑着水泥糊墙,小琴跟娃儿随着呢,牛槽颠着担子,满身干劲。

"舅。"小六子忐忑说了来意。

牛槽有些诧异,不过刷墙的手都没停下,只淡淡道:"也好。"

最初,他便是想让他念书的。

"那服装厂那边,可以换了我妈的额子吗?"小六子承认自个儿是有些贪心了,毕竟服装厂来钱,先前舅舅没同意,现在怕是也不会同意。

果然,牛槽没说可以,也没说不可以,只说会告诉牛队长,让村里人一起决定吧。

小六子不同于妈妈或者外婆,他懂舅舅是个有原则的人,本就是他贪心了,故而转头问起念书的事儿。

"我帮你打听打听。"牛槽继续刷墙。

小六子得了首肯满意而归,牛槽背对着大门刷了一上午,刷得他老娘脸色刷白。近来,牛槽他娘总算是看出点苗头,这是想跟她分家过呐。毕竟,谁改造屋子改造个墙角出来啊!

牛槽就当不晓得他娘不满似的,刷到晌午时分扔下刷子,一头扎进了牛队长家。

"我爸?我爸今天不在呢。"小五眨巴着眼瞧着牛槽。

牛槽便准备走,想起什么,摸了摸小五脑袋瓜:"小五,你念书的额子是怎么得的啊?"

柳仕走后,小五去了镇上念书,由于从1972年开始国家便由2月份改成了9月1日正式入学的。小五便跟上了前头"原地踏步踏"的哥哥姐姐们，成为一名光荣的初中生了。

那会儿，初中的额子不好拿，小学倒是念得多，因为传言即将恢复高考了，不少文化人欲借此改变命运轨迹，因此都埋头苦读。只是，到底高考名有限，因此初中部的名额只能收着。

小五睁着一双葡萄眼，摇摇头，清脆道："不晓得呢。"

牛槽垂头欲走，小五忽而又问："是小六子哥哥想念书吗？"

牛槽看了一眼，没应，只嘱咐："你爸回来知会我声儿。"

小五点点头，如约照做，下晚时分前来找寻牛槽，彼时牛槽正给大闺女儿磨米糊糊。乡下没什么吃食，牛槽又不舍得闺女儿只喝奶，想做点儿好吃的，便跟个老骡子似的背着石磨磨稻子，终于将好几斤上好的稻谷磨成了小小一捧米糊。

牛槽捧着米糊，寻思着该不该再剁些菜一起煮，小五"嘭"地推门而入。这响动太大，恁是牛槽这般淡定的也抖了抖，连手上那捧细碎的米糊都随风飞了些许，浮起一脸沫子。

"牛槽哥，我爸，我爸他……"小五急得脸都红了。

牛槽不急不缓地放下手上的米糊，又将磨盘上的糊糊悉数收到了蛇皮袋里，用绳子收起来。做完这一切才起身出门，闩门时道："牛队长回来了吗？"

不说还好，一说小五"哇"的一声哭了："我爸，我爸他在家摔桌子！"

摔桌子？牛队长这人一向喜怒不形于色，威严惯了，便是柳先生将他们戏耍了一通都没见着有太大的情绪波动，此番竟然能摔桌子？

更别说，牛队长向来疼爱牛五这个儿子，在他面前说话都不带大声的，和蔼得紧，如何能将牛五都吓哭了，还到牛槽处求助？

牛槽心中浮现出一个大大的问号，还真是奇。

"你妈呢？"牛槽边走边问道。

牛槽看似不急，实则走得奇快，小五得小跑着才能追上，气喘吁吁道："我妈也被吓哭了，在家呢。"

连小五他妈都被吓哭了？那这事儿到底得严重到什么地步？

牛槽这下子却是连看似不急的模样都做不出来了，半跑着推开牛队长家的门。

牛队长正在摔酒瓶，瞧那瓶口直生生朝他飞来，一个闪身给避开了。牛队长晃着惺忪的醉眼瞧见是牛槽，一脸的怒容凝聚，敛出个阴森森的笑："呵，你可来了，找你算账哩！"

63. 不知何时结下的梁子

这账还真不是牛队长受了打击喝醉了逮着人瞎算，确实是同牛槽有关。

却说牛家村隶属龙虬镇，共计四十多户，近两百号人，算是龙虬镇的大村，更别说还有着牛家村服装厂的加成，在龙虬镇如何都算是叫得上名的村落，除了率先办厂的高家村很少有能争辉的了。

便是这响当当的大户，在镇上却不大受待见。

牛队长一开始不晓得为何，只诧异为何选优秀集体、先锋大队之类的自家都扯不上什么干系，他虽是狐疑却也没太多放在心上，因为他所有的精力近来都放在了村大队书记的选举上。

所谓村大队是镇子上为了方便管理将几个村落组成的一个支队，这个属于行政单位，不过各个村子也都是相邻的便是，如牛家村便是同马家村、王家村、丁家村、朱家村合成的。这个行政单位合并之后，为了方便管理，镇上会选举出一个书记，管理各个支队的具体事务。在得知这件事情之后，牛队长几乎是天天走访邻村，将各个村长以及队长都搞定了，便是为了这大队书记的额子。

可是，在正式选举那天却是出了些幺蛾子，镇上竟然又给他们加了一个村落进来，且加进来村落的队长承了他们大队书记一职。

牛队长十分不服，他这些天周转斡旋，便是为了这个位子，现下被一个莫名出现的人挣了，如何让他不气？

牛队长闹到镇上，镇政府的工作人员告诉他，这事儿几乎是板上钉钉了，因为这个新加进来的虎林村队长林尔也大力开设了服装厂，还兴办了学堂，同时也是最主要的，林尔是副镇长的侄子。

因着这层关系，林尔更是如虎添翼。

牛队长倒是明白镇政府工作人员的话，人家确实各方面都不比他差，他只是不明白，林尔为何会加到他们大队来。

隔了十万八千里，那么多村子，他为何非要插他们一脚。

无论是想过过官瘾还是扩大区域范围，都不该选择他们大队啊。

莫不是，林尔这是专门向着他来的？

可是，他根本就不认识这号人啊！

牛队长百思不得其解，又兼情绪低落，落败后便在镇上寻了家酒楼喝得酩酊大醉。醉眼惺忪间，竟然瞧见了一群人前来庆功，听那呼朋引伴的吹嘘，牛队长才晓得这便是虎林村众人。

牛队长气不打一处来，抄起酒瓶子就去"敬酒"。

"哟，我当是谁呢，我们大队书记啊。"牛队长歪歪扭扭地用眼瞥着林尔，"来来来，喝一杯啊……"

林尔瞧他诧异看了眼，身边人附耳说了句什么，林尔恍然大悟，起身从一锅蝎子羊汤锅边找出酒杯："瞧我，连牛队长都不晓得……罪过罪过。"

牛队长见他那副模样几近情绪失控，一歪手将酒瓶子摔在了桌上。顿时，一锅羊汤飞溅，桌上众人均起身站了起来，一脸警惕地瞧着牛队长。

林尔一挑眉，放下酒杯："牛队长这是何意？对我这个书记不服？"

牛队长是一听到"书记"便止不住了："你为何为难我？"

"哦？"

"千里迢迢跑到我牛家村的地盘，占了我的位子！"牛队长气愤道。

这些年来，牛队长向来稳打稳扎，样样都做得中规中矩，就是为了实现心中的抱负。男人嘛，又是他这般吃了几滴墨水的，如何没有几分企图心。

因而，现下被占了位置才如此愤怒。

林尔却好像没受丝毫影响似的，伸手招呼服务员："将这锅撤了，重新上一锅。"

于是，服务员便鱼贯而上开始整理桌子。

"为何？"林尔笑笑，倒也没否认，"你回去问问你家那厂长吧。"

林尔说完这话便招呼众人坐下，于是，一桌子虎林村的人又开始说说笑笑，就着干净的菜肴开始吃起来，好不风光。

牛队长站在桌边，跟个局外人似的，满嘴讷讷着牛槽名字。

牛槽？难道这事儿同牛槽有关？

"你说，你到底是如何了？"牛队长一下子扑上来，一双手铁钳子似的，牢牢掐着牛槽脖子。

那手力道极大，牛槽顿时觉得呼吸不过气来，却也没动，泰山似的任他掐着。他心中也疑惑，脑子飞速运转，他到底哪里得罪虎林村的人了？

说起来，上次在渔村见到那个林小牟时便觉得他态度有些奇怪，只是一直没机会问清楚。

牛槽寻思，得将这事儿问清了，免得受了那不白之冤。

几日后，镇里召开了第一次村大队会议，各个村子的大队书记会进行

述职，同村长交代工作，牛槽便同牛队长申请跟去。牛队长那会儿酒劲已经散了，整个人有些颓废，一贯风发的意气泄了些许，瞧着苍老了些。

"去？你去能干啥？"牛队长勾着眼，卧在书桌前。

"去问问哪里得罪人了。"牛槽耿直道。

"呵，问出来又能怎样？将我位子还我？"牛队长哼了声，"你也不怕被人吃了。"

牛槽也不讲话，就这么站着，看着牛队长。

牛队长不搭理他，听之任之了。

几日后，牛槽跳上了一辆三轮车，跟上了牛队长的拖拉机。

他坐在三轮上，车子一晃一晃地颠簸起来，驾车的老农咬牙吃力跟着前头的拖拉机，三轮的却始终跟不上四轮的，很快消失不见了。

"跟不上咋办？"老农回头看牛槽。

牛槽正低头检查材料，头都没抬："不碍事，你认得路便成。"

"哎。"老农于是舒心地继续驾车。

地上石子多，七扭八歪的，小三轮颠啊颠的，牛槽生怕将手上那一沓材料给弄散了，牢牢护着。本就识字不多，牛槽却瞧得异常认真，小六子同他说了，这里面有户口本儿，有他同他妈的身份证明，还有村里盖的出生证明。

这些啊，是小六子好不容易找村里开齐全了，为上学用的。

牛槽此番到镇上是带着任务的，一来弄清楚他到底哪里得罪了虎林村，二来也是最重要的，他得给小六子搞到个初中的上学资格。

牛槽整理完手上的材料小心放好，瞧了瞧窗外倒退的麦田，心中有些担忧，也不知道，这事儿能不能办成。

第三章 三年联营（1977—1979）

64. 小六子含恨

牛队长下车瞧见牛槽那三轮儿竟是也崴过来了，冷哼一声钻进招待所便不再搭理。

总归这会儿同他没什么关系，他只需听着便可，而牛槽没得个准信，连参会的资格都没有，当然更是不需要关注个啥。

于是，招待所前的看守人就瞧着牛槽整日在门口晃。

"哎，那个木桩子，你干啥呢？"看门老头瞧了好一会儿，终于忍不住拿着根铁棍儿朝着门口边的棚子走去。

牛槽正蹲在棚子里啃大饼呢。

"等人。"牛槽头都没抬，跟没瞧见那胳膊粗的棍子似的。

"等谁？"老头儿一脸不信任。

"林小牟。"牛槽老实道。

老头儿想了半晌，姓林？倒确实是有姓林的在里面住着，只是他既然想有名有姓地寻人，为啥子不进去，非要蹲这儿？八成不是什么正经人。

于是，老头儿赶鸭子似的："走走走，等人别在这儿等。"

"牛槽？"说曹操，曹操到，贼眉鼠眼的林小牟一瞧见木头桩子牛槽，那眼睛天然就带上了不屑。

牛槽跟没见着他那傲气似的，起身："我找你有事儿。"

林小牟晓得他问什么，抱着胳膊做一副拽状："那事咱们梁子结下了，以后都别再提。"

"我申请让大队学堂进一个人，这人。"牛槽说着将小六子的材料拿出来，递给林小牟。

牛槽打听过了，镇里成立大队后为响应国家培养人才的号召，倡导各个大队成立学堂，学堂设立点可以几个大队商议，但是名额有限，只有部分孩子能进，并非全部。此番既然虎林村的队长成了大队书记，这学堂大概率会设定在虎林村，而且小六子念书也必然是要队成员首肯的。

这两天过来，牛槽去镇政府的公告栏转了一圈儿，发现这个林小牟竟然还在大队谋了个职位，恰好就管了那入学事宜。

虽然晓得这事儿不那么容易，但牛槽为了小六子还是未作退缩，迎上了。

果然，林小牟跟听了什么笑话似的，歪头夸张瞧着他："你没搞错吧？"

完了又转头瞧着身边人，边指牛槽边道："我没听错吧？"

周围人纷纷附和着笑。

牛槽也不做什么反应，就任他们这么嘲笑着。不远处，牛队长见着一群人围着牛槽，仔细一瞧是虎林村的，不欲多管闲事，又觉得丢人，捂着脸匆匆扎进了集市上的人堆。

小牟笑够了才指着牛槽："我脑子有问题吗？给一个抢我生意的人介绍的人求入学名额？"

说罢收敛了笑，甩着袖子准备进去，却被牛槽一把拉住了。

"我抢你生意？"牛槽定定瞧着他，"我一直想问这事，明明是你抢了我的布票，我没同你计较也便罢了，你如何做出这般姿态？"

牛槽一向话不多，这次倒是真的好奇。

小牟被气笑了，他自诩一张嘴能将死的说成活的，却是从未见过如此厚颜无耻之人。

罢了，他今日来镇上是有任务的，又不同于牛槽的游手好闲，干脆冷笑着瞧牛槽："你放心，我在你手上丢的，已经讨回来了，你倒是装吧。"

说罢甩着袖子也扎头进了集市，同牛队长一起去开会了。

牛槽不死心，接下来的日子一直在堵着林小牟，可将他烦得，最后不得法跑到牛队长面前来撒泼，让他将他们村的"牛"拴好，别到处斗。牛队长当着众位村长的面被闹了个大红脸，自是将怒火发泄在牛槽身上，拎着耳朵死活将他撵回去了。

牛槽被牛队长找来的三轮车拖回去时依旧在思考，林小牟那话到底是什么意思。

几日后，牛队长回来了，牛槽赶紧过去问小六子念书的事儿，牛队长蔫着脸只道了句："等着吧。"

大队刚并，现下读书的额子还都在报名阶段，过一阵才能出来名单。

牛槽于是又回去巴巴等着，小六子往日里机灵能干，等消息的日子却是十分的魂不守舍，倒也不怪他，过分看重一件事儿了自然便会失了寻常心。

接下来的日子，牛家村服装厂便再度恢复了平静的生活，做做村民的衣裳啥的，没有活计，也没有额外收入。先前从陈光处赚的那笔钱，会过日子的都用来置备家当或者盖房子了，不会过日子的也全败了，更有甚者居然坐在街头给打麻将搓掉了，跟从来没拿过一般。

于是，个个都来吵着牛槽，问能不能寻些新的活计，扩大营生。

牛槽现下却是没什么渠道的，结了婚的马宝却是神秘兮兮跑来嚼舌根："我听说啊，那虎林村揽了笔大生意。"

"啥子大生意啊？"小俏好奇道。

马宝推了推她："你不是去陪小丽吗？怎的在这儿嚼舌根。"

小丽生了病，总不见好，日日在家守着，也不出门，小俏有时候会去陪陪她。只是，小丽那处儿太压抑了，小俏渐渐不大爱去，却又不愿说，让旁人觉得她"没心"，干脆别了马宝一眼，伸手欲拎："不是你嚼的吗？"

"好姐姐，好姐姐……"马宝连连做求饶状，一本正经起来，"我是听我家萍萍说的。"

马宝口中的萍萍便是高萍，他媳妇儿，进门不久，小两口蜜里调油，好得跟一个人似的，什么都说。高萍是高家村的，高家村队长是镇里的官儿，消息灵通，故而晓得个大概。

"什么生意啊？"阿斌听了也好奇。

近来他们一直没揽到活儿，个个手闲得发慌，都想大干一场，赚他个万儿八千，好过个富裕年。

"听说啊，是那淮扬市的，做那棉袄的。"马宝压低声音，"最近到处在收布票呢！"

"赚了几个钱啊？"众人议论纷纷。

马宝一跺脚："哎呀，你们懂什么，不是为了赚钱，是为了那联营的额子。"

"联营？"众人面面相觑，什么联营啊。

还没等众人继续问下去，门"吱呀"一声开了，众人循声瞧去，却见牛槽正好推门进来，垮着张脸，跟结冰的木头块似的。

"六子，你出来一下。"牛槽朝小六子招了招手。

小六子正在整理碎布，瞧着牛槽说罢便转了身出去，背影被光圈挤成了窄窄一道，心猛地沉了下去。

65. 你不能跟齐二合作!

寒冬腊月时节,高山市早早便开始置备年货,高阳清透下袅袅云烟一路荡过阑珊的杉木,红灰棉袄穿行,起伏着干草垛以及挂在粗绳上的咸肉咸鱼咸鸡,路边晒着的壮阔皆是干红薯,个个儿饱满晶莹,随手拿起一块便可往嘴里送。

这一年,牛家村在物质生活上几乎是可以说有了个质的飞跃,往日里想都不敢想的东西铺就得遍地都是,腊肠之类的稀罕事物连依傍高山湖的老陈头家都满满当当的,再不必苟着那干草拖去卖了。

只是,物质生活起来了,精神却是依旧匮乏的。

教育名额奇缺,也找不到愿意担任老师的,甚至连上课的地方都是不够的。虎林村大队最终是响应号召搞了个学堂,学堂地点就设置在虎林村。但是,由于虎林村里大队的地势间隔较远,牛家村这片儿几乎都没法去念书。虎林村地盘小,就一座破庙,压根挤不了几个学生,将将容纳虎林村自己的孩子都不够,因此名额自然少。

"没上吗?"小六讷讷着嘴,一张小脸苍白好似冬日屋檐上坠下的冰凌。

牛槽将小六材料给他:"舅再帮你想法子。"

小六子呆呆地接过牛槽手上那沓材料,愣愣瞧着,又木木转身朝着村头方向走去。牛槽不放心,跟了上去。

小六子察觉到牛槽跟了上来,抬头扯出个笑:"舅,我没事儿,你先回吧,我想静一静。"

于是,牛槽只能眼睁睁瞧着小六往村头走。

这一夜,小六子在高山湖边坐了整整一晚,从夕阳垂落水平面再到晨曦浮出地平线,而牛槽,就在他瞧不见的角落盯着他,生怕他做傻事。

他晓得这孩子有多爱读书,也晓得他有多聪明,失去这个机会,对于他来说这一辈子就不同了。

一南一北,一东一西,牛槽好像瞧着眼前的小六与另一个小六完全走上了截然相反的路子。

第二日中午,牛槽瞧着小六子回了家,才抄起家伙驾着辆小驴车赶到虎林村去。

小牟正在布置学堂哩,村里这二十几个孩子收了十几个机灵的,再加上牛家村转学来的牛五,小牟得将座位准备好,正愁着桌子咋办,一把斧头甩了过来。小牟只觉余光有一道冷飕飕的风飞过,定睛一瞧吓了一跳，刚想骂哪个不长眼睛的便被牛槽一把扣住了脖颈。

"你为何没让小六子入学？"

小牛被扣地喘不过气来："什，什么六子……"

"朱建六。"

小牛这才看清是牛槽，拼命挣扎，破庙的墙不堪两个男人的折腾，簌簌落下飞灰。

"小牛，你磨叽什么呢，快点啊，还得去收布票做齐二那批……"庙外的人听到里面的动静骂骂咧咧进来，一眼撞到里面的场景，顿住了，反应过来上前欲帮小牛，牛槽却已经放下了对小牛的钳制。

小牛落在地上，捂着脖子咳嗽半天都没缓过气来。

"什么？齐二？"

脑中电光火石般闪过陈光同江太太谈话时出现过的齐二，好似有什么串成了一条线。

可怜的小牛还没缓过来，又被牛槽铁钳般的手扣住了："齐二？你们这是同齐二合作？"

"你们怎么认识的齐二？"

"你跟齐二合作的是什么衣服？"

一连串的问号问得小牛头晕眼花，好容易气力上来，一把推开牛槽："齐二？你不是最了解的吗？被你活生生抢去，完成了你们牛家村的原始积累，第一桶金啊！"

小牛气不打一处来，这个牛槽真是恶人先告状，当初在淮扬市他好不容易拉到齐二这个单子，开价还高，寻思着村子里布票不够，得顺便收购些，免得到时候做起衣服来缺工少料的，因此便开了高出牛槽几毛钱的价格反收了布票。

说起来，这个主意还是那个叫柳先生的男人给他出的，他当那人好意，本来也是生意场上的事情，价高者得，无所谓什么奸诈不奸诈的，他便坦然收了。为了防止落人口舌，他听了柳先生的话，将这活儿托给旁人做了。他那时候觉得柳先生这人实在是好，引为挚友，整日把酒言欢，连齐二都介绍给了柳先生。

结果好了，回来后，他便收到电报，说是齐二不同虎林村合作了，转头同牛家村开始接洽。

备受打击的林小牛调查后得知，牛家村便是那个叫牛槽的人在负责，而柳仕，却是牛槽的左膀右臂，是牛家村服装厂的会计！

后来随着牛家村服装厂一夜之间风生水起，牛家村又人人都富裕起来，当然，倒也不是真的富裕到什么地步，主要是那牛家村的人爱摆阔，可这些都让林小牟无比肯定，必然是牛槽这人一肚子坏水，连带着看牛家村人个个儿也都不顺眼。

他将这事儿告知林尔后，林尔也生气，他们村服装厂总是差一口气，本来若是接个大单子那口气就接上了，奈何因为牛家村这横插一脚，自个儿异军突起，却将他们给截断了，让林尔怎能不恨？

只是，那小六子倒不是他林小牟刻意为难，他晓得那孩子优秀，递送的材料还写了份工工整整的申请书以及个人介绍，字迹娟秀，瞧着便是好孩子，可这孩子着实是捞不着名额的，他们村都抢翻了，倒是不怨他。

这事儿牛槽不知道啊，来找他算账，小牟心中也闹得慌，思来想去打算解释下，牛槽却是转了话题。

"你说你们要跟齐二合作？"

"咋的，许你合作，不许我合作？"小牟梗着脑袋，一双老鼠眼几乎冒出光来。

"不能合作。"

好你个牛槽，抢了他们合作对象一次，还想抢第二次啊！小牟气得目眦欲裂。

小牟这次却是死活非要合作成的，说起来，这个齐二还是他自个儿去拉的。高山市服装厂准备扩大经营规模，现在在寻找联名的额子，虎林村服装厂现在就要争这额子。而想争取到这额子可不单单是说说就行的，也不是镇上有几个熟识的人便可，还得拿出点成绩。不做过几个大单，谈什么拿出成绩呢？

于是，心怀愧疚的林小牟便再次寻回了齐二，好在齐二这次没说什么跟牛家村合作了，点头同意。

一波三折好容易续上的，小牟怎么可能听信牛槽的一面之词呢？

66. 临祸的虎头村

"不能合作？"小牟点头笑，他心中已经自动认为牛槽是记恨他，想抢他们联营的额子，所以才来使得坏主意，"成，听你的。"

牛槽倒是没那么容易相信，不过，他仁至义尽了。

临走前，他巡视了一圈学堂，有些落寞，他心中觉得对不住小六，即便如此，还有意有所指地提点小牟："那个柳仕，现在不在牛家村了。"

小牟正在整理被他踢歪的桌子，头都没抬，招招手："谢谢哦。"

在不在关他什么事。

牛槽于是无奈地回去了。

接下来，小六子颓废了一阵子又来了服装厂上班，只是不同于以往成日捧着书，小六子再也不看那些书了，收拾了一蛇皮袋，全卖给了老陈头，老陈头兼着收废品。卖完后小六子也没见着任何舍不得的，成日埋头在一件件布匹中，而后再将那布料变成精致的衣服物件儿。

结了婚的马宝很是喜欢凤儿这个侄女儿，总是带着她玩，小小的姑娘好奇瞧着服装厂的物件，整日缠着小六子让教她。小六子于是总用闲暇时间教凤儿缝制衣服，久而久之耽误了陪定子这个皮猴子玩。定子不高兴，同小姑娘吵个没完没了，小六子一开始怕凤儿吃亏，还看着两人，后来发现平日里混世魔王般的定子居然被凤儿治得死死的，也便不管两人了。久而久之，凤儿便不再缠着小六子，而是同定子吵吵闹闹的。

日子便这般过着，念书、大队书记、柳仕、虎林村这些都跟许久前的事儿似的，渐渐淡在了年味儿的后头。

小年前一天，牛槽正跟小琴对着桌子摊糯米饼。

他们房子已经盖好了，倒是没盖两层小楼，而是加固了一下，在顶上低调加了矮矮一层，旋了个楼坡，平日里可上去放些家当物什什么的。

大姑娘性子颇憨，肖似牛槽，长得也像，一张长线眼跟缝了的针脚似的，牛槽偶尔看着大姑娘叹气，小琴却是喜欢得紧。她稀罕她女儿像丈夫，那是她成就，自豪着哩！

大姑娘刚能站起来，扒拉着桌角转，两人糊了一手米糊，互相闲话着，时不时瞧着姑娘，窗外鞭炮时不时响起，节气挺浓重，日子过得有滋有味的。

"牛槽哥，牛槽哥……"阿斌突然将门推开了，急吼吼地进了来。

大姑娘好奇瞧去，一个没站稳，"嘭"的一声撞到木桌子，小琴不顾一手泞巴，赶紧将大姑娘抱起来，边拍边进了屋子。大姑娘呆，许久才反应过来，从房中爆发出一阵"哇"的哭叫声。

"怎么了？"牛槽拍拍手上的米粉，有些不悦。

阿斌也有些不好意思，挠挠头："抱歉啊，吓着大侄女儿了。"

"不碍事。"

"是这样的。"阿斌赶紧又进入正题，"虎林村完了。"

牛槽放米糕的手顿了顿，又继续将米糕放在木篮子里："咋的了？"

"那合作对象连订金都没付,但虎林村的人不晓得咋回事,挺信任对方的,便贴了钱替他做衣裳,结果做完之后一直不给钱,拍拍屁股就走人了。"

"合同哩?"

"签了。"阿斌拍手,"丢了。"

也是奇怪,虎林村倒是签了一份合同协议,里面也规定了钱货之类的,但是竟然给弄丢了。于是,那头拍拍屁股不认账,这边虎林村出人出力的,还欠了一屁股债,可谓是赔了夫人又折兵。

如何会丢了合同这般重要的东西呢?牛槽正诧异着,牛队长啃着一根玉米棒子进来了。

"哈哈,那个林尔也有今天。"

牛槽瞧着牛队长这般开心,晓得必然是有喜事,静静听着。

牛队长人逢喜事精神爽:"听说明年镇上会对今年各个大队书记做个评估,这林尔出了这般事儿,怕是明年没啥戏了。"

牛队长说罢忽而察觉自己说多了,拍了拍牛槽肩膀,转身欲走,牛槽开口说了个话:"听说,他们这次合作对象是齐二。"

牛队长脚步子顿了顿,还没说啥,阿斌叫了起来:"齐二?想同咱们合作的那个齐二?"

牛槽心道,何止是想合作,人家怕是已经合作成了,只是咱们不晓得罢了。

牛队长头都没回,尴尬笑了两声,抬起步子走了,连个表情都没让牛槽瞧见。

废话,他当然晓得,在林尔得意扬扬同他炫耀,还想同他借缝纫机的时候他便晓得了,那会儿他心中虽然犯嘀咕,这个齐二能是个什么好人,还同他们合作?

只是,嘀咕归嘀咕,一来他不可能提醒林尔,林尔只会觉得他是眼红,二来他也不可能因为这莫须有的猜测而乱讲。毕竟,齐二坑他不一定坑别人。再说了,他也不敢将齐二坑他的事情讲出来,毕竟那事儿不光彩,被人晓得他一辈子的名声便完了。

这事儿便烂在了牛队长肚子里,后来渐渐忘了,打听到林尔是为着联营的额子才这般拼,急得要死,想让牛槽也去找找什么大的合作方,奈何快过年便搁置了。

哪里晓得,这快过年的,竟然就出事了。

虎林村那头交货后一直等不来货款，这一货物原材料跟成本钱都是虎林村自个儿掏的腰包，钱不够就去借钱，五里八乡地借。现下过年了，谁家不缺用啊。再说了，高山市传统，年底账单必得是清零的，不能拖到下一年。因此，个个儿都来找虎林村的要钱。

虎林村哪里拿得出钱，便去淮扬市找齐二，出乎意料的不仅没要到钱，还被打了一顿，给赶了回来。

众人一瞧，虎林村的钱怕是要不回来了，个个儿都怕虎林村还不起，闹到镇上去。镇里领导见着镇政府前围着一群人实在影响恶劣，勒令虎林村自己的错误决定自己担着，必须得在年前将借着乡亲们的钱给还了。

于是，旁的村子个个儿喜滋滋置备年货，只有虎林村的人，苦哈哈地变卖家产还钱。

牛槽听闻后也是颇感叹，这人到底还是不能太急功近利了，一急便是要坏事的。

感叹归感叹，这事儿终归同他干系不大，牛槽也没管，哪晓得几日后，睡梦中的牛槽愣是被一道急促的敲门声给吵醒了。

67. 落魄的林小牟

恰是大年三十，牛槽一家难得睡了个懒觉，大姑娘横着一张肥脚睡在夫妻俩中间，时不时伸踢一下，于是牛槽那张扁脸便被盖了一个又一个的印章。

牛槽小家从外头虽是看不出什么，内里却是暗藏春秋的，比如卧室中的地上铺就了一层厚厚的毛绒毯，比如那被子是用上好的棉絮打底的，再比如桌上都垫了暗黄色的油布。更别说墙面上还贴了火红的图儿，红扑脸少女同方脸青年扛着铁锹，热气腾腾的模样一瞧便是会过日子的人。

牛槽梦中正对着一池子的鸭子发抖，他瞧着那鸭毛思索如何能将它们变成一件件衣服，好抵御周身的寒冷。

转念又觉得自己魔怔了，瞧着什么都能做成衣服，还鸭毛做衣服，做梦哩。

嘿！莫不是真的在做梦？

牛槽起了这个想法，一下子睁眼了，头上是吊梢顶，房梁上暗红色的木漆微微染就着窗外斜阳的光，竟还真是做了个梦？牛槽瞧了瞧身边，小琴和芳芳还在睡，他身上的被子全被芳芳给踢了，怪不得冷。

他也没管自个儿身上的被子，伸手将芳芳身上的被子盖好，起身想给

老婆孩子煮个水，将前几日包好的饺子下了，如此娘俩起来便可以吃早饭了。

刚拿起簸箕儿，那肥嘟着肚子的"白元宝"还没下锅，门便剧烈地响起，跟催魂似的。

牛槽皱了皱眉，这大过年的，谁这般敲人家的门，跟逃难似的，若不是天上那轮骄傲挂着，他还真不敢开了那门，指不定什么小鬼哩。

牛槽怕吵醒母女俩，放下饺子，拉开门闩，门外一个灰不溜秋的老鼠般的东西一下蹿了进来，牛槽还以为是什么成了精，下意识想抄起门后的扁担打过去，定睛一瞧，竟然是小牟。

"林小牟？"牛槽放下手，瞧了瞧门口，却见村头两个人急吼吼地朝这边走来，瞧着是寻人的，牛槽赶紧将门闩上，"你怎么成了这副模样？"

"牛槽哥，救命啊。"小牟一把抱住牛槽大腿，哭得一把鼻涕一把泪，"我就不该不听你的啊。"

牛槽伸手摆摆，示意他声音小点，又指了指后院，小牟擦了擦眼泪，点点头，跟牛槽一道绕进了院子。

小牟坐在木头桩子上，身边栅栏里一窝鸡被吵到了，炸着毛"咕咕"叫个不停，牛槽便是在这般和声中，晓得了具体经过。

这齐二答应合作后，林小牟全权负责了同齐二的交流，齐二那边为了货物的质量，派了个人来监工，那人便是柳先生。林小牟因为先前被抢订单那事儿其实很怨柳先生，但柳先生却将这一切的锅都甩给了牛槽，指明是牛槽让他去欺骗他的，后来他心中愧疚，觉得牛家村人品堪忧，这才因着当监工的机会跟了齐二。

小牟听着半信半疑，但心中以为都是一丘之貉，也没管他说得真假，终归是不理睬便可。

哪里晓得，柳先生监工是假，实际确是来偷那签订好的合同的。

事发之后，林尔同小牟要合同，打算拿去寻求政府帮助，但小牟翻遍了里屋外屋，竟然没找到，这才想起来那柳先生鬼鬼祟祟在他家门口转悠的事儿。

想来，必然是被那柳先生偷去没跑了。

"我怨啊，我当时应该听你的啊。"小牟哭得一把鼻涕一把泪。

这些天来，村里人怨他，林尔怪他，还有一群追着他要债的人，他才终于想清楚，牛槽并不是坏人。那些事情，从头到尾只是柳仕一个人的事情，牛槽连一句话都不曾说过。

可是已经晚了，小牟为了证明自己借了不少钱，这事儿到底是他揽回来的，他自然是使了十二万分的力气，因此不惜倾家荡产也要搏一把。哪知这一搏，竟然就真的万劫不复了。

"牛先生，救救我吧。"小牟哭得一把鼻涕一把泪。

牛槽安抚地拍拍他的肩膀，端来一碗热水给小牟喝了，又听他肚子叫的"咕咕"响，将那"白元宝"一股脑儿倒在锅里，待煮漂了用铁丝漏网捞起来给盛了满满一大碗，而后洒上酱油，再舀上一勺猪油，撒了两把小葱花，端来给小牟一闻，喷香，腾腾热气蒸得小牟眼泪都下来了。

"谢谢。"小牟端过那青花瓷碗，含着泪花吃得一干二净，连烫得嘴里肺里起了一串儿的火苗。

小牟这个结局，牛槽是没想到的，他到底是低估了人性的恶，不明白如此断自己后路的行为，齐二同柳仕为何一而再再而三去做。只是，这到底同他无关了。他现在发愁的是，该不该收了那小牟。

这事儿原本该牛队长做主，但现在他们大队隶属于虎林村，这事儿归根结底得林尔做决定，也不知这林尔同不同意。

牛槽瞧着林小牟实在可怜，咬咬牙，将小牟带到了牛队长那里。

牛队长一家三口齐整地坐在桌子前吃饺子，小五放寒假了，这些时日在虎林村到底生活得不算方便，瘦了些，也显得更高了，小少年的身量抽拔出来，那脸上的机灵劲头却是丝毫不少，瞧着牛槽后的林小牟赶紧推了推在家爹。

牛队长却做出没瞧见状，只同牛槽招呼："不吃饭啊。"

牛槽摇摇头："没吃呢。"

说罢将小牟推到身前："你自个儿说吧。"

他嘴笨，也不会同牛队长做主，自然是将这个主动权交给这两人。

林小牟"扑通"一声跪下："牛队长，帮帮我吧。"

牛队长这才跟刚瞧见小牟似的，"哦"了声："我记得你，先前不挺风光的，这是咋了？"

牛队长这话说得不客气，小牟晓得，他必然还是在记恨他先前跟林尔一道排挤他的事儿，他现在懊悔得紧，全都是他蠢，被那个柳仕玩得团团转，倒也是不怪人家的。

"牛队长，以往咱们阵营不同，小牟多有得罪之处还请见谅。"小牟晓得他无法推卸责任，怪罪他人，那样他自个儿都会瞧不起自己，他只坦然承下事实，"但我林小牟可以承诺，只要我加入了牛家村服装厂，从此

以后，必将为您肝脑涂地。"

牛队长摆摆手，一副受不起的模样："哈哈，那可别，你加入牛家村服装厂也是听牛槽的，同我何干。"

牛槽一听，这话不对味儿啊？

果然，下一刻，牛队长夹了个饺子，蘸了蘸醋，送到嘴里之前想起什么闲话似的："那就加吧。"

这下子不仅牛槽、林小牟，连小五跟小五他妈都惊到了：他都不用去跟林尔说一声，直接就允了？

68. 新的机遇

送走牛槽跟小牟两人，小五他妈拉着自家丈夫直犯嘀咕："你这真行，就这么允了？也不怕得罪大队书记？"

牛队长拿起饭碗，将剩下的饺子汤囫囵吞了，听到"大队书记"这几个字，"嘭"的一声放下碗筷，碰着一嘴饺子汤："你就给我等着，看看他这个大队书记还当不当得成！"

林尔当不当得成大队书记牛槽可不在意，他现在愁着小牟该怎么安置。

回去后，小琴瞧着自家丈夫领回来的这个贼眉鼠眼的男人，有些诧异，但没说啥，拍着芳芳满满盛了一大碗饺子，放在木头桌子上。

牛槽觉得不大好意思："小琴，他没落脚处，你看……"

"不了不了。"林小牟明白牛槽什么意思后连连摇手，他已经够愧疚的了，不能再给牛槽添乱了。

身后还有一屁股追债的呢，怎么可以借助在他家，万一人家跑过来吓着小孩子就罪过大了。

林小牟指了指村头："我看牛家村东头有个小屋子，就在高山湖边，我可以住在那里。"

那是老陈头住的地儿，也不晓得老陈头愿不愿意多这么个客人。

牛槽向来不是个强人所难的人，既然小牟不愿意住他家，他便没说什么，将小牟带到了老陈头那儿，老陈头当然是乐意多个唠嗑的人，这些年他一个人寂寞惯了，见着小牟哪里会嫌弃，笑得眼睛都眯不开了，脸上皱纹描摹成了一朵大菊花。

牛槽瞧着这两人处得挺好，也便乐意回了去。

牛家村服装厂近来也没什么事儿，毕竟过年了，家家户户忘了忙碌，曾经在年味儿里。牛槽跟小琴抱着芳芳挨家挨户拜年，捞了不少糖果，芳芳那小眼睛简直快笑没了。

拜到牛队长家时，牛槽发现他竟然不在家，小五逗弄了会儿芳芳，才说道牛队长是去镇上拜年了。牛槽晓得他们这些个领导都有应酬之类的活儿，也没放在心上，便回了去。哪知牛队长这一去还挺久，许久不见人，直待大年初五才笑容满面地出现在村头。

"呸……"打更老头见着牛队长春风得意的模样啐了一口。

牛槽正好去小六子家拜过年，瞧着牛队长背影刚想跟上去，便瞧见了这一幕，心中好奇，不免多看了几眼。

打更老头也没遮掩，收起大烟揣在新买的布口袋里，对着牛槽道："这贪心人儿，八成又有好事儿了。"

贪心人？牛队长纵然是有几分官派的，却委实算不上什么贪心人，从头到尾都是为他们着想的，先前赚的钱从来没有多拿一毛，如何算贪心？牛槽只以为打更老头是心中嫉妒，他一向瞧不惯旁人过得好。他便没言语，跟了上去给牛队长拜年。

打更老头鄙视地对着牛槽背影啐了一口："迟早有你亏吃的。"

牛队长人逢喜事精神爽，在镇上买了件新衣裳，此番正将身上新买的那件大衣脱下，转头见牛槽进来，客套招呼："牛槽，过来，给你带了几盒酥糖，回去拿给芳芳吃。"

说罢热情地将随手放下的吃食塞给牛槽。

牛槽木木地接下来，也将购置的年货放在牛队长家桌子上。

这是牛家村惯常的礼节，下级要给上级拜年，牛槽执行完便准备走，被牛队长叫住了："牛槽，你过来下。"

牛队长指了指书房。

那里是办公的地方，一贯有重要工作商谈才会进去。这大过年的，牛队长如何这般郑重？牛槽跨脚进去，牛队长已经在椅子上坐下了。

他虽是抬眼瞧着他，牛槽却觉得他在俯瞰自己，大约这便是老人嘴里的"官气"吧。

"牛槽，你有想过咱们服装厂的前途吗？"牛队长郑重道。

牛槽被这话问得一愣，前途？

能有啥前途呢？他又想要什么前途呢？

最初，他加入缝纫组纯粹是喜欢做这活计，还能给乡亲们做点好事，他自是极满足的。后来，缝纫组成了服装厂，他担了个厂长的职务，又赚了些钱，还藏了小金库，自然更是满意。他以为，这种生活已是极好

了，有田种，有钱赚，又可以做喜欢的事情，还能帮助别人，还能奢求什么呢？

牛队长见将牛槽问愣住了，也没再为难他，起身，讲述了这些天来的见闻。

"你听说过大寨和大庆吗？"

那可是全国工农的榜样，牛槽自然是听过的。

20世纪60年代初，有一句老话叫"工业学大庆，农业学大寨"，这两个地方可说当时代发展的一抹亮色。一个能产高达500公斤以上的粮食，一个在"铁人"王进喜的影响下摘掉新中国贫油国的帽子。这样的两个地方，牛槽如何会不晓得。

牛队长瞧着牛槽表情，叹了口气。他负手而立，背对着牛槽站在窗边，旷日高洁的冬日初阳打在他身上，跟他生了一圈光辉似的。

牛槽眯着眼，听牛队长款款道。

"牛槽，我一直没同你说，我其实并不是什么安于现状的人，我也有一颗不安分的心。"

那是牛队长的真心话。

当初，他见着柳仕时，确实是本着爱才的心思用他的，他希望柳仕能够帮他实现抱负，建设牛家村，携手一共走得更远。只是没想到，那恃才傲物的走了，留下牛槽这个木头疙瘩。而经过深思熟虑的牛队长才恍然，这个木头疙瘩，可能更比那百无一用的书生更适合成为他的左膀右臂。

"无论我是想往上爬也好，想出人头地也好，我的目的都是想建设咱们牛家村，帮着大家一起富裕起来。"

这个目标有多难实现，没人比牛队长更明白。他图谋过，挣扎过，也失望过，就在他几乎快放弃的时候，一个机会来了。

"牛槽，现在这个机会，只有你能帮我把握住。"牛队长忽而转身，一把搭上牛槽双肩，"你愿意帮我吗？"

这话讲得牛槽一头雾水，他甚至连什么事都不晓得，自然不可能贸然点头。

牛队长也不着急，淡淡笑开，伸手取过书桌上的一张红纸，展开，牛槽赫然瞧见几个大字落在眼前，凑巧他还都认识：关于高山市服装厂联营一事。

高山市服装厂？联营？

69. 纠结的小牟

联营是个啥？

牛槽一头雾水地瞧着牛队长。

牛队长笑呵呵放下红头文件，慢悠悠端起一杯水递给牛槽："就是说，高山市服装厂想要扩大生产规模，需要找厂子同他们一起合作经营。"

"那，咱们牛家村服装厂就不在了？"牛槽有些着急。

牛队长一副"你不懂"的表情意味深长地看着牛槽，摇摇头："非也非也，联营这种形式，是两个独立个体互不干涉的，也就是说，咱们还是咱们，他们归他们，不相干，但是，他们有活计会分给我们一起做，我们正常同他们拿工资。"

牛槽虽然反应慢，不喜欢想那些个弯弯绕绕的，心思却活络，一听便明白牛队长口中的这种形式能给牛家村带来什么好处了。

一来，牛家村很难拉到单子，毕竟他们一个小小的村企，什么人脉资源都没有，好不容易揽到点儿活计，还得四处奔走收购布票，现下若是同那高山市服装厂联营，一来，布料之类东西完全不需要他们单位，他们便可安心去做那活计，赚钱便可；二来，高山市服装厂是什么啊，国企，政府的厂子，牛家村服装厂若能借此"攀龙附凤"一起联营，那名声必然就是打出来了，便是以后结束合作了，也能凭借自个儿的名声揽到不少活儿，可谓是双赢；三来，大树底下好乘凉，以后若是再遇到陈光或者齐二那般的事情，便是再无须他们担心了。本身，牛槽只会做衣服，想得多了反而不好。

牛队长瞧着牛槽表情，晓得他想明白了，拍了拍牛槽肩膀："成，这事儿知会过你便可，你回去好好准备准备，我节后赶紧去报个名。"

准备？牛槽好奇地看着牛队长，这个他如何准备啊？

牛队长蹙眉："具体什么个表现形式我暂时还不清楚，市里也没出具具体方案，不过我听说可能还会涉及个人赛，不管怎样，你心里有个数。"

于是，大年初五的牛槽从牛队长家拜完年出来没有回家，又一头扎进了服装厂。

到下晚时，牛槽才想起跟老陈头住在湖边的林小牟，关了厂子门，回去取了些年货和吃食，奔着西头走去。

年味儿甚重，兼以天气不若往日春节"滴滴答答"的，便是天色转黑，路上也是站了不少村人互相道喜。牛槽一一点头应付，很快到了

老陈头处。

老陈头家中一度贫困,又不是个喜欢逢迎的,性子孤寡,平日里没个照应,牛槽时不时会来看看他,有时候大队里发的一些物什也会分些给他。当然,牛槽是决计不会动用公家财产的,都是给的自己那额子。

此番新年最后一天(牛家村惯例新年从初一到初五),寻常人家都过得隆重不比初一,这两人一个鳏寡的一个讨债的,也挺凄凉,牛槽自认得给个照应。

拎着一篮子饭菜糕点来时,老陈头正在湖边教小牟捕鱼。这个冬日不是十分的冷,湖面上清幽幽的,倒是瞧不见鱼,奈何两人玩得还挺欢。

"捕鱼啊我试过很多法子。"老陈头眯缝着眼,"布网、电捞、撒网、跟鸬鹚捕鱼……"

"那法子最好的是哪个啊?"

"这倒是看时节同水域的,啦噶能夯们唧当地说。"

牛槽挎着篮子瞧了两人片刻,心中宽慰,想起小牟的处境以及接下来想同他说的事儿,又有些为难,正踌躇着,小牟听闻动静回过头来,正好瞧见牛槽。

于是,那一老一少也不再探讨捞鱼了,一同共着牛槽有一搭没一搭地就着花生米闲聊起来,其间不尽兴还去供销社买了一瓶"老白干",三人对月小酌,直到夜上柳梢方才休。

"牛,牛槽啊……你,你回吧,小琴跟娃记挂……"老陈头醉醺醺地指着东头方向。

牛槽也正有此意,他于是起身欲走。

老陈头已经醉得不成样子了,软着脚"咕咚"一声瘫在桌边,于是小牟一个人晃悠悠起身送牛槽。

牛槽倒是没咋喝醉,一来他不爱这口,二来他连对酒的感应也是迟钝的,除了脸色微微有些红之外,说话都不带大舌头的。

"牛槽哥,我,我送你。"小牟却是舌头打结,脚底打飘儿。

本来小牟这般模样,他也不该让他送,但这会儿他有话同小牟讲,便默认了。

两人一路绕到村头断桥边,离老陈头的屋子有一段距离,牛槽瞧着左右人家差不多了,也没个人烟,说着安全,便站定。小牟好奇他怎的不走了,伸手推了牛槽一把,被牛槽拉住了。

"小牟,你知道联营的事儿吗?"牛槽问。

小牟一愣，他当然晓得，先前死命去求齐二便是为了联营的名额。

"牛队长想要联名的额子。"

月色淡淡的，空气中弥漫着鞭炮味儿、糖果味儿，混杂着冬日湖面特有的清冽，铺就一股子舒适感。

可是，牛槽那话想来却是不然小牟那么舒适的。

他晓得牛槽什么意思，一个大队只能有一个报名名额，如果牛家村想抢，那么虎林村必然是要成为竞争对手的，彼时无论牛家村上不上，虎林村都将颜面无存。毕竟，这是公然挑衅了。

更别说，现在虎林村出了那么些事儿，必然是焦头烂额忙着填补窟窿，无暇顾及名额的争取。届时，如若牛家村抢了那额子，梁子便是彻底结下了。

这事儿对于牛家村的人来说倒是无所谓，毕竟各为其主，他们有自己的阵营，为了自家村子谋划如何都不为过，但是，当下加入牛家村的小牟来说，却是实实在在地难做。

"你想想，要不要加入咱们。"牛槽拍了拍林小牟肩膀，转身消失在夜色里。

林小牟瞧着牛槽的背影被黑夜的墨色蘸饱，渐渐渗透融合，眼中染上浓重的悲哀。他晓得牛槽意思，他是为他着想，可是，他走投无路了啊。

他想赚钱，想将钱还给乡亲们，但是，他同时也不想离开家乡，那里是生他养他的地方啊。如果拍拍屁股走人，确实没人可以找他，若他人品再差些，怕是钱都不用还了。

可是，他不想这样。

想留在家乡，又想赚钱，在牛家村服装厂是最好的选择，因为那到底是大队下的，不算得罪林尔。可现在牛家村若是想同林尔争额子，他必然要站队。

想求个两全，怎的如此之难。

小牟边想边往回走，暗色的夜同他的心境般寂寞无痕，他叹了口气，伸手推开老陈头的房门，房内黑黢黢的，没有丝毫声息。

"老陈头？"

无人应答。

小牟忽而产生一丝不对劲的感觉，他走的时候那门是开着的啊，可刚才，他开门了？

小牟心中一沉，忽然意识到，这房间太静了，静得不正常。

70. 老陈头遇难

"老陈头？"小牟又叫了一声，依旧是无人应答，连一丝喘息声都没有。

不对啊，老陈头的喘息声很大的。老人家常年住在河边，风吹日晒的，也没个防护，得了严重的鼻炎咽炎，一到冬天鼻涕就没停过，喷嚏声也是不断的。

难道老陈头是出去了？小牟跨过桌子，打算去西墙后的窗户上看看，脚上踩着什么东西，小牟一个没注意摔了一跤，伸手乱摸想将那乱放的"东西"整理好，才发现软绵绵的，还带着热乎劲儿。

"老陈头？"小牟拉着那胳膊准备扶起来，"你咋睡地上了，来，我给你送到床上去，小心别感冒了。"

小牟使劲拽了拽，地上的人纹丝不动，小牟本来便是瘦小精干的，也没料到手中的老陈头这般沉重，一个不小心拽脱了，手上的人沉沉倒在地上。

"哎呀，老陈头莫怪，莫怪……"小牟赶紧道歉，手忙脚乱拉着地上的人起来。

忽然，他愣了。

刚才老陈头倒下的时候，头磕到了桌角，发出"嘭"的一声响，可老陈头却是一丝声息都没发出来。

按理说来，一个人便是再醉，也该晓得疼的。

小牟手上的温热一点点退却，如倒抽的水流似的，只余下冰凉的肌理。

周围安静下来，只有他自己的鼻息在耳边不住放大，一声，两声……小牟微微忍住了呼吸，于是，世界便再无声息。

心中的那个想法渐渐笃定，抽退水流的大坝瞬间失了灵，滔天的洪水朝小牟席卷而来。于是那压抑的抽气声便成了变形的号叫，小牟疯了一样推搡着老陈头："老陈头，老陈头？"

老陈头依旧躺在地上任他推着。

冬日天寒，他的身体悄无声息地变凉。

小牟伸手在他鼻息下探了探，果是没有任何温度了。他虚脱般往后一瘫，半晌反应过来又起身，跑到了荒无人烟的四野，拼了命朝牛家村跑去。

牛槽这边刚摊开被褥躺下，耳畔便传来了急促的敲门声。

牛槽起身，借着微亮的月色发现是小牟，还以为他是又被债主躲了，刚想拉他进来，反被一把拉到了门外头。

"咋的了啊？"牛槽便是再稳重也不兴大过年的被人拉着在夜色下飞奔啊，两个大老爷们，说出去得跟什么似的。

小牟却是不管不顾，跟疯了似的，被牛槽挣脱才喘着粗气："老陈头，老陈头好像……"

老陈头？老陈头咋了。

牛槽一怔，刚不还好好的？

"他好像没气儿了！"小牟好容易将这话憋出来。

下一秒，不用小牟拖了，牛槽撒腿便往老陈头那儿跑。很快到了那湖边的低矮小屋，牛槽也没个停顿的，拉开门就去扶地上那人。手一触，便晓得完了，人已经凉透了。

牛槽帮丁医生做寿衣的时候曾经摸过，晓得人死后是个什么触感，现下老陈头这副模样，必然是没救了。

牛槽呆呆退了一步，碰到个椅子什么的，一屁股坐了下来，半晌没吱声。倒是小牟，明白老陈头确实没救之后"哇"地发出一声号哭。

"都怨我，都怨我……若不是我这个扫把星将晦气带过来，老陈头如何……"

诚然这事儿实在怪不到小牟头上，可心情压抑沉重的人，惯常将生活中所有的不幸都归结到自个儿身上来。

"不怪你，怪我。"牛槽闷闷道，"若不是我送吃的给你们……"

"可那酒是我要喝的啊……"

两人心中明白，老陈头这死，八成是同那酒脱不了干系的。

可事已至此，人走了便是走了，余下的人再怎么追究原因也是不得用了。两人空坐了一宿，什么话都没有，大年初六一早便唤了马家村一户专门替人办丧事的人家，敲锣打鼓走了工序，将那老陈头给风风光光埋了。

这事儿结后已经是大年初九了，马宝从耳朵上取下一支"红梅"递给牛槽，两人蹲坐在湖边瞧着浩渺湖面发呆。

"我真搞不懂你，大过年的，替这老头儿触晦气作甚。"马宝是真心的，便是他们村马老头家是做那丧葬生意的，但是人家有三不接啊，横死的不接，孤寡的不接，自家遇到喜庆事儿或者过年过节不接，这老陈头可谓是全给占了。

老陈头这种人，寻常情况下大约也就是铺盖一卷埋了，不至于曝尸荒

野便成，哪里会有人帮忙置备后事啊。可这牛槽倒好，触自个霉头不说，还勒马宝求他村长父亲，一定要马老头帮忙敲锣打鼓，风光大葬才成。马老头抵不过村长要求，硬着头皮上，满肚子怨气全对着牛槽撒了。

牛槽心里晓得，可是老陈头这辈子苦惯了，让他跟瞧不见似的，实在是做不到。

牛槽拍拍马宝肩膀，起身将随身揣着的包裹递给他："这是给马老的报酬，还有一件我做的小棉袄，给马老他家小孙儿的。"

马宝惊讶地接过，打开瞅了眼："今年你们村布票都没了，你从哪儿得的布料啊？"

还是一件上好的毛呢绒子，一般人家小孩子还真穿不起。

牛槽没说话，马宝忽然想到出殡时瞧见小琴抱着芳芳，身上好像还是件旧棉袄，讶异道："你不会是用代表的礼物券换的吧？"

年前，牛槽当选了镇上的劳动代表，每个代表都奖励了一些物件，牛槽新得爱女，今年又没布票呢，于是他没要别的礼物，单单要了一件小孩子衣裳。

这衣裳本该是出现在芳芳身上的，现下竟然到了马宝这里。

"你这？"马宝觉得不大合适吧。

"芳芳就穿了新年那几天，洗过了的，料子挺好。"牛槽说完这话便头也不回地走了。

"哎，你……"他晓得这衣服料子好啊，可……马宝瞧着他的背影，不知道说什么好。

旁边角落，料理完后事的小牟总算得以喘口气，他坐在干草垛后打算好好想想将来的路，便恰恰是听得牛槽这番话。

原先，还不晓得该如何是好的小牟却是有了决定。

71. 莫名消失的名额

小牟决定，加入牛家村服装厂。

在遇到牛槽之前，他的家族观念很重，总觉得非我族类都是不可信的，可现下瞧着牛槽如此待他，如此待老陈头这个流落至此的异乡人，他深受震撼。

一个人或许可能会因为有学问而使人佩服畏惧，可只有真正心胸宽阔，心怀大爱的人，才能使人由衷地尊敬。

小牟不晓得那些大道理，但也明白，以前的自己过于狭隘了。

"你想好了？"牛槽见着面前笃定的小牟，问了一句。

小牟点点头："嗯，想好了。"

如果说最初他来找牛槽是出于无奈的选择，现在便是真心同牛槽一道干了。

"想好便好。"牛槽点点头。

几日后，大年十五一过，这年便彻底结了，牛家村一众人等热火朝天干起来。寻常日子里，这个时节有忙犁地播种的，有忙队里活计的，也有去国企厂子干活的，今年牛家村众人却没跟倒了树的猴儿般散掉，个个都等在了村头集合地等召集。

"做啥啊？"人们个个儿好奇道。

牛队长招招手，示意众人安静，待人群的叽叽喳喳声淡了下去，他示意牛四展开那大红色的告示。于是，众人都眯缝着眼瞧那上头的指示。

"啥子啊？识字的帮说下呗。"有人指着那告示说。

"大家安静些。"牛队长摆手，自个儿给众人解释，"这是市厂寻求联营的告示。"

"市厂？联营？"众人心中直犯嘀咕，那同他们牛家村有何干系，便是他们大队能得了这额子，也该是虎林村啊。毕竟一个大队不可能有两个额子，而虎林村的林尔又不可能报他们村的名字。

牛队长瞧着众人表情晓得大家心中颓废，也没说啥，只鼓励道："大家别这么悲观嘛，咱们得相信公平，做得好了，便是有机会的。"

牛队长口才一惯地好，又擅长做群众工作，一通口沫横飞将众人说得一愣一愣的，很快便激起了斗志。牛队长巡视一圈，心道，"好，非常好，要的就是你们这般的'民心'"。

心满意足散会后，牛队长开始越过大队直接跟镇政府报名。

牛家村服装厂本身就已经做出名了，再加虎林村这节骨眼上出了事儿，镇政府的人也没多想，只以为是林尔首肯，给了牛家村报名资格。

回来后，牛队长领了一份比赛详情，一瞧才发现这事儿没那么简单，报名才是第一步，下面还有好几轮比赛呢，而且，此次市厂只打算试水，所以额子很少，只要两个厂子便可。

牛队长琢磨了一通，发现这比赛又分为三轮，一轮是比拼的裁剪功夫，二轮是比拼的集体能力，至于这第三轮最是奇怪，没有写明具体比赛形式，只标注由市政府的人亲自考察。

牛队长对着比赛详情瞧了半天，也没明白是个什么意思，现在也没个

能商量的,他便在家磕着脑袋。

小五瞧见了,过来瞥了一眼,一语道破:"爸,这最后一轮,岂不是会有内幕?"

牛队长一拍大腿,嘿,近来老了,还不如孩子脑袋瓜子灵活,这机制可不是这意思吗?前两轮再好,最后一轮万一人家一句考察不过关,就给你将前头所做的所有努力给抹灭了。

只是,他现在无路可走,所有的康庄大道都被堵了,只剩这一条,硬着头皮也得上。

牛队长拍拍牛五脑门,收起了比赛详情,叫牛槽几人过来开了个会。

"这第一轮,你去吧。"牛队长语重心长道,"你是实力最强的,这种场合,必须得你上。"

"可牛槽哥一人够吗?"阿斌有点担心,这一轮考评是以比赛的形式,就是几家厂子出人,坐在台上等着,台下呼啦啦坐着一排评委,出个题,然后台上的人便开始做活计。

也没说能去几人,但一人肯定是不够的,人多也不好,反而乱。

牛队长瞧着阿斌表情,责怪看了眼,慢悠悠道:"你何时改了你这急迫的性子,如何能让牛槽一人去?"

"那?"

牛队长指着角落的小牟:"你去。"

小牟忽而被点名,愣了愣,那双失了神的老鼠眼慌忙聚了焦:"哦,好。"

牛槽担忧地瞧着小牟,小牟却宽慰地朝他笑笑,于是牛槽便没再说什么。他晓得牛队长心思,他怪那林尔,两人好几次大会上杠上,几乎可算是冤家,脸皮不撕也破,总是互相恶心着。

只是,让小牟为难,牛槽心中有些过意不去,暗暗打定主意等真比赛那天尽量自己出头,让小牟在那儿坐着,递递物件便可。

牛槽这主意打得好,并且私下熬了不少夜,想将手速练上来来着。只是,事到临头时,忽而却生了变故。

正月底时,马宝吊儿郎当抱着个大饼朝着牛槽嚷嚷:"哎,你今儿咋还来,没去镇上啊?"

牛槽正低头将手上的一朵花绣好,他做工和裁剪还是可以的,但是刺绣有所欠缺,这是小六子强项,他本来是想叫小六子一起过去,但最近他姐感冒了,小六子向来孝顺,他便没叫上他,留着给他伺候妈妈了。

那饼实在是大,马宝让他媳妇儿特意给做的,吃不完便就着中间那层咬空，然后挂在脖子上，此番马宝晃着那饼，跟甩呼啦圈似的："后天不是要比赛了吗？我看高家村的人都收拾收拾去市里住着准备了。"

牛槽绣完了最后一针，恰好听到马宝这句，心中觉得不大对劲。他捏着那针，将线扣了个死结，又用牙咬断，而后放下那布料："什么时候接到的通知？"

"昨天啊。"马宝如实告知。

也没多久，兴许是牛队长收到消息慢些，牛槽心道，安心等着吧。

可是，牛槽这安心等啊等，一等便等到了第二日下午，依旧是没收到任何消息，牛槽坐不住了，跑去问牛队长。

牛队长正在家里练字，闻言毛头受不住饱蘸的墨水，徒徒任着滴了好几滴在桌面。

"什么？明天？"

牛槽一瞧牛队长这反应，心中便知道完了，这都快比赛了，他们还没收到通知，八成了是出了什么幺蛾子了。

72. 大闹市厂

还真是出幺蛾子了，牛队长连夜跑到了镇政府关系不错的同志处打听。

那同志便是先前牛家村成立缝纫组时来观摩的几个大学生之一，牛队长爱才，同人交好，现在人在乡镇也能帮忙传个消息啥的。这不，人大晚上回了工作单位，将参赛名额扒拉出来，竟然是没有牛家村的名额，转而他们大队的参赛对象换成了虎林村服装厂。

"小李，你有没有看错啊？我当时报名的，也成功了，怎么可能名单里没我们，换成虎林村了啊？"牛队长急得满头冒汗。

这事儿怎么会错呢？白纸黑字，当时瞧着写上去的啊。

"我，我比赛详情都拿到了啊。"牛队长伸手掏揣在包里的详情，被小李同志给拉住了。

"别了。"小李同志将名单收起来，安抚地拍了拍牛队长肩膀，"这事儿你就当没发生过吧。"

牛队长忽然想到那林尔在镇政府里有人的事情，一把抓住同志的胳膊："他是不是造假了？是不是有人？"

小李同志一改适才可亲的模样，瞪圆了眼："牛队长，这事儿你可不能瞎说，你有什么证据？更何况，即便是你报名了，镇里也可以筛选，

不是你报了就成了，上头一定是有自个儿的考量的。"

小李同志的声音十分严厉，将牛队长的声势给灭了，半晌没吱声，再有动静时只低低道了声："我明白了。"

便颓着肩出去了。

小李同志瞧着有些不忍，毕竟关系还不错，便指了条明路："你们明儿个要不去市里瞧瞧？"

这话点到即止，却是跟浮木似的，瞬间就让快溺死的牛队长寻了救命的家伙，他转头道了谢，连夜奔回去，勒着睡眼惺忪的牛槽跟小牟收拾家伙，去了高山市。

"还去吗？"小牟好奇地问。

三人此番包了一辆三轮车儿，小车脆弱，抵不住三个年轻力壮的男人坐，东倒西歪的，三人只能一个轮子占了一个位置，忍着困顿也不得挪步，生怕车子一下子栽到路边沟渠里去。

"去，为啥子不去！"牛队长拍板，"你们虎林村都那样了，还能去，咱牛家村咋的就不能去。"

这话又戳到小牟痛处，虎林村那样可是因为他啊，他闭着嘴瞧着窗外的夜幕披星戴月，一路无言，很快到了市区。

去后三人直奔高山市服装厂去了，市厂刚刚建起来不久，地处市中心，很多家当还是新的，厂房也是空空荡荡的，没什么人的样子。三人瞧着都感慨非常，这般的地方，若是给他们，该有多好。

可惜，现在人家是皮囊有了，里子不够，他们却是五脏俱全，麻雀太小。

"你们，干啥子的？"交班的门卫吃饱喝足，抖擞着精神过来赶人，"刚才就瞧你们在这儿鬼鬼祟祟的。"

刚才夜班的门卫许是太困了，一直没瞧见他们仨，他们也不大好意思问人家如何进去，只能在门口傻傻等着，看能不能遇到个管事儿的给听一下申诉，现下这个吃饱喝足，耳聪目明，自己找过来倒是好。

"是这样的，大哥，咱们是来参加比赛的，您看能不能指个路啊？"牛队长生怕牛槽说错什么话，赶紧先人一步，掏出报名详情给那门卫看。

交班门卫半信半疑瞅了两眼，转身拿出登记本："哪个厂子的？"

"牛……"

牛队长一个眼神，吓得小牟赶紧住了嘴。

"虎林村。"牛队长笑眯眯报出虎林村大名。

门卫狐疑看了两眼，牛队长勒林小牟掏出户口本，那门卫总算打消疑虑，放了三人进去。

市厂刚建不久，还崭新着哩，里面家当一应俱全，一排排锃光瓦亮的缝纫机，熊猫牌、蝴蝶牌一应俱全，看得几人跟进了大观园的刘姥姥似的，只恨不能多生出几只眼睛。

很快越过车间，到了办公处，接待的听说是参赛的厂子也没多想，很快将他们接到了比赛区。

正式比赛是下午申时，现在众人都在熟悉阶段，准备着哩。

比赛区在一片偌大的场地上，牛队长一眼扫去，有二三十台缝纫机，想来全市报名的厂子便这么多了，他心中忐忑，也不晓得前路怎样，贸然进来，这比赛怕是都不一定会轮得上自己，担心胜不胜怕是多余。只是，那又如何，有机会就得拼一把，否则便不是他了！

牛队长正给自己打气着，想寻个瞧着有头有脸的申诉下，身后突然进来一群人，吵吵嚷嚷的，拽着他便往后拖。

"就是他，就是他们……"

牛队长扭头一瞧，居然是那个门卫，此番那门卫后跟了一群人，牛队长一眼就瞅见好几个眼熟的，是虎林村的人。想来他们是发现了他们冒充，带着一群人找来了。

"好啊，牛聪，我如何都没想到你竟是个如此下作的！"林尔气不打一处来，他们刚进门时被拦了好半天，非说人已经来了，他们是冒充的，害得林尔给了一堆证明，才让门卫相信他们是虎林村的，"还有你，家贼当惯了是吧？"

林尔朝着小牟厉声训斥。

小牟理亏，垂着头不言语。

周围参赛的个个儿都跑过来瞧笑话，纷纷指指点点，林尔干脆一不做二不休，当众指控："这牛家村的人，竟然冒名顶替名额，弄虚作假，大家过来评评理。"

牛队长被这么当众拆台，还是在一众有头有脸的人面前，也挂不住脸子了，干脆破罐子破摔："林尔，咱们今天便正好说道说道，到底是谁弄虚作假。"

林尔因为私怨硬生生将牛家村一带纳入自己阵营，极大不便了村民生活起居，本就是理亏的，被牛队长这么一说也是吃力不讨好，更别说后来厂子那般焦头烂额之际还夺了牛家村的机会，也是有着"不公平"嫌

疑，这等不以实力取胜，偏袒自家，在为官场上是大忌，众人听闻后瞧着林尔表情也纷纷不大对劲了。

两边相互拆台，脸皮子也不要了，差点就打起来，惹来市厂高层和一众行家，市厂高层觉得丢人，怒斥一声："来人啊，将这两边人全撵出去。"

林尔和牛队长正互相撕扯着，一听，傻眼了。

73. 人生没有白走的路

闻声而动的保卫人员立刻一哄而上，架着的架着，拖着的拖着，将两边人迅速分开，往门口拖。

人群中，一道儒雅的身影拨开面前的阻拦，瞧着那短粗的身躯正被架着往门口拖，淡淡伸手："慢着。"

众人闻声瞧去，竟是被邀请来的服装行家。

这行家可不得了，世家公子，祖父那辈儿借着高山市地大物博的资源经营鸭蛋生意，旗下"金黄双黄蛋"涵盖咸鸭蛋、皮蛋、双黄蛋等，这位公子刚刚留学回来不久，先是将旗下业务拓展，什么双黄月饼、蛋黄饼、鸭蛋酥一应俱全，可说是将鸭蛋生意做到了极致，外地人来无不想尝尝并带回去送人的。后来，这位公子又开始打起了服装生意，据说是想利用这鸭子身上的毛，众人心中不屑，这陈家怕是想薅鸭毛想疯了，哪有人用鸭子毛做衣服啊，那股子味儿，还不把人臊死。果然，陈公子好像是铩羽而归了，没再提。可正当众人以为这公子哥儿会安心继续搞食品时，他竟然一举攀上了省会商务局局长，将自家姐夫一直卡着没解决的正处一职解决了。

这下子，众人再也不敢小瞧他了。

更别说，这陈公子不知为何得到了一些上流人士的认可，貌似挺有名，有头有脸的服装商不少都来提了一嘴儿，问高山市是否有这号人物，服装做得那叫一个呱呱叫。

人人都一头雾水，尤其是市厂的高层，他们认识这陈董，可没听说他旗下有什么服装产业啊，只晓得陈公子小打小闹租了地儿，叫了几个不知名的裁缝"闭关"了一阵，他们只当富家公子哥兴趣，绞尽脑汁也没觉得这能得到什么上流人士的认可。

当然，想不通的事情便更是让人生畏了，毕竟未知才是最可怕的。于是，高山市服装厂成立后对着这陈公子可谓是毕恭毕敬，奉为上宾，这次比赛还特地请来了他当压轴决定人。

说到这处大约也是明了，这位陈公子便是陈光了。

"陈公子，您有何高见啊？"市厂的副厂长周广赶紧过来问道。

陈光似笑非笑地瞧着牛槽，这家伙一个年不见怎么把自己搞成这样了？明明一身好手艺。到底还是不会利益最大化啊。

那头牛槽见着陈光倒是没什么反应，牛队长却是很紧张，这陈光与他交集不多，但没什么好印象，可别他将虎林村的人留下，将他们牛家村撤了啊。

"这牛家村的人，我识得。"陈光淡淡道。

"哦？"众人纷纷好奇瞧了过来。

牛队长一颗心几乎是跳到了嗓子眼，却见陈光瞧都不瞧他一眼，径直绕过人群，来到牛槽身边。

"您如何识得这投机取巧的？"周广嫌弃问道。

"无他，合作过，手艺不错。"陈光点评，见牛队长表情跟一颗石头落下似的，又意味深长加了句，"虽然过程不那么愉快。"

"既然过程不愉快，我们也不需要这般人品不好的厂子。"周广顺着陈光话讲，"来人，拖下去吧。"

周广对这牛家村的人印象十分不好，毕竟这事儿怎么看都是他们的错，他不清楚个中弯弯绕绕，单纯看表面，确实是牛家村逾越了，这虎林村倒是有几分可怜，被拖累的。

一群门卫得了许可又一拥而上，继续拖。

陈光伸手招揽，免了一行人受皮肉之苦，又指了指牛槽："但这位厂长不错，手艺人品都一流，可以破格给个机会。"

牛队长有些难堪，但没说什么，往后缩了缩。

"这？"周广有些为难。

厂长王长明本来是来迎接陈光的，正好见着这一幕，他同陈光他爸有些交情，又实在不敢瞧低这小辈，于是也没多问，一挥大手："既然陈公子都说给个机会了，那便给个机会吧。"

这厢厂长都首肯了，周广这个副厂长自然没什么意见，安置人搬来个新的机子，算是给牛槽一行人加了个地儿。

这一出闹得沸沸扬扬的，众位服装厂的光顾着看好戏了，连准备都没有，因此中午吃饭的时候，人人都胡乱扒了两口，午觉都没睡，便在位子上坐好开始准备起来。

牛队长左右无事，这边又不需要他来，干脆四处跑着打探，看看能不

能结识个人脉，好为以后铺路。

"厉害的？"

市厂有宿舍，他们这批参赛的都给安排了，牛队长不需要准备，便担了整理铺盖的任务，回来同宿管唠嗑起来。

"厉害的有啊，那个陈光。"宿管是个热情的老头儿，大吹特吹陈光的厉害之处。

牛队长心中痒痒，尤其是得知他姐夫升了正处，据说还是因为陈光的关系，更是悔不当初，不该因着齐二那个地痞无赖得罪陈光。寻思着左右事情也结了，莫不如去拜访下，搞不好还能拉近关系呢？

牛队长于是去集市上转了转，买了些小物件儿，算不上值钱，人家必然也是瞧不上的，但好赖态度是到了。拎着大包小包，牛队长便朝着陈光住的地儿去了。

陈光住在文游台边，市中心的地儿，闹中取静，环境是极好的。

牛队长哈腰跟门口小厮说情，想通报下前来拜见，却见陈光领着牛槽大喇喇从门口出了来。

"瞧你，提前来怎的不跟我说下。"陈光责怪。

"也是意外。"牛槽如实道。

"你们怎么就闹了这一出？"两人寻了个露天的小馆儿坐下，陈光晓得他稀罕吃什么酱油馄饨、黄烧饼之类的，满满当当点了一大桌，"太难看了，影响集体形象。"

牛槽闷着头，他晓得个啥，被人拖着跟陀螺似的，干脆闭嘴，任陈光责怪。

陈光说了一段大约也晓得这事儿同他干系不大，便转了话题，谈起了自个儿的一些想法："江太太，还记得不？"

如何能不记得。

"从江太太这事儿啊，我还真得了个想法。"陈光一拍桌子，酱油面儿上浮着的猪油晕出一圈儿光，瞧着煞是美味。

牛槽咽了口吐沫，勾起一双眯缝眼瞧着他。

74. 阴魂不散的人

陈光的想法便是：品牌。

他原先便晓得，赚钱不是单纯的量的积累，也不是吃苦肯干便可的，若是如此，那地上的工人，田里的农民比谁都辛苦，却确实不是那最有钱的。

自然，劳动最光荣，但陈光一脑门儿想的却是那排在"下九流"最末的"商"，目标不同罢了。

有了目标，自然想最大化达成，陈光满脑子想的便是这事儿。

他了解过江家兄妹，那位江晚歌虽然没出去留学过，但早早撑起家业，思想确实是比他高上许多。他参加一次晚宴时，辗转同一位当初做了衣裳的江太太同学遇上，辗转打听到，他们那衣服竟然卖出了高他四倍有余的价格。

那会儿，人家根本就不晓得那衣服是他陈光找人做的，他心中恼火，不动声色地放长线，钓出这衣物心甘情愿让人高价购买的原因，竟然是衣服中藏着的"故事"，俗称"品牌价值"。

江太太同人说，这衣服是一位能够给人带来幸运的设计师做的，所做衣裳均能让主人心想事成，还编了一段儿关于设计师的故事，让人欲罢不能。

陈光晓得他们这一套之后，也不隐瞒了，凭啥放过这大好打造出名头的机会？干脆承认，这位传说中的设计师便是自己的同僚，江太太那同学自然不肯放过机会，想要结识，陈光于是将那故事在江太太的基础上又添油加醋了一把，婉拒，说那位神秘的设计师怪癖甚多，不欲见人，有什么需要通过他便可。

这话自然将原本便十分信的江太太同学哄得一愣一愣的，回去时一传十十传百，很快陈光也成了那自带光辉的人，在某些服装行家面前刷了一道好名声，这才被高山市服装厂请了来，成了所谓"行家"。

当然，这事儿他是不可能告诉牛槽的，只想忽悠着牛槽一起"干大事"。

"你说，咱们把这牌子打响，成不成？"陈光满眼冒光，"届时，那钱是决计不会少你的。"

他以为牛槽必然会同意的，哪知牛槽摇了摇头，将余下的馄饨一口吞了："算了吧。"

"算了？"陈光声调抽高。

"嗯。"牛槽点点头，闷闷道，"我想建设家乡，我想让咱们牛家村一起富裕起来。"

这话是牛队长说的，可也是他心中想的。

他穿衣吃食已是够了，他也不贪心，有片瓦遮天，有暖衣护体，多的也不想，可他的家乡不一样。他见过更广阔的天，他也瞧见乡里人有些

依旧过得困苦，如老陈头、打更老头那般的还四处皆是，有些流落异乡的也至今未回，他想让家乡里所有人都过得同他一般。

他没有什么雄心，可他又有壮志。

"可你跟我一起干也没差啊，你可以将货给牛家村服装厂做，届时都不必跟着这高山市服装厂了。"陈光有些诧异，瞧着周围人好奇看过来，又赶紧放低音量。

"我，不想离家。"

陈光不可能跟他去乡下，那他必得跟陈光去城里，搞不好还得常年在外奔波，他不舍得那新妻娇女，也舍不得家乡，只能求个折中。

角落里，牛队长冷哼一声，算你牛槽有良心！

陈光瞧了他好半晌，忽然笑了，伸手一把拍在牛槽肩上："好兄弟，哈哈哈……"

说实话，这才是他认识的牛槽嘛，左右陈光也就提提，他自个想法都没成熟，也就没再多劝，两人又岔了话题，说到人生大事，牛槽才晓得，陈光竟然要同小荣结婚了。

忽而想到小六子的话，心道，那小子还挺有眼力见儿。

"你可是媒人哩，必须得来参加婚礼！"陈光伸筷子郑重指着他。

牛槽当然得应了，毕竟两人都认识，还是在他眼皮子底下共结连理的，哪里有不去的理，只在心中感叹，这世事还真是妙极，巧得他都不敢想。

下午，正式比赛。

周广彼时才公布具体的比赛流程，虽说是初赛，但也有三个考核点：第一是命题形式，考察基础功底。考核组会给出一件复杂的成品，需要各个小组仿照着在一个小时之内完工。第二是自由发挥形式，考察应变和抗压能力。考核组会给出一块废弃的衣服，各个小组需在一个小时内完成对于该衣服的改造。至于这第三，周广卖了个关子，并没有讲。

"这第三点，咱们不着急，慢慢来。"周广笑得温和，众位参赛者却很是紧张，毕竟表面越是波澜的，事情越是大条，哪有不紧张的道理。

周广才不管众人心中想什么呢，废话，要是现在就公布第三点，岂不是给你们准备的机会，就是要打个措手不及。

众人不得法，只能按捺住好奇，等着第一条命题。

"大家稍等下啊。"周广正准备公布比赛题目，有人附耳过来，周广听时脸上露出些许诧异，却没多说，听完抬头向众人，"大家好，这边新加入了一个参赛组,大家稍等下啊。"

牛队长由于没参赛,便坐在台下等候区,离门口比较近,因此能第一时间看到门口的人。好像来了两个,还是被门卫迎进来的。牛队长心中好奇,又是哪个关系户,都这节骨眼儿了,还能被塞进来,也是厉害……忽然,他瞪大了眼,门口那两人,那两人,居然是齐二跟柳仕!

柳仕也看到牛队长了,不同于牛队长脸上的震惊,他表现得倒是淡淡的,明显是早料到会在这里瞧见牛家村的人。

"柳仕?他老子的,你还好意思出现在我面前?"牛队长再也忍不住满肚子的肚子,午夜梦回,他时常气得牙痒痒,想一把掐上柳仕那脖子,现在总算是得了机会了。

门卫一看又是这位来闹事,早防着呢,利索上前拦着牛队长,左右使了个眼色,来了两人将牛队长架了出去。

旁边专家席的陈光也见到齐二两人了,不同于牛队长的激动,他除了有些诧异外也没多余的反应,确实嘛,毕竟牛槽也同他说过那两人的蝇营狗苟,江太太那事也因祸得福解决了,陈光自然瞧着这两人跟陌生人似的。

只是,令陈光诧异的是,台上牛槽见了两人,居然比他还淡定。

75. 不是冤家不聚头

"好久不见。"齐二推了推墨镜。

好巧不巧,齐二的座位正好安排在牛槽旁边。

"这位置倒是巧。"柳仕淡淡瞥了眼牛槽。

牛槽回了句:"不巧,你我都是新加的。"

不同于这三人的淡定,小牟情绪非常激动,瞧着这两人脸红脖子粗,若不是牛槽先人一步握着他手腕,他就要在台上冲上去对着二人打了。

牛槽给了小牟一个眼色,小牟硬是咬碎一口牙,将那怒气忍住了。万一这时他要是先动手,他们必然会被取消资格的,届时,所做的一切便都前功尽弃了。他一定得忍住。

小牟冷哼一声,别过头,再也不想瞧着那两人的方向。

"大家注意了,这是咱们第一轮需要做的衣裳。"周广拿出一件中山装甩开。

那是一件普通的中山装,版型工整,人人都再熟悉不过。但是,往往这种衣裳是最难做的,对手艺人的裁剪、打样板、缝纫功夫等都有要求,

一旦一样本事不达标，做出来必然就会成为四不像。

牛槽瞧了几眼那中山装，便低了头再也不言语，认真做起来。他跟小牟先前没合作过，但两人莫名的默契，旁边的林尔瞧着眼神儿跟刀子似的"嗖嗖"飞来，小牟也当着没瞧见。

齐二这边，他跟柳仕压根儿不会做衣裳，这次之所以能破格报名，纯粹是拿着先前坑蒙拐骗的货来忽悠人的，总归高山市服装厂的人短期查不到他们实质上是没厂子的。高山市服装厂此次本着兼并包容的态度接纳各个厂子，淮扬市的厂子愿意过来他们也是欢迎的，因此给了这个机会。

对于齐二来讲，这次混进来也不是真的想开办什么厂子，他只是吃了之前的甜头，想再次空手套白狼而已。若是以后高山市服装厂分他订单，他直接找小厂子忽悠，给薪酬的一小半转包便可，如此赚钱岂不是手到擒来？

只是，齐二如意算盘打得好，事情却没他想得那么容易。

"这咋弄啊，你不是在服装厂待过吗？"齐二急得头上冒汗，低声吼柳先生。

柳仕也有些无奈，他是在服装厂待过，可却没做过几件衣服，只会最简单的功夫。最后，柳先生不得法，只能硬着头皮用余光瞄着牛槽，跟着照做。

小牟啐了一口："活该。"

柳仕狭长的眼冷冷瞥了一撇，抿着薄薄的唇不言语，呵，他们懂什么，他留在齐二这种人身边，是有目的的。

时逢1977年，恰是恢复高考的第一年。柳仕晓得，他这种没什么背景的知青若想回到家乡难如登天。可现在，国家有可能会给他们开了一扇门，那便是高考。柳仕自信，凭借自己的实力，一定能考中。而这个机会，齐二能给他。他是晓得齐二是什么人的，但这件事对他太过重要，他只能忍气吞声。

柳仕天生聪颖，这一番临场发挥竟然还能在截止时间前将一件深蓝色的中山装做成。虽然几位裁判打分不如牛槽高，但好在是成功晋级。

周广瞧着留下的一半人，满意点点头："我相信各位都是贵厂派来的最优秀的大师傅，若是连你们基础功都不过关，那么厂子也不必再考核了。万幸，留下的各位都是十分优秀的。好了，接下来，咱们进入下一个阶段。"

周广招招手，鱼贯来了一批人，分别在每个座位前分发衣服，众人接过一看，个个儿缺胳膊少腿，砢磣得紧。

周广指着众人手上的破衣服："现在大家便将手上的衣服修葺改造，尽你们最大的努力将这衣裳做成最好的模样。"

齐二拎着手上那件破裙子，扔给了柳仕："你弄下吧。"

柳仕瞧着这裙子款式，忽而想起在牛家村时，牛槽为了教他做衣裳给他画过一件样品让他练手，同这裙子模样有些相似，他思忖半晌开始按照那会儿的记忆做起来。做到一半的时候忽而有些发笑，想不到这牛槽竟是无形中影响了他许多。笑着笑着抬头瞧着旁边，牛槽正认真修改手上那件洋裙子，手下飞针走线，如有神助，赶紧拂去这些记忆，认真做起来。

二轮结束，柳仕同牛槽竟然双双晋级，倒是那林尔，落败了。

临走前，林尔瞧着林小牟的眼神有些复杂，林小牟有些羞赧，想躲开，林尔却是低低道了声："加油。"

林小牟以为自个听错了，抬头朝着林尔离开的方向瞧去，林尔已经穿插而过了，只留了他一个背影，没再说什么，小牟失落低头，忽见牛槽朝他点了点头："他让你加油。"

一瞬间，小牟觉得眼前有股热气上涌，跟蒸汽似的，将视线都给迷花了。

周广瞧着二轮败北的人离开，咳嗽两声，巡视一圈："大家都是个中翘楚，实力不俗啊，现在，咱们就要考察最重要的一项。"

周广卖了个关子，问道："咱们现在还剩下几个？"

众人跟着他的节奏数了数，现场只有六家了。牛槽一眼扫去，这六家他认识两家，一个齐二，一个高家村，另外三家倒是脸生。其实，从前两轮的成品看来，另外三家同他以及高家村是有明显差距的，最后的竞争对手，八成是他们和高家村。只是，不晓得最终市厂会选几个合作对象。

"六个是吧？六个好，哈哈……"周广笑，"正好可以组成三组。"

组成三组？

牛槽好奇，难不成第三轮要组队？

牛槽还真是猜得不错，第三轮确实是要组队的，周广写了几个小纸条，捏成一团儿，然后边让余下的几组过来抓阄，边讲具体比赛规则。

"咱们这次联营啊，本质是合作，所以，团队协作能力是考核中最重要的一环，不比做工要求低。"周广指着几人展开的纸条，"现在大家都

能看到手上的数字了,那么,咱们组队是以两两一组的,1号和2号,3号和4号,5号和6号,大家可以看一下手上的数字,找到自己的队友。"

牛槽瞧着手上的数字,还没来得及找队友,齐二便挥着"4"叫起来了:"哪个是3?"

话还没说完,瞧着一道木愣愣的光朝他对了过来,齐二转头一瞧,牛槽正定定看着他。齐二心中一个"咯噔",不是吧,牛槽不会是3吧?

嘿,巧了,牛槽还真是3。

76. 恶人自有恶人磨

古人言不是冤家不聚头,还真是诚不欺吾辈。

小牟抢过牛槽手上的小纸条,不死心地左看右看,终于放弃了,得,还真是跟那俩讨厌鬼一组。

小牟颓废了,他是该好好做,还是不该好好做?

好好做会不会最后成了为他人做嫁衣裳?不好好做会不会连自己的机会都给弄没了?

牛槽瞧出了小牟的心思,拍拍他肩膀,以示安抚,小牟叹了口气,垂头站在自个的座位前。接下来便是周广安排任务,给了一张图,让做出一件做工复杂的欧式宫廷裙,一众乡镇服装厂的人都没见过这高档玩意儿,对着愣怔好半晌,才磨磨蹭蹭开始下手。

从设计图瞧来,这裙子十分复杂,垂坠的灯芯绒泡泡袖,腰部收紧,往后扎出个巨大的蝴蝶结儿,裙身膨胀垂坠,底部流苏感十足,收出一个圆形大丽花的模样。

牛槽在去上海的时候瞧过这高档裙子,不巧,正是江太太身上那件,那会儿被人嘲笑穿起来像块大蛋糕的。这裙子确实不适合江太太,更多是按照欧洲人身型做的,但这裙子也确实华丽非常,一般人决计是做不出来的。

周广其实没指望这群人里有能完美做出来的,主要是想看看他们的合作能力如何,毕竟先前那两件衣服能做得不错的,基本功便都已经是够了。

但他也没直接将这话讲出来,免得一众人失了那种紧迫感,假意委蛇,反倒让他们无法甄别。

"这次时间紧,任务重,大家辛苦了哈。"周光将那设计图挂在墙上,笑眯眯坐在评委席。

陈光抱着胳膊瞧着牛槽,发现他小声在问齐二和柳仕一些什么问题,心中不免有些诧异,这家伙到底是太迟钝,还是心胸太宽广?虽然他不明白他们跟齐二到底是个什么情况,但确实是应该有忌讳的,现在还能当什么都没发生似的。

陈光摸了摸下巴,看来,他对他这位朋友认识还不够。

门外的牛队长急得团团转,他刚闹事被赶出去就进不来了,只能趴在门框上往里瞅,现在瞧着他们牛家村居然跟齐二那厮分到一起去了,简直是目眦欲裂,可又实在没法说出个啥,生怕被人撵走,连蹲壁角的事儿都做不了。

不同于众人的心怀鬼胎,牛槽倒确实是没什么想法,对着柳仕跟齐二道:"我刚才瞧着你们缝纫和裁剪都还行,可否将这袖子给做一下?"

柳仕点点头,刚想接了,被齐二制止了,笑嘻嘻朝着牛槽:"我们不会哎,这么复杂,做岔了怎么办?"

牛槽也不多言语:"那你们能做啥?"

齐二将剪刀递过去,见没人接,大了声量:"接啊,给你们打下手哩。"

小牟气得差点没挥拳头,又被牛槽一脚踩了个吃痛。

罢了,他忍!

"恶人自有恶人磨!"小牟小声愤愤道。

牛槽见小牟总算消了情绪,也不废话,闷头干起来。小牟瞧着这衣裳做工实在复杂,怕牛槽一个人忙不过来,赶紧过来帮忙,那两个便游手好闲在旁边,一会儿递个剪刀,一会儿递把尺子,实则牛槽这边都不缺,真真好似在捣乱。牛槽也不同两人计较,不需要的他便头都不抬,小牟见评委那边的表情好似在斟酌考评,便忍着脾气将他们递过来的物件收下,免得干扰牛槽。

许是由于心中有个大致的模样,牛槽下手如有神助,很快便将这衣裳的大致模样裁剪出来了。台下评委本来对这一队没什么太大的感觉,其余两队虽说各有争吵,但人家实打实在讨论的,这一队却安静得过分,就大师傅闷头在做,顶多一个同厂的打下手,另一组加进来的好似没融入进来。评委对于这一状况各有想法,有的认为分工合作很好,有的认为牛槽特立独行,不是个好相与的。但是,在众位看到牛槽那半完工的作品后,纷纷眼中都放出了光。

能做出这等成品,已然不是那些吵吵嚷嚷的所谓"合作"能比得了。陈光巡视一圈众位裁判,果然是,什么小心思在绝对的实力面前都是

虚的。

陈光跷起二郎腿，长舒一口气，眼神晃晃朝着牛槽去，心道，牛槽啊，你可真是个宝藏，看来以后还得好好计谋着如何用你，发挥最大价值。

忽然，陈光那晃晃的眼"嗖"地睁大，维持了一会儿，又眯缝起来，他不动声色地放下二郎腿，扯了扯周广衣袖，然后周广顺着他的指向瞧了去，弄明白发生了什么后气急，想站起来制止，陈光伸出食指摇了摇，附耳在周广耳边不知道说了些什么，周广脸上的表情这才缓和些，继而恍然大悟，复又不动声色地坐下。

很快，第三轮也结束了，周广起身宣布，说了一通冠冕堂皇的话后开始令人将第三轮的宫廷裙收来，以待核查。

牛槽最后瞧了眼那裙子，还算满意，不同于江太太穿上时显臃肿的纺纱，他特意选的垂坠料子，不那么蓬松，但下半裙摆为了呈现出雍容华贵的模样，随手抽了一边屏风上的软钢丝缝了，招展开那一瞬间，跟开屏的孔雀似的，整个比赛场子都安静了。

高家村的大师傅自诩见多识广，此番见了那闷不吭声的牛家村大师傅手上那物什，也有些晃神。

周广笑眯眯瞧了一圈儿，满意极了，摆手示意将收来的成品放在评委专家席以待考评。

齐二嘴边一直噙着一抹笑，都不带消的，而柳先生则冷冷杵着，看不出什么异样。四人中，唯有小牟有些紧张，忐忑瞧着评委席，生怕错过什么结果。

"哎，这次做得不错啊。"齐二碰了碰牛槽，"啥时候就这样的，再给我来一件？"

说罢靠近牛槽："这次一定给钱。"

齐二晓得小牟定力不若牛槽，话是对牛槽说的，眼神却是直勾勾瞧着小牟。小牟气得伸手就想干架，好在评委那边传来动静，免了小牟给人借题发挥的举动。

"3号是哪边？"

牛槽举手。

"取消资格。"评委席一人面无表情地说出这话。

"怎么了？"此话一出，举目哗然，个个儿都朝着这边瞧。

77.化腐朽为神奇的本事

高家村的人一听脸上浮现出一抹惊喜,这牛家村被取消比赛资格,那么他们便再无敌手了,可转念又有些奇怪,刚下牛槽拿出那裙子的时候他是瞧见的,毫不夸张地说,他从未见过那般漂亮华丽的衣裳,与他拿上去的那件可谓是云泥之别,如何被取消资格了?

这诧异自然也不止高家村一家。

"取消?"小牟叫起来,"如何就取消了?咱们不偷不抄,一针一线做出来的,如何就取消了!"

这下子牛槽可不按着小牟了,他自个也想问哩,梗着头斗牛似的朝评委席看过去。陈光面上一本正经,瞧着甚是严肃,心中却忍不住想笑,这牛槽,总算是见着你紧张的模样了。

不成,不能露了馅儿。

于是,陈光板着脸起身:"牛槽,你们瞧瞧,好好瞧瞧吧。"

随着他的话音落下,陈光抖落他的那件样品,牛槽瞧过去,没啥啊,刚做完的衣裳。他刚想问,蓦地反应过来,不对,那衣裳后边系着的蝴蝶结儿消失了。

"蝴蝶结?"牛槽喃喃道。

周广点点头:"你作为大师傅,这般大的过失,竟然连蝴蝶结都忘了缝上去,实在是不该。"

"还不止于此,这衣裳还有个破洞。"陈光同周广一唱一和。

刚才说"取消资格"的评委适时凑过来,伸手在裙子腰身处,果然那手从洞中穿出来。众人心中一痛,这么好看的裙子,真是暴珍天物啊,纷纷抽出一口冷气。

"不是这样的。"小牟激动道,"刚刚不是这样的。"

如果不是几个门卫看着,他已经冲上去了。

恁是牛槽已经算沉稳,此番也难以淡定保持,他刚做完时裙子确实不是这样的,他还检查了一遍,腰身处收了一条纤带,且工整打成了蝴蝶结的形状,如何是这般残缺的模样。

"可现在,它就是这样了。"周广尖刻道,"除非,你们有证据证明你们做完不是这样的。"

说这话时,他余光不经意间瞄过齐二同柳仕,齐二脸上的笑意一闪而逝,很快逼着自己换上担忧的表情,至于柳仕,眼中倒是有一抹躲闪。

周广怕惹人起疑，落定目光在牛槽脸上："真是可惜啊，可再可惜也不行，咱们规矩就是规矩，这衣裳根本就连完工都算不上，可见你们合作能力有所欠缺，所以直接出局了。"

"不行！"牛槽斩钉截铁。

齐二直接阻了牛槽接下来的话，故作大度道："如何不行啊，咱别给人家专家添乱，天色都晚了，本来就是咱们合作欠缺，能力不行，不为难人哈。"

"你！"小牟伸手指着齐二便欲上前。

齐二往柳仕身后一跳，台上便开始不正经了："哎呀，好怕哦，这个队友不仅合作不友善，还要打人，你们都看看啊，以后如何跟这种厂子的员工合作啊。"

台上台下众人听着这话都点头啧啧称是，这牛家村的俩人，牛槽看起来不好交流，小牟看起来不好相处，都不是啥好玩意儿。

陈光一瞧这阵势，有些急了，朝牛槽眨眨眼。

牛槽不晓得陈光是何意，不过他可不会让这事就这么结了，虽然他寻常事情上反应不快，但在针线活上那经验可丰富。他仔细瞧了半晌那衣裳，在众人快吵翻的时候，打断了僵局："十分钟。"

众人一头问号，纷纷瞧了过来，包括门口急得半死的牛队长。牛队长心道，什么十分钟啊，都这会儿了，还好意思说这么不着边际的话！

陈光可不觉得牛槽不着边际，这伙计在针线活上可太着边际了，抱着胳膊一脸赞许地等着牛槽接下来的话。

果然，牛槽只需一句话便将众人的议论声给盖住了："给我十分钟，我能将这衣裳改了。"

"吹牛吧你！"齐二啐道，这衣裳都成啥样了。

牛槽当然不是吹牛，刚才看到那衣裳的模样时，他脑中便在考虑修改事宜了，现在他已然有了想法。

"哦？十分钟？"那位说取消资格的评委诧异，这衣裳毁成这样，若是十分钟能改造完，他还真想看看改造成什么样子。

"对。"牛槽笃定。

"这不合理吧？"齐二率先嚷嚷起来，他可不想看着这牛槽出风头。

陈光冷幽幽瞥了他一眼："哦？你的队伍，你不想再有个机会，争取一下？"

这话说得众人纷纷好奇瞧了过来，齐二赶紧闭嘴。

"行，你试吧。"周广征询了一下周围几位评委的意见，最后给了允诺。

于是，这比赛的最后十分钟，便是众人瞧着牛槽修补弄坏的衣服。他寻思着，既然破了个洞，便不再修补了，那样太过难看，干脆给那洞镶了个蕾丝边儿，而后在另一侧被剪去蝴蝶结的地方缝上刚才废弃的一条布料子，同小牟小心将那料子纹了好看的边，又裁了一道，成了波浪状。

就这般两道工序，做完时周广特意看了下时间，十分钟却是不到的。

这能做成个啥？周广心中直犯嘀咕，待牛槽将那衣裳展示给众人，又将那波浪腰带从那洞中抽出来，众人方才领悟这衣裳的巧妙。

就这般一修饰，适才大蝴蝶结带来的臃肿瞬间成了轻巧，而下坠的软铁丝继续保持着衣裳整体的华贵，无须那贵太太穿上，众人便能一眼明了，这衣裳必然是金贵的。

无须人配衣自贵，这便是这件衣裳的灵魂。

"好！"陈光带头鼓起掌来。

场上场下众人也跟着一道鼓掌，一开始那掌声稀稀落落的，后来连贯成一道音符。门外的牛队长猫腰勾眼往里瞧，一眼看到那件衣裳，直抽出一口凉气，心中感叹，可真美啊，这牛槽手艺咋这般出神入化了，记得以前他只会裁大裤子啊。

场上几位评委围在一起一通嘀咕，很快有了结果。

"现在我宣布，获胜者有三队，高家村和搭档一队，牛家村一队。"周广指着三人，"这三队进入集体考评环节。"

三队欢呼起来，尤其是小牟，激动得不知说什么好，差点抱着牛槽又笑又跳的。

当是时，一道不和谐的声音打破了众人的欢呼："凭啥，凭啥咱这队有个进了，我们不能进！"

众人顺着声音瞧去，是齐二。

周广气急反笑："不找你们算账就得了，还想质疑？"

说罢，大手一挥，从角落走出来几个大汉，朝着齐二走去。

78. 团结一致的牛家村

"你们这是什么意思？还有没有王法了！"齐二大声叫道。

"哼，怕是你不知道王法吧？竟然大庭广众之下搞破坏。"周广冷哼一声挥了挥手，很快，几个大汉团团将齐二跟柳先生二人掣肘住，然后从齐二身上搜出了那消失的蝴蝶结。

"你还有什么话想说！"周光拿着那蝴蝶结问齐二。

齐二没料到这事儿做得周密，竟是被人瞧见了，一时有些慌。

适才比赛时他特意瞧了专家评委的表情，见众人均对陈光毕恭毕敬，而陈光瞧着他的模样，他也瞧得一清二楚，想来柳仕提的赔罪甩锅的法子并不奏效的，而陈光先前同牛槽合作他也晓得，遂明了陈光万不可能向着他。齐二自小性子恶劣，瞧不得旁人好，既然自己很大把握选不上，干脆一不做二不休将牛槽的好机会也给毁了，总归两人梁子也是结下了。于是，在交货的时候，他特意殷勤"打下手"，用藏着的剪刀将蝴蝶结给剪了。

齐二自诩做得神不知鬼不觉，殊不知，这一切其实全部都被陈光看在了眼里。

陈光之所以不吱声，就是想跟周广看看，牛槽到底会做出如何反应。周广是为了名额的考察，而陈光则是想进一步了解这名伙计。

结果，牛槽的反应令他们十分满意。

"来人，将这两人拖出去。"周广大手一挥，下一刻，几个大汉架着柳仕跟齐二扔了出去。

齐二抱着胳膊站在夜色下瑟瑟发抖，见那几个大汉关门进去，狠狠瞪了柳仕一眼："都怪你。"

柳仕没讲话。

是夜，齐二灰溜溜回了淮扬市，柳仕却留了下来。

不同于齐二跟虎林村的落寞，牛家村则是一片欢腾，第二日牛队长一行人回去的时候，村里人得知这一消息可以说是沸腾了。

"这么说，咱们是要飞上枝头当那……凤凰了？"

"是啊，凤凰，凤凰，还山鸡呢，美死你。"

"瞧你说的，你不美。"

"都美，都美哩……"

众人哄笑。

牛队长凯旋将军似的摆摆手，示意众人安静："大家也别高兴得太早，虽然啊，咱们这是在全市几十家服装厂里赢得了初赛，但下面还有比赛哩，大家一定要打起一万分的注意啊。"

"嘿，放心哩，都是为了咱们家乡，队长放心哈。"众人纷纷应和。

牛槽在老槐树下站着，瞧着家乡人这般反应，心中倒是有些诧异，说这话的人里居然不少都不是服装厂的。以前，这群"聪明人"可不会这么热忱啊，有好处来，没好处个个那嘴跟缝上似的。

牛槽的讶异还不止这一处，接下来的日子，牛家村服装厂的员工都被关起来集训了，本来牛队长安排了专人送水送饭，但服装厂众人却总是能在出门上茅屎的时候看到门口堆了一堆家当吃食，有热乎的饭菜，还有一些生活用品什么的，服装厂众人诧异极了，一开始还以为有个什么"田螺姑娘"做好事，后来才发现倒真是有"田螺姑娘"，不过不是一个，而是全村，什么"田螺哥哥""田螺弟弟""田螺奶奶"……都有！

牛队长为此特意开了会让人将这些东西拿回去，口口声声不能动用村民财产，但是没有几个人愿意认领。最后，牛队长不得法，只能让服装厂的众人吃的吃了，用的用了。

半个月不到，服装厂关禁闭的众人个个脸上都圆了一圈儿。

正月末的时候，高山市服装厂下达了第二轮比赛的方式，给了一批他们近期接的订单，做的一套春装，让完成500件，时间在一周内。

这个任务对于牛家村服装厂来说倒是不难的，毕竟有了先前陈光那批货物的先例，彼此都配合得十分默契。

于是，服装厂门口的吃食物件堆得那是更多了。

牛四应了牛队长吩咐，挨家挨户将那些个东西还了，并道暂时不能让乡亲们破费，毕竟还没捞着什么好处，到时候不成的话便白费了大家的好物件，众人这才收了些回去。纵然如此，服装厂众人也是够感动的，毕竟乡亲们的暖意是体感到了。

临近交货前期，众人正齐心协力帮服装厂的人消除后顾之忧，因为做了几件残次品，家家都掏出了新分发的布票上交。正在万众一心之际，牛家村的某个夜晚忽而爆发出一阵凄厉的号哭声。

"我不，我不要……"

小花揉着惺忪的睡眼推开窗户，颇有些不爽，谁家啊，大晚上的乱号，还让不让人休息了。最近阿斌不在家，她天天对着婆婆，心中本就够烦闷的。听那耳边哭声不止，气恼地推门循着声音走去，想好好说道说道，哪知走着走着竟然发现停在了小丽家门口。

"你不要什么不要？你念着那人，那人就能念着你吗？"中年男人的恼怒声，"也不怕说出去让人笑话，你一大姑娘，天天念着个不要你的男人，还要不要脸！"

凄厉的哭声变小了，成了抽抽搭搭。

"小丽啊，我可听牛四家的说，这次比赛他也参加了，人品实在是糟

糕,伙同那齐二将我们村坑了一把,你可一定不能再提,让人家看我们家笑话啊。"女人的叹气声传来,"这次这门亲事不错的,你就嫁了吧。"

"我不嫁,我一定要等他……"小丽咬着唇,恁是带着哭腔也能听出坚定。

小花听到这边便听不下去了,小丽跟柳先生的情愫她是晓得的,先前两人好时,她们这群也曾拿他们笑过,可那是在以为他俩会一起的情况下。现在小丽虽变得有些奇怪,她们不再玩在一起,但她也不想多说什么。毕竟,姑娘家最是心疼姑娘家的隐秘心事。

小花蹑手蹑脚地准备离开,不小心踩到一只从树上跳落的野猫,野猫夜色中发出凄厉的惨叫,小花半个魂儿都吓没了,赶紧松开脚跑回去。

小丽正瘫在堂屋里,那声凄厉的猫叫跟划破夜空的惊雷似的,让她三魂七魄回了本体。她忽而神经质地起身,嘴中念叨着"你回来了","你回来了",而后起身打开门闩,朝清月朗空的夜幕中走去。

79. 为爱疯狂的姑娘

小丽父母发现自家女儿失踪的时候已经是次日下午了,跟王婶儿说好的相亲对象寻了来,小丽父母里外寻找,这才发现自家女儿从早上就没见着人影。

小丽父母急疯了,这大姑娘家家的,能去哪里啊。

村里人都晓得这周边有拐子出没,专门找寻那些个好看的姑娘拐去穷乡僻壤卖了给人做媳妇儿,狐疑多了句嘴"怕不是被拐了",吓得全村人都出来帮忙寻找,包括服装厂的工人们。

夜上时分,众人举着火把,拿着煤油灯各个偏僻角寻人时,小丽竟然回来了。除了头发有些凌乱外一切安好,连气色瞧着都不错,一扫近日来的颓废,竟是带着笑的。

"小丽啊,你去哪里了啊……"小丽她妈一把抱住女儿,哭得一把鼻涕一把泪。

小丽挣脱妈妈的怀抱,朝着人群中的牛槽道:"厂长,我明日可以去厂里帮忙干活吗?"

牛槽愣了愣,她在家许久,别说服装厂不去,连门都不咋出了,现在怎么失踪了个一天突然提了这么一嘴。可狐疑归狐疑,牛槽也没多想,小丽近来情绪不大对,多做做活见见人也是好事,于是点头允了。

回来路上,小六子小声道:"舅,我觉得不大对劲。"

牛槽也觉得不大对劲。

"小丽姐咋忽然要来厂里？"小六子蹙眉。

牛槽拍了拍他肩膀，示意小六子别多想，转念想起什么："你功课还有在看吗？据说今年要恢复高考。"

很久之前，小琴便已经不能再教六子了，六子聪明，很多东西一看就懂，还会举一反三，小琴那点东西完全不够学的。

"没了呢。"六子摇摇头，一脸不想谈的样子。

牛槽晓得这是六子心中的痛，想着什么时候跟林尔求情，能给六子一个名额。只是，林尔跟牛队长的关系水火不容，小牟又不在虎林村了，说不上什么话，这事儿便一直搁置着。实则，牛槽是一直放在心上的。

两人一路无言，跟着大部队回去，牛槽又逗弄了娇女一会儿，搂着小琴睡了个好觉，次日迎着晨曦到厂子时，发现小丽还真老老实实坐在门口梧桐树下等着。

"早。"其实牛槽是想说"这么早就来了"，但还是一如往昔地惜字如金。

小丽有些局促，又有些兴奋："厂长，不，牛槽哥，谢谢你。"

牛槽点点头，瞧着小丽清丽的脸蛋在梧桐树下散发着柔和的光，脸颊上细碎的绒毛跟天使镀上一层光圈似的，说不惊叹是假的，他从一开始就觉得她好看，可先前那种心动的感觉确实是消失了，只有寻常人见着好看姑娘的赞美。

"好好做，别多想。"这话对于牛槽来说便是不错的安慰了。

他怕被人瞧见嚼舌根，到时惹小琴不高兴，说罢这话便赶紧开了门进厂子。小丽局促地跟了进去，按着先前的位置坐下。她许久不来，已经生疏了不少，没做啥，小心整理着布。牛槽也没管她，毕竟也不真指望她干啥，能让她状态好些这目的便算是达成了。

很快，厂子里陆续进了人，众人也不闲话，闷头干起活来。

一天很快过去，小丽几乎没咋跟人交流，一直低头在整理衣裳，牛槽忙，一会儿帮人善后，一会儿给人指导的，也没怎么注意小丽。晚上10点多的时候，众人陆陆续续回去休息，牛槽跟阿斌收拾了一下仓库，准备将下晚时分做好的衣裳搬进来放着，进去瞧了一圈却发现那十几件成品不见了。

牛槽跟阿斌对视一圈："最后走的是谁？"

阿斌睁大眼："小丽？"

牛槽四处看了圈，厂子的灯已经给灭了，只窗外夜色淡淡照进来，晕起一圈儿光，依稀瞧见里头。两人进去，小心翼翼叫小丽，无人应声。

耳畔离去乡人的脚步声渐渐远去，近处的声音便无限放大了，竟是布匹的"撕拉"声。

谁在撕布？

牛槽跟阿斌对视一眼，心道不妙，仓库门还开着，莫不是有人破坏做好的衣裳？两人头上的汗"唰"地便下来了，赶紧往门外冲，到门口时，忽然传来尖叫声："你干嘛，啊——"

牛槽加快步子往门口冲，甚至将阿斌一下撞到了门框上，到仓库门口时一把扭住那两道影子。

"哎哟，疼，舅，你轻点。"是小六？

"牛槽哥……"小丽？

牛槽双双松开手，刚想问两人在这里作甚，忽地借着月色瞧见了两人身边一大摊碎布烂条，那色儿熟悉非常，不是给高山市服装厂做的春装是甚？牛槽目眦欲裂地抬头，拳头握起又松开："谁！"

阿斌刚好赶过来，揉着肩膀呢，瞧见地上的碎步也呆了，这，这，这是要交货的啊，这下子可咋整……对了，还有仓库里的呢！念及此，他赶紧往仓库赶，好在里头衣裳整整齐齐的，没见乱翻过的痕迹，这才松了口气。

"阿斌哥，仓库没动，放心吧。"小六依旧抓着小丽不敢松手。

他看了眼牛槽，没说啥，牛槽却读懂了他眼里的话，定然是小六觉得小丽举止怪异，关注了一天，下班也跟着，这才免了更大的祸事。

牛槽没顾得上夸小六子，痛心疾首地看着小丽："你为什么要做这事儿？"

小丽一张俏丽的脸煞白，苍凉的月色下，她的脸上渐渐浮现一丝疯狂："他说会带我走。"

失踪那晚，是他来了。

不同于以前的冷漠，那一晚的他待她极其温柔，他说，只要她将牛家村这些衣裳毁了，他便来带她走，去省城，他们还会结婚，还会有一堆孩子，在省城接受最好的教育。

小丽其实不稀罕那些，她只想跟他在一起。

于是，她听了他的话。

牛槽定定看了她半响，忽而有些悲哀，以前那么美好的一个姑娘，现在怎么成这样了?

"牛槽哥,我求求你,求求你让我把那些衣服都撕了,撕了他就可以带我走了……"

牛槽叹了口气,招手示意阿斌将那仓库的门关上,对着小六和阿斌叮嘱:"这事你们就当不知道,这十几件衣裳,就当不存在。"

小六子会意,捡起地上的衣裳,打了火折子,一把火全都烧了。

漫天火光中,牛槽瞧着小丽那单薄的身躯,临火站着,跟蛾子似的,好像下一刻便要扑到那火里。

80. 功败垂成的柳先生

这事以后,小丽便疯了。

疯了可不是小事,便是牛槽想帮小丽瞒着也不得法了,只能将发生的一切告诉牛队长。

他怕牛队长说了这事儿对小丽名声不好,牛队长啐道:"她都成那样儿了,还能不好成啥样!"

牛槽于是再也不说啥了。

牛队长越想越气,一拍桌子,当即将这事儿告到了知青办。知青办是负责知青分配的部门,柳仕先前的关系在高山市,现在他的党组织关系虽然转去了淮扬市,但个人档案一直是由知青办保管的,不归牛家村。正巧,柳仕暂时还没来得及转移个人档案,便暂时这么存着。

牛队长告到知青办特意给了两条罪名:一、这位知青作风不正,欺骗姑娘;二、这位知青人品堪忧,在市厂选联营的活动上公然搞破坏。

这第一点时,知青办的工作人员还有些将信将疑,待瞧见这第二点,推了推眼镜:"市厂联营?"

牛队长对对头:"对,高山市服装厂的联营比赛,他公然当众破坏参赛作品,希望相关部门重视,能够给予记过处分。"

后期,柳仕即便是可以转移走个人档案,他的个人信息里也会出现这个记过的处分,无论是去何处、干什么,都要受人盘查一番。

不是牛队长做人狠,实在是这个柳仕太过分了,一而再再而三地前来搞破坏,他自问待他还是可以的,一没虐待,二来也是留了后路,没说啥,纵然有自保的成分在,可到底也是念着旧情的。他晓得柳仕对于待在牛家村十分不满,可那也不是他害的,他也并没有权力决定他能去哪里。对于他那些回家的渴盼,他晓得,可他从来也没狠心地浇灭,他只

能说帮他看着。说到底，他一个队长，能干啥？

　　柳仕根本就不明白他的一片苦心，自以为满腹才华，将现实不公的遭遇全都怪罪到他身上，从未想过，他现在走的那条路，可全是他自己选的啊。

　　更何况，有才华的人多了去了，有几个又能如愿飞黄腾达的？

　　人啊，总归是要在不圆满中追求圆满，再继续咬咬牙往前的，抱怨又有什么用呢。

　　牛队长半晌气没消，憋着便是要让那柳仕吃个亏，只是他也长了个心眼儿，没留名是自个儿投诉的，也没说柳仕现在不在高山市的事情，只将联营现场的几个有头有脸的告知了上去。

　　知青办的同志不敢懈怠，前去实地联系调研。

　　这事儿当时在场的都是知道的，自然也就水到渠成地落实了。

　　这会儿，知青办的同志准备上报上头给他档案加了个处分通知，起身刚准备离开，一个联营现场的市厂负责人感慨了一句，"淮扬市的参加咱高山市的联营本就不该，想不到还是个人品如此差的，还好当时咱没选他们"。

　　这知青办的同志一听，嘿，不对啊，这人不是咱高山市的嘛，档案可还在呢！

　　回去后，他特意确认了下，这人确实是在淮扬市。可问题来了，一来上头没有任何文件将他调去淮扬市的，二来他也没办啥手续，如何人就不在了？

　　这一通调研事情大条了，赶紧上报领导，给柳仕安上了个私自回城的罪名，户口直接被取消了，成了黑户。

　　那头柳仕还不晓得这个消息，只告诉齐二牛家村衣裳被破坏了。那天晚上，他见着小丽之后确实是说了那般话，小丽也确实是一如往常对他十分上心，魂不守舍就回去了。

　　他怕给人落下把柄便离开了，至于小丽如何，他心中虽然抱歉，却也没过分担忧，毕竟牛家村是她的家乡，她生得又好看，以后断不会有人如何为难她的。柳仕瞧着小丽背影许久，心道，抱歉了，咱们的路终归是不一样的。

　　可是，他不知道，杀人诛心，伤害一个人不需要太多的办法，只要往她的心上扎一刀便可了，如那人还心悦于你，那么便是大罗神仙也再难救了！

那时候柳先生并不知道，他的所作所为犯了多么致命的错误，往后余生，两个人的人生走向都发生了巨大改变。

回去后，柳仕将这事儿告知了齐二，齐二挑剔瞧了他那脸半晌，酸不溜秋感慨，"生了一副好皮囊也是好办事的啊"，之后倒也没再戏耍他，找了自家父亲，分了柳仕一个淮扬市的高中名额。

据说，今年国家终于开始恢复高考，虽然还没收到正式文件，但不少人晓得有这么个可能性，便抓紧开始学习起来，尤其是全国各地"上山下乡"的知青，为着能回去可谓是铆足了劲头。虽然柳仕也是知青，但他晓得，他跟那些小学刚毕业的不一样，他是真的有才华的。

一直传言，第一届考试主要针对的是"老三届"考生，而柳仕正好是满足这个条件的。

他兴冲冲前去高中部递交报名材料，招生处的老师推着眼镜让提供一下个人档案以及户籍证明，柳仕又去管理他们知青户籍的人民公社开具证明，结果公社的负责人敲了半天，抬头一脸狐疑地瞧着他："没有。"

柳仕蒙了，他先前户籍确实是迁到了人民公社啊，如何就没有了？

"同志，您再瞧瞧呢？"

于是公社的同志又仔仔细细翻找，最终得出结论："真没有。"

柳仕双腿一软，坐在了地上，他来时堂堂正正一人，如何现在就成了黑户了？

"知青办许是晓得些缘由的。"公社的同志指点迷津。

柳仕撑着虚浮的双腿去了知青办，知青办的同志斜眼瞅了半天，有些鄙视："你还好意思问？"

"不是，同志您什么意思？"向来冷眼睥睨的柳仕头一次慌了神。

知青办的同志叹了口气："我且问你，你关系先前是不是在高山市？"

"是啊。"柳仕点点头，"可，可已经转了啊。"

"转了？"知青办的同志怒目，"哪里转了，明明是你自己私自潜逃！"

"那个齐二……"柳仕话说到一半忽而顿了，他明白了，他是被那齐二给耍了，他并没有帮他办理什么关系转移。

柳仕双腿一软，跪在知青办大厅——完了，他这辈子，全完了。

81. 孤注一掷的牛家村

为着小丽名声，牛队长回去后倒是没跟旁人说这件事，就低调地让厂子的人加工赶件。

众人都有些疑惑:"这衣裳咋就缺十几件嘞。"

离交货期就剩一天了,这时间也太赶了,先前已经差不多完工了,哪里晓得今早开会一点,居然又差了十几件。

牛队长被问烦了,一甩手:"不合格不成啊!"

"可不合格不至于连衣裳都不见了啊,莫不是又捐了啊?"众人寻思,就算废了也能拉过来改造啊,不然料子给废了,他们还得自个掏钱去补。这钱还没拿到,就投了成本,感觉属实不算好。再说了,这时间也来不及了啊。

牛队长却也不好意思讲啥,想到先前那批被"捐"了的衣裳,干脆闭嘴不谈。

牛槽适时打圆场:"我来吧,那些料子的钱,我出。"

马宝跷着二郎腿啃苹果,闻言扔了苹果核从桌面上跳下:"这哪能,一起吧,一起凑凑。"

"对,凑凑。"余下的人应和道,"是为着集体,不能让你一人出。"

小牟蹲一边瞧着牛家村人如此和谐,心中羡慕,尤其是瞧着马宝感叹,心道这人还挺仗义,实则他可不晓得,先前马宝跟牛槽可是死对头哩。

低矮的车间里,众人议论纷纷,虽是吵闹非常,却也十足温馨。牛槽心中宽慰,为着这样的乡人去做事,他乐意。

躲在办公室练字的牛队长瞧着众人这副模样,心中觉得好笑,还真能让这帮人自个儿掏钱啊,他这队长白当了,当然得集体出这钱。

牛队长如此寻思着,也这么做了,当即招来阿斌、牛四等,让去供销社买些布料,结果还没出门儿呢,遇到了送信的。

"牛家村的信。"小哥递过来一封挂号信便踩着脚踏车走了。

阿斌瞧着信左翻右翻,这上头没写明是给谁的啊,就一个"牛家村",他到底是能拆不能拆啊。

牛四鄙视看了他一眼:"纠结个啥,你拆了也不识得。"

成罢,阿斌垂头丧气拿去给牛队长。牛队长正跟一群人满头大汗地整理仓库哩,闻言接过信,撕开一看,愣了,赶紧伸手叫住欲走的阿斌和牛四:"你俩等等。"

咋了这是?

牛队长将信的内容念出来:"兹众位入围团体赛的厂家,现由于工作内容调整,故而削减联营名额,以三进二入第三轮比赛,再以二选一得出最终联营名额……"

众人一听，傻眼了，啥意思，这是最终三家厂子只有一家能进的意思？

众人纷纷转头瞧着仓库里堆积如山的衣裳，那，如若入围不了，这衣裳的料子钱，给报不？

牛队长脸色一白："大家这意思，是……"

"参加。"牛槽跟一堆儿小山似的杵在门口，出口的声音闷雷似的。

"为何？"有人问。

"总归投入已经投入了，不能半途而废。"牛槽已经做好了被否认的准备，也做好了一个人担着的准备。毕竟，这事儿不是头一次，先前陈光那事儿已经遭过了。牛槽倒也没啥想法，毕竟大家都是要过日子的人，不可能天天为着集体发疯，不想着自个儿的老婆孩子。

可是，出乎牛槽意料的是，几乎无人反对，大家很快便达成了一致的意见，那便是拼搏一把。

与此同时，村里不是服装厂的也没再碎叨什么，反而无声支持。

牛槽忽而察觉，好像有什么不一样了。到底是从什么时候开始的呢？是从陈光那事儿，是从分钱之后，还是从牛家村大队主村落被虎林村挤掉时？或许都有一点点改变的，只是牛槽过于迟钝，没有感觉出来而已。又或许，春风吹遍大地，终是抽出了新芽。

想不明白的事情，牛槽便不想了，安心做事罢。

队里当日下午便浩浩荡荡搬来了十几匹布料，然后服装厂的人随便扒拉了几口饭，摔了碗开始闷头干活儿，从太阳当空到斜阳半挂，再到月上柳梢，又见晨曦乍亮，便这么耗了一天一夜，没人闭个眼。

"这，他们咋样啊……"一大早，门口围了一群人，指指点点。

服装厂的门紧紧关着，为了不让人打扰，牛槽直接从里面将门给锁了，痰盂什么的搬进拉撒之类的，吃喝就随便塞几个馒头。

如此这般，终于在交工那天的凌晨完成了 500 件春装的定制。

"吱呀"一声，随着服装厂的门大开，刺眼的光照进来，服装厂众人竟都有了一种新生之感，待适应门口的光，瞧见门口站着的乌压压一群人，眼眶有些热。

先前他们因为陈光那事儿同非服装厂的颇有龃龉，许久都撂挑子没兴致干活儿，其实服装厂跟非服装厂的又如何能划分得开，家家都有厂里的，家家也都有不在厂里的，都是亲人啊，都是为着集体，彼此之间冷漠以待，夫妻、父子、母女……彼此横眉冷对的，最终是受不了了。

牛槽并不晓得，真正改了牛家村众人的冷漠的，是亲情。

他也不需要晓得，无论是何种原因，心越来越紧总归是好的，便如当前这般。

"辛苦了，来，快喝点热粥。"排在前头的大婶儿拎着篮子，朝服装厂众人晃了晃。

于是，余下众人也都有样学样晃了晃手中的篮子。

"婶有包子，吃一个。"

"叔有煮山芋，可甜！"

众人议论纷纷，服装厂饥困交迫的众人于是纷纷饱餐了一顿，吃完又准备回去倒头，睡到个天昏地暗。

至于交货这档子事儿，留一两个人便好，不必每个人都在这里守着。

牛槽自然是要在这里守着的，他留了毛遂自荐的阿斌跟小牟同他一起交货，余下众人便浩浩荡荡打着哈欠并脚回了去。

还没走多远，那骑着自行车的绿油油的小哥又来了："挂号信，挂号信，牛家村的挂号信。"

说罢也没停，往牛槽手上一扔。

牛队长正好也准备回去补觉，顺手拿过了那信，拆开一瞧，瞌睡虫立下被吓走了。

82. 牛槽的担忧

"咋了？"马宝瞧着牛队长表情不大对劲，没走多远又折回来，探头到牛队长手上，一瞧见那信跟触电似的往后一弹，"不来了？"

牛队长也没搭理马宝，皱眉将信折起来。

马宝声音大，没走多远的大部队听到声音又"呼啦"一声上了来，将牛队长团团围住："咋了？咋了？"

众人议论纷纷。

牛队长不胜其烦，干脆将手上的信扔给众人。于是，众人便瞧见了高山市服装厂临时有事，暂时不来收货的通知。

"不来了？"众人面面相觑。

这说好的日子，又不来了？莫不是出现了什么事端？

本来还睡意满满的众人瞬间恢复了精神，再也没什么心情睡觉了，个个儿问牛队长该怎么办。牛队长心中也有些烦闷，他晓得镇政府不太满意林尔的能力，觉得他撑不起那么大的摊子，现在商议让虎林村这不伦不类的村子跟他们大队分开去，重新规划牛家村大队。这大队重新规划了，新的大队书记自然是要重新选择的。而牛队长，想牢牢抓住这次机会。

他想发展牛家村，他也想发展他自己，他不觉得这个有什么矛盾。

"厂长，咋办啊？"阿斌也有些担心，他跟牛槽本来准备等着高山市服装厂的人前来验货的，现在咋弄。

牛槽淡淡瞧了眼村头："能咋弄，回去吧。"

回去？阿斌睁大眼瞧着牛槽，牛槽已经转了身回家了。

余下众人见厂长都走了，一时有些无措，牛队长也不知道说个啥，他心里还直犯嘀咕哩，能咋的，兵来将挡水来土掩呗，干脆摆摆手，号召众人先回去睡觉。

也确实是困了，大家都已经忙了一天一夜了，精神还高度紧张，现在那眼睛瞧着路边的老槐树都是带着重影的，各个哈欠连天回去后倒床就睡了，直到次日的日上三竿才陆陆续续地起床，起床后条件反射往服装厂跑，跑到门口才想起来高山市服装厂的货物已经做好了，又准备回去干活儿，结果一抬头发现牛槽居然坐在大头机前干活。

"干啥哩这是，又来新活儿了？"众人擦擦眼。

牛槽将手上那衣服的线头给剪去，又拎起来甩了甩："不是，检查一下。"

他寻思着，左右高山市服装厂的人现在不来，何不趁着这个机会好好看看呢，总归旁人的行为他们不能决定，自个儿的事情还是可以优化的。

"检查啥啊，现在来不来都不晓得哩。"马宝有些颓废，一扭瓜皮帽遮了半张脸，准备回去陪媳妇儿。

阿斌却是叹了口气，进去同牛槽一道帮忙去了。

"你干啥哩，不陪小花不闹啊。"马宝见状也跟了上来。

这俩媳妇儿都是爱闹腾的，马宝时时刻刻同阿斌取经，阿斌做啥他有样学样，希望家里那位能安生点儿。乡里人都难以料想，平日里那般二世祖的马宝竟然也有被收得服服帖帖的一天，都道这媳妇儿娶得好。

马宝也不怕人家背后笑话他"怕老婆"，他乐意嘞，能咋的。

阿斌倒是没什么，他不同于马宝小两口新婚，他们这都多久了，小情小爱已经淡却不少，阿斌更希望当一个男人，一个有用的男人，为家庭，为家乡，做些啥，就如牛槽那样。

马宝瞧着叫不动阿斌便自个儿走了，走了两步，叹了口气，又扭过瓜皮帽露出脸："罢了，帮帮你们吧。"

低头忙活一阵又抬头伸出手指摇摇："不过就一会儿哦。"

除了马宝，其余众人也都跟着牛槽一起忙活起来，一众人等好似忘了高山市服装厂放他们鸽子的事情，认真干到日落山头。

接下来的几日，牛家村的人将先前完工的衣服里里外外检查修葺了一遍，待彻底查不出什么问题才伸伸懒腰出了厂子门。这几日虽然也照常吃喝拉撒，但心思都在那衣裳上头，成日低着头，倒是没发现天气连着阴了许久。

高山市地处平原，水汽充足，春日节气里时常小雨霏霏的，牛家村人这才恍然想起，怕是又到那时节了。果然，接下来的几日，天便跟破了个洞似的漏雨了。

难得无事，牛槽抱着芳芳坐在门廊前瞧雨，远处天幕相连，视野模糊成一片，近些能瞧见豆大的雨珠子打在地上，同泥土相接，溅起泞泞答答，鼻尖时不时传来泥土的清甜气息。

"芳芳，乖宝宝，吃米糊糊啦。"小琴端来一只秀气的小碗，里面腾腾冒着热气儿。

小琴坐在牛槽跟芳芳边，笑眯眯逗弄芳芳喂米糊糊，小姑娘一张粉团似的小脸儿将眼睛都挤没了，瞧着米糊兴奋地拍手，不出片刻便吃了个干净。

"牛槽哥，你在想啥啊？"小琴刮着碗里最后一点米糊，好奇瞧着牛槽。

牛槽视线散落在雨幕同泥土交接的地方，闻言皱了皱眉，哂道："我担心。"

"担心啥？"

牛槽闭嘴半晌没说话，那雨渐渐小了些，有人已经穿着草鞋出门干活了，但由于雨幕下的土地太过泥泞，其上的人几乎是深一脚浅一脚地走着的，瞧着十分吃力，且那腿腕儿很快便沾满了泥污。

"你是担心……"小琴一下子便明白了自家丈夫在想什么，"高山市服装厂的人来不方便？"

牛槽点点头。

他们这些乡下人待惯了，每逢雨季还十分不方便，特意做了不少露腿的宽松大褂子跟草鞋应对，可人家城里人没经历过啊，他们个个儿穿得板整利索，要是沾上这泥污便不好看了。更何况他也不全然是担心他们的形象，他还担心高山市厂的车子开不进来，无法收货，或者那车开进来后取货要是有个把件落在地上，便弄脏了，实在可惜。

"那怎么个办？"小琴喃喃道，这话她其实也没想问牛槽，毕竟牛家村这路这么多年都这般，他们也没得奈何，现在又能咋样啊，更别说，高山市服装厂的人还不晓得来不来呢。

大家都在嘀咕，怕是高山市厂的人不来了，否则至于到现在都没声儿嘛。

小琴收起碗准备将芳芳抱去睡觉，哪知接过闺女儿，牛槽却没跟进来，而是一头扎进了雨幕中。

"哎呀，雨披，穿个雨披啊！"小琴抱着孩子直跺脚。

83. 修路迎人

牛队长正在家扒粥呢，见着落汤鸡似的牛槽有些愣怔："你来干啥？"

"牛队长，我想修路。"牛槽开门见山道。

修路？修啥路？

"将牛家村入口到服装厂这一段的路修一下。"牛槽指着村头方向，"要是没问题，我这边自个儿修。"

"你咋修啊？"牛队长依旧没搞懂牛槽这个木头疙瘩脑袋在想什么，"再说了，你修它干啥？"

牛槽指着仓库方向，将自己的想法如实道出。

牛队长听时就着小雨滴答声将余下的粥喝了个干净，放下碗筷抹嘴："你说得倒是有道理，只是，你一个人咋修啊？"

牛槽一抹头，又使劲眨了眨眼，眼圈里还是落了雨珠子，有些泛红："不碍事儿。"

牛队长想，你牛槽要犯傻就犯傻吧，左右他奈何不了，别给他找什么事儿便可，总归又不动用公家财产，便随了他去。

有了牛队长允诺，牛槽便甩开膀子开干了，当晚回去拿了铁锹铲子，又借了牛四家的板车，将先前修房子时剩下的砖头拉了来，一砖一瓦地从村头开始摆起。

说是修路，其实也就简单地铺平，让土地不再那般泥泞。但是，到底是挺长一段路，牛槽一人干起来还是吃力的。更何况，这天儿一直没见好转，整日滴滴答答的，惹人厌得紧。

一开始，村头打更老头瞧见牛槽一个人傻乎乎在雨里修路时还笑话他，牛槽也不搭理，老头儿便四处说牛槽傻了，大雨发疯，天天在雨里摞砖头。于是，家家户户便都晓得牛槽在砌砖头的事儿。

众人可不觉得牛槽是傻了，纷纷去问小琴，到底是个咋回事。

小琴红着眼圈儿告诉大家，牛槽这是为了方便高山市服装厂的人进来。

众人听后不言语了，他们都没想到这茬，牛槽想到了，却没有麻烦他们，而是自己一个人埋头在这儿干。他们都有些汗颜。

也不知第一个带头的是谁，总归就是有人停了手中活计，回去戴上斗笠，披上雨衣，同着牛槽一起弯腰在村头摞砖头。很快，第二个，第三个……人越来越多，牛家村村头密密麻麻多了一群人，大雨天地弯腰摞砖头。

小牟开始不晓得这事儿，一天准备去供销社买瓶小酒回来喝喝，瞧见这场景十分触动，于是酒也不买了，弯腰低头同众人一道修路。

这雨一直在下，没见停的，众人修路的事儿也一直在继续，很快从村头修到了厂子门口，可那村头小路尽头，却依旧是连个鬼影子都没见着。

牛队长在家急得团团转："这都一个星期了，咋还没消息啊。"

说罢转身跟牛四确认："镇上的电报大楼，你去问过了？"

牛四唉声叹气："问过了，真没有。"

牛队长负手瞧着窗外，视野里人影幢幢，脚下那条原先泥泞非常的路现在已经整洁许多了，虽然还是不若镇上的齐整，到底不会坑坑洼洼了。

"唉，大家这次……"余下的感叹不必说出来，牛家村的人都可意会。

门口的牛槽将将抬起腰捶了两把，瞧见旁边白发苍苍的老人家赶紧放下手上的砖块，将老人推回家："叔，这天您就别出来了。"

"不碍事，不碍事……"老人家摆摆手，"也不能为你们做些什么，摞两块砖头还是可以的。"

这位老人家是村子里的寿星，年岁已大，很受人尊敬，牛槽哪里敢让老人家在这雨天里冒险，连推带拉好容易将老人家送回了家，出了门长吁口气准备继续开干，猝不及防瞧见不远处鱼贯开来几辆大卡车。

牛槽那心晃儿悬空，连呼吸都忘了，好似时间蓦地停顿，待那车稳稳驶进村子，停在服装厂门口时，牛槽那心才"嘭"地重新跳动起来。

莫不是？莫不是……牛槽扔下铁锹往厂子门口跑。

牛队长也瞧见了那几辆卡车以及卡车前的小轿车，急得奔出门，连伞都忘了拿，直至那冷雨稀稀落落地打在头顶才急促吆喝牛四"取伞，多带两把"。

牛四举着伞撑在牛队长头上时，黑色轿车上的人已经下来了，赫然是周广以及上次初赛的一个裁判。

牛队长接过牛四的伞，准备给周广撑上，周广笑着摆摆手，一边的裁判已经先他们一步给周广撑上了。

　　"牛队长，抱歉，来得突然。"周广巡视一圈，忽然发现不远处居然乌压压站了一群人。

　　他有些奇怪，他这次来是突击的，根本就没有提前通知，他们如何会晓得他过来，提前迎接的？再一瞧，倒不像是迎接人的样子，个个身上泥泞肮脏的，还穿着雨披，扛着铁锹呢，有的手上甚至拿着砖头，朝他聚拢来的模样瞧着实是可怖，还以为他们要同自己干架。

　　周广后退两步，咳嗽两声，指了指人群："这是？"

　　牛队长恍然笑道："哦，厂长好，大家伙儿这是为你们修路哩。"

　　周广愣了愣，修路？

　　牛队长抬头瞧了眼天，雨势小了不少，却依旧是下着的，空气中湿气挺重，地上虽然铺上砖头，但溅起的水花依旧湿了裤脚。牛队长便邀请周广去办公室坐坐，余下众人则在牛槽带领下领着市厂的人去验货收货。

　　"您喝水。"牛队长将平日里不舍得拿出来的宜兴市紫砂壶杯子蓄满水，毕恭毕敬递给周广。

　　周广接过杯子，却是没喝，放在一边，指着窗外忙碌的众人："您刚才说，给我们铺路？"

　　周广先前没来过牛家村，但瞧着进村的那段路以及村子里头那路，晓得这乡下的路本该是个何面目，现下脚下的这一段必然是个特例。

　　"是啊，咱们乡下的路泥泞，这些天又连着雨，怕您进来不方便，脏了裤子车子，乡亲们便自发铺了些砖头。"牛队长如实道。

　　周广脸上流露出一种情绪，这情绪从心底蔓延，浅浅淡淡，跟村头那溪流似的汩汩潺潺。

　　"你们是知道我们什么时候来？"周广试探。

　　牛队长摇摇头："自然是不晓得的，晓得话我们该更多准备的。"

　　"那你们，就大雨天，为个不晓得的事儿，这么淋着？"周广起身，站在窗户前瞧着忙忙碌碌的牛家村人，有些激动。

　　牛队长笑笑："乡亲们自愿的，不算个啥。"

　　这一次陈光没说话，他承认他被感动了。

84. 三年联营

　　牛队长将茶水递给周广，小心瞧着周广脸色，心中明了，周广对他们

挺满意。

罢了罢了，周广满意便可，如此他也算是对得起乡亲们了。

牛队长倒是没想到最后能顺利拿到额子什么的，毕竟说联营的考评分三级，这第二轮团体赛便是过了也还有个考察，届时估计还得削掉一家。掰着指头算来算去也就一家，他自诩是争不过高家村的，干脆放低了心理预期。

毕竟，就算不过，走到这一步至少也是交了个及格卷，打出名声也是不缺单子的。

牛队长如此想着，也跟着村里人提前打了镇定剂，牛槽倒是没什么，小牟心中有些失落，毕竟他想快点儿赚钱，将欠的钱给还了，现在这事儿泡汤了，还指不定得什么时候才能接到单子分到钱哩。

牛槽瞧出小牟心情，也不晓得如何安慰他，拍了拍他肩膀，时不时邀请他回去喝个小酒，嗑两颗花生米儿。

十几日后，雨势渐渐停了，春日的细雨一停，天色儿蓝白一片，地上陆陆续续冒出新芽，将先前的颓势和霉气一扫而空，清新的气息铺展开来，蝴蝶都得了劲儿翩跹起来，在半空中招展着翅膀，瞧得人心中愉悦。

牛家村的人开始日出而作起来，牛队长也拾掇拾掇家当，带着老婆犁地。二月头的一日，正在田头忙着哩，忽而马家村队长踩着脚踏车过来，停在小径边上朝他圈手吆喝："牛队长，牛队长……"

牛队长眯眼，还以为这马家村队长要问马宝最近调皮没，刚想美言两句，却听着马队长又使劲儿招手，吼道："镇上，快去镇上，镇政府让你下午去召开紧急会议！"

"啥？"耳边传来拖拉机的轰鸣声，牛队长没听清。

老婆倒是听到了，赶紧帮他将草帽拿下来，推搡着上田埂："快，镇上，让你下午去开会……"

牛队长听了一愣，镇上？让他去开会？

镇政府的人让他一个小队长去开会？真假的？

牛队长半信半疑地上岸，同马队长确认："镇上让我去开会？"

"是啊！"马队长赶紧指着牛家村村头，急道，"还不快去啊！"

"有说是个啥事儿吗？"

马队长摇摇头，又道："管他啥事儿，总归不会没事儿。"

说罢下了自行车，往牛队长手中一塞："左右你现在也难找车，这新买的，借给你，儿媳妇她彩礼哩，回来你可得好好还我，不然高萍得闹。"

牛队长迷迷糊糊推着自行车，回去换了件衣裳，直待站在镜子前瞧着自个儿时才停了那机械的动作，跟忽然上了发条的挂钟似的飞快运转起来，踩上脚踏车便往镇上骑，连午饭都没得吃。

去时会议还没开，李东客气招呼牛队长等在会议室，牛队长想打听下，李东却一直守口如瓶，痒得牛队长心中跟猫爪似的，只得无奈先进去坐下，哪知门一推，与一道威严的视线对上。

视线的主人拥有一道机敏的眼，眉粗鼻大，唇厚脸宽，生得一副气宇轩昂的模样，牛队长微微愣怔片刻，立刻堆上一副笑脸，伸手哈腰迎上："高书记好，真巧，遇上您了。"

被唤高书记的人叫高亮，正是高家村先前的队长，现在已经升任龙虬镇的街道书记了，平常时常参加镇政府的会，算是镇里领导的一分子了。

牛队长心中时时将高书记当成目标，忍不住学习他的路子，隐隐却又有些嫉妒。没法，人瞧着原先一个位子的飞高了些总归难受，但若那人飞得越发高，这感觉反倒是会淡不少。

"你好。"高书记客气道。

牛队长一时不知该站还是该坐，颇有些局促，此时李东端着茶水进来，指着高书记旁边的位子："牛队长，你坐啊。"

于是，牛队长这才忐忑地坐下，一时也不知说什么好。好在副镇长很快来了，另外还有一些秘书、书记之类的官员，鱼贯坐在牛队长跟高书记对面，人人手上还拿着笔记，脸上挺凝重，会议室中气氛挺压抑。

牛队长吓得大气不敢出，这到底是咋了。

"这大好事，大家放松些。"副镇长笑呵呵地摆手。

这话一出，虽然还是没人讲话，但那道阴云般笼罩的气压顿时消了，牛队长自在了些。

副镇长示意李东将那文件拿过来，递给牛队长和高书记，牛队长只瞄了一眼那红彤彤的封印，没敢动。

副镇长瞧出了牛队长的紧张，笑看左右的人，指了指牛队长："这牛家村，这么不错啊，你们瞧瞧，这位便是队长了。"

一边的高书记也赞许地看了眼。

牛队长云里雾里，跟脚上踩了一团棉花似的打飘儿，啥也不敢说，啥也不敢问。

终于，副镇长不卖关子了，郑重道："这次，咱们龙虬镇真不容易啊，高山市服装厂联营就两个额子，全被咱们拿下了。"

这话一出，牛队长才晃儿有些反应过来：啥？拿下了？

这不还有第三轮吗？咋就拿下了？

副镇长示意两人打开那大红文件，牛队长晕乎乎地照做，威严整洁的方正大字于是明晃晃浮现在眼前：关于高山市服装厂联营名额的公示

下面便是：牛家村服装厂、高家村服装厂。

脑中那兴奋忽而如乡下脱了缰绳的老土狗似的，撒着腿儿开始狂奔起来，他拼命握紧拳头，生怕众人瞧见他颤抖的手，免得给人留下不稳重的印象。

"这次我听说了，真不容易啊。"副镇长感叹，"听说那高山市厂的人特意爽约，你们两家都严阵以待，一丝不苟地对待那货，尤其是牛家村啊，你们穷，路不好，还自个儿铺了路……"

周围人于是纷纷附和。

牛队长这时候才后知后觉反应过来，这第三轮比赛怕不就是故意爽约，而后考验他们面对突发事件的反应能力吗？

后背起了一层薄薄的汗，无比庆幸没阻止牛槽"犯傻"要修路。

会议很快结束，副镇长拍了拍牛队长肩膀："加油，好好干，前途大着哩！"

一边的高书记也一改先前的冷淡，客套了许多，一副将他纳入自己阵营的熟稔。

这一路回来，牛队长脑中跟过节放烟花似的，不大真实。

在这不大真实的虚幻感中，牛家村与高山市服装厂的三年联营正式开始了，这也是牛家村服装厂正式开启高速发展的标志性事件。

此后，这只老牛踏上时代列车，一路往前，伴着蒸腾的时代水汽，终是见到了不一般的风景。

第一部完结